Matt Beynon Rees

# Il maestro di Betlemme

Traduzione di *Annibale Manazza*

CAIRO

Titolo originale: *The Collaborator of Bethlehem*

ISBN 978-88-309-0420-0
Prima edizione: luglio 2024

# IL MAESTRO DI BETLEMME

*a Bo*

*Tutte le descrizioni di crimini presenti in questo libro*
*si ispirano a fatti realmente accaduti a Betlemme.*
*Benché i nomi e alcuni dettagli siano stati alterati,*
*gli assassini hanno ucciso proprio così,*
*e le vittime proprio così sono morte.*

# 1

Omar Yussef insegnava storia alle ragazze del campo profughi di Dehaisha. Stava camminando intirizzito per una via tortuosa alla periferia di Beit Jala, sfilando davanti a case in pietra grigia costruite all'epoca del dominio turco. Si fermò nel forte vento serale e, dopo aver estratto un pettine dal taschino della giacca di tweed, cercò di domare le ciocche di capelli bianchi sotto cui nascondeva la calvizie. Si guardò i mocassini marroni alla luce arancione dei lampioni ronzanti e si rammaricò per la polvere che li aveva velati lungo il ciglio sconnesso di quella strada in uscita da Betlemme.

Al buio, dietro l'angolo del vicolo successivo, un miliziano tossì e sputacchiò un bolo catarroso che atterrò al confine tra luce e ombra, quasi fosse un segnale indirizzato a Omar Yussef. Questi resistette all'impulso di rimproverare la sentinella dato che quell'uomo non era una delle sue allieve della scuola femminile della United Nations Relief and Works Agency. Il giovane balordo, benché avvolto dall'oscurità della sera, era una sagoma chiara come il sole per Omar Yussef, il quale ben sapeva che certe volgarità erano il tratto distintivo di quell'ombra. Con mano un po' tremante, Omar Yussef fece un ultimo disperato tentativo per ravviarsi i capelli agitati dal vento. Dopo un'ultima occhiata dispiaciuta alle proprie scarpe, si inoltrò nel buio.

Nel punto in cui la via sfociava in una piccola piazza si fermò per prendere fiato. Sul lato opposto della via c'era un circolo greco-ortodosso. Le spesse mura di pietra erano tempestate di bifore ad arco, definite da profili concentrici tanto più profondi quanto più si restringevano e sistemate a un'altezza tale da impedire di guardare all'interno, come se quell'edificio fungesse anche da fortilizio. L'arco che sormontava la porta era riempito da un timpano in pietra. All'interno, il ristorante era silenzioso e male illuminato. Le lampade a muro proiettavano sulle alte volte una luce gialla soffondendo le tovaglie a scacchi bianchi e rossi di un bagliore color miele. C'era un unico cliente, seduto a un tavolo in un angolo sotto un vecchio ritratto dei dignitari del villaggio da tempo defunti, tutti con il loro fez e lo sguardo vacuo delle vecchie fotografie. All'indolente cameriere che dava segno di volersi alzare, Omar Yussef rivolse un cenno, come a dirgli di restare comodo, e si diresse al tavolo occupato da George Saba.

«Hai avuto problemi con le sentinelle delle Brigate dei Martiri, venendo qui, Abu Ramiz?» gli domandò Saba, con un misto di rispetto e familiarità espresso dalla scelta dell'appellativo Abu, «padre di», seguito dal nome del primogenito.

«Un bastardo mi ha quasi sputato su una scarpa» rispose Omar Yussef, sorridendo torvo. «Nessuno, però, ha provato a fare l'eroe con me. D'altra parte, non mi è parso che ci fossero in giro tanti miliziani.»

«Brutto segno. Vuol dire che prevedono guai.» George scoppiò a ridere. «Lo sai che quei grandi combattenti per la libertà del popolo palestinese sono sempre i primi a sparire quando arrivano gli israeliani.»

George Saba aveva all'incirca trentacinque anni. Era massiccio, trasandato e goffo almeno quanto Omar Yussef era piccolo, ordinato e misurato nei gesti. I suoi capelli folti mostravano qualche traccia di bianco sulle tempie e gli ricadevano sulla fronte ampia e pronunciata come la cresta di un'onda tempestosa si frange su uno scoglio. Nel ristorante faceva freddo, e lui indossava una pesante camicia a quadri e una giacca a vento blu logora con la cerniera abbassata sulla pancia rotonda. Omar Yussef era orgoglioso del suo ex allievo, uno dei primi a cui aveva fatto da insegnante. Non perché George avesse avuto un particolare successo nella vita, bensì per la sua onestà e perché aveva messo a frutto nel lavoro quel che aveva appreso al corso di storia di Omar Yussef. George Saba si occupava di antiquariato. Acquistava reliquie di tempi migliori, dal suo punto di vista, e riportava il legno arabo e persiano al suo antico e caldo splendore, rimpiazzava le tessere mancanti nei mosaici di madreperla siriani, per poi venderli, in genere, agli israeliani di passaggio dal suo negozio sulla circonvallazione che portava agli insediamenti dei coloni.

«Oggi ho letto qualche pagina della bellissima Bibbia antica che mi hai regalato, Abu Ramiz» disse George Saba.

«Eh, è un libro stupendo» disse Omar Yussef.

Si scambiarono un sorriso. Prima del trasferimento alla scuola dell'ONU, Omar Yussef aveva insegnato all'università cattolica gestita a Betlemme dai fratelli lassalliani, dove

George Saba si era distinto come uno dei suoi discepoli più brillanti. Quando George aveva conseguito il baccalaureato, Omar Yussef gli aveva regalato una Bibbia rilegata in pelle nera e scabra. In origine, ai tempi dell'impero ottomano, era stata donata al padre di Omar Yussef da un sacerdote di Gerusalemme. E già allora quella Bibbia tradotta in arabo era vecchia. Il padre di Omar Yussef aveva conosciuto quel sacerdote a casa del *bey* turco. A quei tempi non c'era nulla di strano o di disdicevole nell'amicizia tra un prete cattolico del patriarcato di Gerusalemme che sorgeva presso la porta di Jaffa e il *mukhtar* musulmano di un villaggio immerso tra gli ulivi a sud della città. Quando invece Omar Yussef aveva donato quella Bibbia a George Saba, musulmani e cristiani vivevano già più separati e animati da un certo odio reciproco.

E con il passare del tempo le cose erano peggiorate.

«Non pensavo al messaggio religioso. Dio solo sa quanto sarebbe più felice la nostra piccola città se la Bibbia e il Corano non fossero mai esistiti. Se la famosa stella avesse brillato sui magi di Baghdad, poniamo, invece che nel cielo di Betlemme, la vita sarebbe di gran lunga migliore, qui» disse Saba. «Il fatto è che questa particolare copia della Bibbia mi fa pensare a tutto quello che hai fatto per me.»

Omar Yussef si versò dell'acqua minerale da un'alta bottiglia di plastica. I suoi occhi castano scuro si fecero lucidi per un'improvvisa emozione. Fu sopraffatto e toccato nel profondo dai ricordi del passato: il pensiero di quell'antico libro e delle mani dei dotti che avevano lasciato impronte di unto, di sudore e di reverenza sulla carta sottile delle sue pagine gloriose; quello del suo amato padre scomparso trent'anni prima; e quello del giovane che lui stesso aveva trasformato nell'uomo che ora aveva di fronte. Alzò gli occhi intenerito, mentre George Saba ordinava una *mezze* di insalata e un piatto di carne alla griglia, e si asciugò furtivamente gli occhi con la punta di un dito.

Mangiarono in silenziosa compagnia la carne e ripulirono un piatto di *baklava*. Il cameriere portò del tè per George e una tazzina di caffè, amaro e forte, per Omar.

«In Cile la tenevo sempre a portata di mano, questa Bibbia» disse George.

I cristiani di Beit Jala, villaggio di origine di George, avevano raggiunto un primo gruppo di emigrati in Cile e lì avevano formato una grande comunità. Gli agi di cui godevano a Santiago i loro parenti, che lì erano seguaci della religione maggioritaria, avevano esercitato un'attrazione sempre più forte su chi era rimasto in patria esposto all'odio crescente dei musulmani.

A Santiago, George aveva venduto mobili importando in Cile la produzione di un cugino proprietario di una bottega dalle parti di Bab Touma, a Damasco: tavoli da gioco ingegnosamente compatti per gli scacchi e il backgammon con un panno verde per le carte; grosse scrivanie intarsiate per i nuovi magnati vinicoli del paese; e targhe decorate con la parola pace in arabo e spagnolo. In Cile aveva sposato Sofia, figlia di un altro cristiano palestinese. Lei si trovava bene nella patria adottiva, ma George, che aveva invece nostalgia del vecchio padre, Habib, poco alla volta era riuscito a convincerla che a Beit Jala c'era la pace e che si poteva tornare. Sulla pace si era sbagliato, ma era comunque felice di essere a casa. Da quando era ritornato con la famiglia, aveva già incontrato in più di una circostanza Omar Yussef, ma quella era la prima volta che avevano occasione di parlare tranquillamente a quattr'occhi.

«La vecchia casa è sempre uguale, piena di appendiabiti carichi dei vestiti da matrimonio di mio padre: in soggiorno quelli da noleggiare, in camera da letto quelli in vendita, tutti avvolti nel cellophane» disse George Saba. «Ora, però, sono quasi stati sfrattati dai miei mobili siriani e da vecchi specchi elaborati, che a quanto pare non sono più molto in voga.»

«Specchi? E ti sorprende che nessuno sia più capace di guardarsi in faccia, di questi tempi?» Omar Yussef si spostò in avanti sulla sedia e si abbandonò alla sua risata cinica e gutturale. «Ci costringono a vivere ogni giorno di più nella corruzione e nella violenza, e nessuno sembra in grado di fare alcunché. La città è dominata da una banda di luridi bastardi ignoranti che tiene in soggezione la polizia.»

George Saba rispose a voce bassa. «Sai, ci ho pensato, a questa cosa. Gli uomini delle Brigate dei Martiri vengono qui e si mettono a sparare contro Gilo, dall'altra parte della valle; gli israeliani rispondono al fuoco e mandano qui i loro carri armati. Casa mia è stata colpita più di una volta, perché quei disgraziati sparavano da sopra il mio tetto, attirando così il fuoco degli israeliani. In cucina ho trovato un proiettile che era entrato dalla finestra della sala, aveva trapassato una porta di legno e aveva percorso tutto il corridoio per poi aprire un bel buco nel mio frigorifero.» George alzò gli occhi, e Omar Yussef vide che stringeva i denti. «La prossima volta non glielo permetterò.»

«Vacci piano, George.» Omar Yussef posò una mano

sulle nocche delle grosse dita di George Saba. «Io, qui, posso dire quel che voglio, anche delle Brigate dei Martiri, perché appartengo a un clan potente. Non possono minacciarmi, altrimenti devono fare i conti con la reazione di mezza Dehaisha. Tu, invece, sei un cristiano, George. Non godi delle mie protezioni.»

«Forse ho vissuto troppo a lungo lontano di qui per poter accettare certe cose.» Fissò lo sguardo su Omar Yussef. I suoi occhi azzurri emanavano una intensità selvaggia. «Forse è solo che non riesco a dimenticare che mi hai insegnato a vivere secondo certi principi.»

Omar Yussef non replicò. Finì il suo caffè.

«Lo sai chi altri è tornato a Betlemme, della nostra vecchia comunità?» La voce di George Saba suonò forzata nel suo tentativo di alleggerire il tono della conversazione. «Elias Bishara.»

«Davvero?», domandò Omar Yussef.

«Non lo hai ancora incontrato? Be', è tornato solo da una settimana. Di sicuro passerà da casa tua non appena si sarà sistemato.»

Elias Bishara era più giovane di George Saba, ma era anche lui tra gli allievi prediletti di Omar Yussef, quando questi ancora insegnava all'università. «Non stava facendo il dottorato in Vaticano?» domandò Omar Yussef.

«Sì, ma a Roma ha lavorato anche come segretario apostolico di un cardinale. Ora ho saputo che è tornato alla chiesa della Natività. So perfettamente che Elias e io rischiamo di metterci nei guai, tornando qui, Abu Ramiz. Forse tu non riesci a capire quel che abbiamo passato. Siamo cresciuti in questo misero posto, disperatamente desiderosi di andarcene in un altro paese, per fare fortuna e campare in pace. Eppure, prima o poi, arriva il giorno in cui ripensi al gusto del vero *hummus* e all'inebriante fulgore del sole sulle colline, al suono delle campane e alle voci dei *muezzin*. Provi una tale nostalgia da riuscire a sentirne il sapore, e allora ritorni, qualunque cosa tu debba lasciarti alle spalle. Non puoi resistere.»

«Non appena avrò un attimo di tempo andrò alla chiesa a salutare Elias.»

«Il mese prossimo è Natale, e volevo invitare te e Umm Ramiz a messa, e poi a cena a casa mia» disse George.

«Sarà un piacere, sia per me che per lei.»

I due discussero su chi dovesse pagare il conto. Entrambi posarono dei soldi sul tavolo cercando di costringere l'altro a rimettere via i suoi. Fu a quel punto che ebbe inizio la sparatoria. Abbastanza vicina a giudicare dai forti crepitii e rimbombi, non come gli schiocchi di frusta dei colpi in lontananza.

George alzò gli occhi. «Quei bastardi hanno ricominciato.» Si alzò in piedi, lasciando i soldi sul tavolo. «Io devo andare, Abu Ramiz.»

Raggiunsero la porta. Omar Yussef vide un tracciante solcare il cielo sopra la valle in direzione di una casa lungo la via. Le fragorose e cupe esplosioni che partivano dal villaggio erano dirette contro le postazioni israeliane del quartiere di Gerusalemme situato al di là dello uàdi. I colpi d'arma da fuoco provenivano dal tetto di una casa sulla piazza, un edificio su due piani a una cinquantina di metri di distanza. Al riparo di quell'edificio era parcheggiata una jeep Mitsubishi scura. George Saba uscì in strada. «Cristo, mi sa che stanno di nuovo sparando dal tetto di casa mia.»

«George...»

«Non preoccuparti per me. Vattene di qui prima che arrivino gli israeliani. Neppure il tuo clan può proteggerti da loro. Addio, Abu Ramiz.» George Saba posò affettuosamente una mano sul braccio di Omar Yussef e s'incamminò veloce per la via, chinato in avanti per ripararsi dietro il muretto del giardino.

Omar Yussef si portò le mani alle orecchie quando gli israeliani passarono a un'arma più pesante. Spararono un tracciante che lasciò nel buio una scia ingannevolmente lenta e punteggiata, come un messaggio in Morse. Quel messaggio parlava di morte, e il piacere provato durante la cena con George Saba abbandonò Omar Yussef. George Saba era sparito. Omar, sulla porta, si domandò se non fosse il caso di seguirlo. Il cameriere aspettava nervoso alle sue spalle, ansioso di chiudere la porta del locale. «Vuole rientrare, signore?»

«No, me ne vado a casa. Buonanotte.»

«Che Dio la protegga.»

Omar Yussef si sentì un idiota mentre avanzava a tentoni lungo il muro, mettendo cautamente un piede dietro l'altro per non inciampare sul marciapiede dissestato. Lo pervase la consapevolezza della sua paura e dei suoi dubbi. Captava dei movimenti nei vicoli davanti ai quali passava e le ombre assumevano fugaci i contorni di persone e animali, come capita a un bambino spaventato in cerca del bagno in una casa immersa nel buio. Stava sudando, e nei punti in cui il sudore si raccoglieva, intorno ai baffi e sulla calvizie, il vento della notte gli pareva gelido. Che vecchio rimbambito sei, disse tra sé, ad aggirarti in zona di guerra con le tue scarpe eleganti. Una volta o l'altra ti ritroverai con una pistola puntata alla testa, prima ancora di aver capito dove hai il cervello.

La sparatoria alle sue spalle aumentò d'intensità. Si domandò che cosa avrebbe fatto George Saba se avesse trovato di nuovo i miliziani appostati sul suo tetto, e concluse che solo nel momento in cui ti puntano una pistola al cuore puoi scoprire che cosa ami veramente.

I famigliari di George Saba erano stretti l'uno all'altro contro la spessa parete di pietra della stanza da letto. Era il lato della casa più lontano dalle fonti degli spari. George entrò dalla porta principale. Il rumore dei colpi era più forte all'interno e George notò che dalle finestre entravano pallottole. Si rifugiò in una nicchia del corridoio e si accucciò contro il muro. Sul retro, la sua casa si affacciava sul profondo uàdi ed era pesantemente bersagliata dalla postazione israeliana al di là dello uàdi.

Sofia Saba, sul lato opposto del corridoio, guardava il marito con gli occhi sbarrati. Non aveva ancora quarant'anni, ma sul suo volto sembravano essere comparse rughe di cui il marito, in precedenza, non si era mai accorto, quasi che le pallottole stessero crepando la superficie della pelle come una lastra di vetro. I capelli, di un castano intenso e brillante, incorniciavano occhi folli di paura. Teneva accanto a sé il figlio e la figlia con la testa sotto le sue ali protettive. Tremavano tutt'e tre. Accanto a loro, Habib Saba sedeva taciturno e furioso, sotto le armi antiche appese alla parete da suo figlio. Aveva gli zigomi alti e il naso lungo e diritto, come l'antico cammeo di un nobile impassibile. Nonostante gli spari, la sua testa era immobile come un'immagine scolpita nella pietra. Nel frastuono dei colpi, George chiamò suo padre, ma il vecchio non si mosse.

Gran parte dei colpi israeliani entrava nella parete esterna del soggiorno con la potenza e la penetrazione del tiro diretto. Non erano colpi di rimbalzo. A intervalli di pochi istanti, una pallottola si infilava sibilando in quel che restava delle finestre e, attraversata la stanza, andava a conficcarsi nella parete dietro la quale la famiglia di George Saba aveva cercato riparo. Sofia sobbalzava a ogni nuovo colpo, come se i proiettili potessero abbattere quella barriera erodendola poco alla volta fino a lasciare esposti al fuoco i suoi figli. Il susseguirsi delle raffiche era inframmezzato dal rumore degli specchi e dei mobili che andavano in pezzi nel soggiorno e della porcellana che cadeva sul pavimento dagli scaffali crollati.

Una pallottola sfrecciò per il corridoio e andò a scheggiare lo stipite della porta d'ingresso da cui George Saba era entrato in casa. Quando era ancora per strada a schivare i colpi, si era sentito sicuro di dover passare all'azione, quella sera. Aveva maledetto a mezza voce i combattenti sul tetto e, quando un colpo gli era caduto particolarmente vicino, aveva ripetuto l'imprecazione a squarciagola. Ora, invece, voleva sprofondare ancora più in fondo in quella nicchia, nascondersi dentro il muro fino alla fine di quell'incubo. Se fosse rimasto in quel nascondiglio abbastanza a lungo si sarebbe forse svegliato per ritrovarsi nel suo negozio di Santiago, e quella stupida fantasia di ritornare alla casa della sua infanzia si sarebbe rivelata ancora una volta un sogno, non una realtà di piombo rovente, distruttivo e letale che gli sventrava la casa. Guardò verso la camera da letto e incontrò l'espressione implorante della moglie, che continuava a stringere protettivamente a sé le teste dei figli. Non si sarebbe risvegliato in Cile. Non poteva tirarsi indietro. Questa storia doveva finire. Si alzò in piedi, scivolando lungo il muro, premendovi contro la schiena come se potesse avvolgere il proprio corpo nella pietra impenetrabile. Inspirò teso, come chi sta per tuffarsi nell'acqua ghiacciata, e si lanciò oltre la parte esposta del corridoio fino alla camera da letto.

George Saba strinse a sé la moglie e i figli. «Andrà tutto bene, vedrete» disse. «Ci penso io.» Li serrò ancora più forte nel suo abbraccio, perché non vedessero che stava battendo i denti.

Solo a quel punto suo padre mosse la testa, voltandola verso di lui. «Che cosa hai intenzione di fare?»

George lo guardò con aria triste. Habib Saba poteva mostrarsi imperturbabile quanto voleva, ma suo figlio non la beveva. Non erano la calma e la determinazione a tenere immobile il vecchio contro la parete, in quella posa composta. Suo padre se ne stava nascosto nella stanza da letto perché era abituato alla corruzione e alla violenza. Viveva nel modo più silenzioso e appartato possibile, perché i cristiani erano una minoranza a Betlemme, e faceva molta attenzione a non urtare la sensibilità dei musulmani anche solo con la sua presenza. George aveva imparato a vivere in un altro modo, negli anni trascorsi lontano dalla Palestina. Posò una mano sulle spalle del padre e gli accarezzò la guancia ruvida.

Poi, con decisione, si alzò in piedi e si protese verso la vecchia rivoltella che ornava la parete. Era una Webley VI di fabbricazione britannica, risalente alla Seconda guerra mondiale, acquistata pochi mesi prima dalla famiglia di un vecchio soldato della Legione Araba giordana che si era tenuto quell'arma come souvenir dei suoi ufficiali inglesi. Il metallo grigio era opaco, e la ruggine sulla cerniera impediva la fuoriuscita del tamburo. Al buio, però, quella canna lunga diciotto centimetri avrebbe fatto il suo effetto, diversamente dagli antiquati moschetti turchi dal calcio intarsiato che decoravano la parete della camera da letto accanto al revolver. George Saba serrò la mano intorno al calcio squadrato della pistola e ne sentì il peso.

Habib allungò un braccio verso quello del figlio, ma non riuscì ad afferrarlo. Sofia lanciò un urlo quando vide la pistola nella mano del marito. Sentendo il grido della madre, la figlia alzò gli occhi da sotto il suo braccio. George capì di dover agire senza esitare se non voleva che quegli sguardi strazianti lo facessero desistere. Allungò la mano libera e la posò sulla fronte della bambina, come se volesse impedirle di guardare. «Non ti preoccupare, Miral. Papà va a dire a quegli uomini di smetterla di giocare e di fare tutto questo baccano.» Quella frase gli parve una stupidaggine e, per un attimo, continuò a coprire il viso della figlia, per evitare di scorgervi l'incredulità che vi avrebbe certamente letto. Anche un bambino capiva che non si trattava di un gioco. Poi si avviò di corsa verso la porta principale.

## 2

Il buio coprì velocemente la vallata, scivolando grigio giù dai ripidi pendii, cancellando i radi ulivi e inghiottendo nell'ombra i romantici ritratti dei martiri al cimitero, per poi posarsi anche sul villaggio di Irtas. A casa degli Abdel Rahman nessuno si azzardava ad accendere la luce. Facendolo, avrebbero illuminato il piccolo orto e il gruppetto di pini da cui attendevano di veder sbucare il figlio maggiore in tempo per l'*iftar*, l'interruzione serale del digiuno nei giorni del Ramadan. Nella stanza principale della casa, Dima Abdel Rahman depose un vassoio di *kamar al-din*. Posò i bicchieri pieni di succo di albicocca davanti ai cuscini su cui si sarebbe seduta a mangiare con tutta la famiglia. Il bicchiere più colmo di pezzi di frutta lo sistemò sull'angolo del tavolino basso, dove Louai voleva sempre sedersi per guardar fuori dalla finestra, pronto a cogliere eventuali segni di pericolo. Fatto questo, si avvicinò per un attimo alla finestra aperta e, ignorando la suocera che lanciava urgenti e ripetuti richiami dalla cucina, socchiuse gli occhi nella speranza di scorgere la sagoma del marito nel buio. Si sistemò il velo color crema, che si incurvava sotto il mento, chiuso da una spilla, mettendo in risalto il netto ovale del suo viso. Aveva gli occhi di un castano chiaro, come il fogliame dei brevi autunni palestinesi, e le ciglia lunghe. Il suo viso era dolce e fiducioso, benché offuscato da una sfumatura di recenti solitudini e dall'ansia che serrava le labbra. Fu percorsa da un brivido e strinse le braccia al corpo quando l'aria fredda della sera filtrò sotto i suoi abiti di festa.

L'edificio a due piani era in una posizione ideale per quegli incontri clandestini. Louai Abdel Rahman, dal suo nascondiglio segreto a Irtas, poteva raggiungerlo comodamente, percorrendo meno di mezzo chilometro nel villaggio senza mai uscire allo scoperto, dove le squadre speciali israeliane avrebbero potuto scorgerlo. Le case in blocchi di cemento e le viuzze tortuose di Irtas si attorcigliavano tra le colline più basse e il fondovalle come una cascata impetuosa che, attraverso un crepaccio, schiumi verso il bordo del precipizio increstandosi sulle sporgenze meno ripide. Ai margini del villaggio la valle era piuttosto fertile, con le macchie verdi delle *fellahine* sparpagliate intorno ai famosi giardini del convento cattolico tenuto dalle Figlie di Maria Santissima dell'Orto. Dietro la casa degli Abdel Rahman, a un'estremità della valle, c'erano gli antichi e famosi pozzi di Salomone, che alimentavano il principale acquedotto della Gerusalemme di Erode. Grazie alle sorgenti disseminate lungo la valle, gli abitanti di Irtas potevano concedersi un lusso negato agli altri abitanti della Palestina rurale, che nel corso degli otto mesi di siccità estiva si dannavano a raschiare il fondo fetido delle loro cisterne: a Irtas c'erano anche alti pini ombrosi, oltre agli ulivi, bassi ed essenziali, che in gran parte dei villaggi erano i soli alberi. Dima Abdel Rahman sapeva che suo marito era capace di muoversi nascosto sotto la volta delle foglie, quasi che la natura volesse fargli da complice nella lotta contro l'occupazione. Se ci fossero stati degli israeliani a guardare dall'alto, Louai li avrebbe visti senz'altro, perché la fitta vegetazione si diradava fino a svanire mano a mano che le colline salivano allontanandosi dal fondo dello uàdi. I soldati sarebbero stati ben visibili sui brulli pendii, anche al crepuscolo.

A quel punto Dima Abdel Rahman sentì un fruscio tra gli alberi. È lui, pensò. Restò in silenzio, nonostante la suocera continuasse a reclamare il suo aiuto per servire in tavola. Non si notava il benché minimo movimento, ma il sottobosco crepitava sotto il peso di passi cauti. Stava arrivando, per la prima volta dopo settimane. Dima si aggiustò ancora una volta il velo con impazienza e si sistemò la spilla sotto la gola.

Era da un pezzo, ormai, che Louai doveva nascondersi dagli israeliani, ma lei non si sarebbe mai abituata alle assenze del marito tra una visita e l'altra nella casa dove lei viveva con i suoceri, il cognato e le tre cognate. Erano sposati da appena un anno, e lui era stato quasi sempre in clandestinità, proprio come i genitori di Dima avevano temuto. Prima del matrimonio della figlia si erano consultati con il loro vicino, l'*ustaz* Omar Yussef, amico rispettato del capofamiglia e insegnante, che aveva sempre avuto molta stima della ragazza. Questi aveva detto al padre di Dima che, nonostante la ragazza rischiasse di rimanere presto vedova, i due giovani sembravano amarsi, e che tali sentimenti andavano incoraggiati in quei tempi di odio.

E così Dima aveva interrotto i suoi studi alla scuola femminile dell'UNRWA di Dehaisha per sposare Louai. Lei andava a lavorare nell'autofficina del suocero, dove teneva la contabilità e rispondeva al telefono. A casa rigovernava e aspettava con ansia i rari ritorni di Louai. Passava una settimana e anche di più tra una visita e l'altra, e ogni volta i loro incontri duravano un'ora o due al massimo. Quando lui non c'era, lei diventava malinconica. Senza il marito ad allietare le notti, le giornate nel gabbiotto di vetro all'officina erano tristi. Peggio ancora, il suocero Muhammad e il cognato Yunis diventavano via via sempre più freddi con lei, come se le attribuissero la colpa dei rischi che lui correva per farsi vivo, di notte, lì a casa. Forse, però, il motivo era un altro.

Alcune settimane prima, un uomo corpulento in tenuta mimetica si era presentato all'officina quando Muhammad e Yunis non c'erano. Si era seduto sulla scrivania di Dima, stropicciando alcune carte con il suo didietro, e aveva cercato di sfiorarle una guancia. «La tua famiglia ha qualcosa che vorrei comprare» le aveva detto «ma sarei disposto a pagare il doppio del prezzo se fossi tu a consegnare la merce.» Lei si era allontanata, e quell'uomo era scoppiato a ridere. Alle spalle dell'intruso, lei aveva intravisto Yunis sulla porta del garage. L'uomo in mimetica aveva alzato di nuovo una mano, ma poi aveva seguito lo sguardo di lei rivolto al cognato. Vedendolo, era scoppiato nuovamente a ridere e se n'era andato. Yunis l'aveva squadrata con aria torva per poi seguire l'uomo che si allontanava, sibilandogli qualcosa alle spalle. Da quel giorno Yunis non le aveva praticamente più rivolto la parola.

L'ultima volta che Louai era tornato a casa, Dima si era lamentata per la freddezza del suocero e del cognato, e

Louai, uomo solitamente quieto e di poche parole, l'aveva sorpresa con uno scoppio d'ira improvviso. «Non hai il diritto di giudicare mio padre e mio fratello» le aveva detto. «Questi non sono affari che ti riguardano.»

Dima non sapeva a quali «affari» si riferisse: lei aveva soltanto parlato dei modi gelidi con cui veniva trattata a casa e all'officina. Louai si era subito placato e le aveva chiesto scusa, spiegando la propria reazione con il nervosismo accumulato nel nascondiglio in cui era costretto a vivere, ma Dima aveva capito che le stava mentendo. Era sulla difensiva perché anche lui era scontento di suo fratello. La reazione di Louai in qualche modo confermò i sospetti di Dima sul conto di Yunis. In occasione di quell'ultima visita, prima che Louai se ne andasse, Dima li aveva sentiti litigare, nonostante parlassero sottovoce. Non aveva capito il motivo della discussione, ma il tono le era parso concitato. Aveva anche notato lo sguardo severo che Louai aveva rivolto al padre dopo averlo abbracciato al momento di congedarsi.

Dima Abdel Rahman, alla finestra, aguzzò la vista per cercare l'origine di quel rumore di passi tra i pini, ma all'improvviso il passo cadenzato tacque, per poi riprendere, più strascicato nel sottobosco, quasi che l'uomo che avanzava si fosse improvvisamente rilassato.

«Ah, sei tu, Abu Walid.»

Era la voce del marito. Parlava con calma, in tono amichevole. Dima guardò verso il punto da cui era giunta la voce. Per un attimo non vide nulla; subito dopo, però, al margine della pineta rada comparve un puntino di un rosso intenso, che fluttuò zigzagando, come per descrivere un cerchio di raggio assai ridotto, per poi fermarsi con un ultimo fremito, come una lucciola posatasi su una foglia. Non appena il punto rosso si fermò, si udì uno sparo. Dima sussultò inspirando, e fu come se l'ossigeno inalato così bruscamente le avesse rinforzato la vista, perché in quel momento vide Louai. Arrancava ai margini della pineta. Dima non riusciva a vederlo in viso, ma riconobbe il giubbotto e i pantaloni di jeans che gli aveva comprato prima della sua ultima visita. Con una mano, Louai si stringeva una spalla.

Il puntino rosso, di nuovo. Un altro sparo partì nel buio, e Louai ruotò su se stesso, con le braccia spalancate, come un danzatore sufi nella trance divina della *sema*, vorticante, la testa all'indietro, un palmo rivolto verso il suolo, l'altro verso il cielo. Crollò in avanti tra i cavoli dell'orticello.

Dima fissò la scena. Sua suocera irruppe piangendo nella stanza, urlando contro gli israeliani invasori. «Ci ammazzeranno tutti» gridò. «Yunis, figlio mio, va' a chiamare tuo padre, che ci difenda. Muhammad, marito mio, vieni a proteggerci.» Giunse dal piano superiore il rumore dei passi degli uomini che accorrevano, riscossi dal loro riposo serale. Dima si sentiva pietrificata. Temeva, muovendosi, di crollare a terra in mille pezzi, il corpo dissolto in una nube di schegge polverose. Con uno sforzo pauroso, si voltò e si lanciò di corsa verso la porta, travolgendo lungo il tragitto un bicchiere di *kamar al-din*.

Gli assassini potrebbero ancora essere là fuori, pensò Dima, ma io devo raggiungerlo e proteggerlo. Devo impedire che lo feriscano gravemente.

Avanzò incespicando tra i cavoli dell'orto e si lasciò cadere accanto a Louai. Fu a quel punto che si rese conto dei propri singhiozzi, che subito, non appena ebbe girato il marito sulla schiena, sfociarono in un grido straziante. Lo sguardo di lui era inespressivo, sembrava trapassarla. La lingua spuntava pallida tra le sue labbra. Il giubbotto di jeans era bagnato, zuppo di sangue dal colletto alla vita. Dima gli prese la mano e gli accarezzò il viso. Era così bello. Osservò la mano di Louai. Aveva dita lunghe e affusolate, dita che la toccavano con delicatezza quando lui tornava a casa. Perché, si domandò Dima, la causa della Palestina doveva valere, per lui, più di quella della loro felicità e del loro amore?

Nell'orto arrivò anche la madre di Louai. Aveva già capito il motivo di quel grido di Dima. Cadde in ginocchio accanto al figlio e gli posò le mani sopra il petto insanguinato. Dima udiva il fruscio lieve e umido del tessuto fradicio cui l'anziana donna si era disperatamente aggrappata. La madre ritrasse le mani e si coprì le guance del sangue del figlio, invocando Dio.

«Allontanatevi da lui.»

Da dietro, Dima sentì giungere la voce di Yunis, che la afferrò per una spalla e la staccò dal cadavere del marito. Yunis sollevò anche la madre, con delicatezza, ma con altrettanta decisione. Lei singhiozzava e gridava: «*Allahu akhbar*», Allah è grande. Quando, sorreggendo la madre, passò davanti a Dima, Yunis incrociò il suo sguardo. Le rivolse un'occhiata difensiva e ostile, e lei rimase confusa. Dopo di che Yunis guardò altrove. «Non toccare niente. Così la polizia potrà fare le sue indagini» disse.

«La polizia?»

«Sì.»

«Che indagini potrà mai fare la polizia? Tuo fratello è

stato ucciso dagli israeliani. Credi davvero che la polizia possa andare ad arrestare il soldato che gli ha sparato?»

«Fa' come ti ho detto.»

«La polizia non può fare nulla, a meno che a ucciderlo non sia stato un palestinese. Per quale motivo, però, un palestinese dovrebbe uccidere un membro della nostra famiglia? Qual è il palestinese che ucciderebbe uno dei capi della resistenza?»

Yunis distolse lo sguardo. Dima gli si avvicinò, e lui, allora, tornò a guardarla con un'espressione piena di biasimo e di violenza.

Dima avrebbe sfogato tutta la propria rabbia, se non avesse temuto di mancare di rispetto, con parole troppo dure, al marito morto. Quando Yunis, rientrando in casa, accese le luci, all'esterno filtrarono fasci di luce azzurrina fluorescente. I loro gelidi riflessi risplendevano nella pozza del sangue di Louai.

## 3

Omar Yussef appoggiò con cura la borsa di cuoio rosso scuro sulla cattedra e sbloccò la combinazione delle splendenti chiusure dorate. Tolse da un taschino interno una stilografica Mont Blanc che gli era stata regalata da una classe di diplomati al corrente della sua passione per le cose eleganti. Sentì con piacere il peso e il bilanciamento della penna e diede un'occhiata alla pila di quaderni da correggere. Si domandò se le allieve autrici dei compiti un giorno sarebbero mai state riconoscenti o generose con il loro maestro. Cominciò a leggere le brevi relazioni sulla caduta dell'impero ottomano che aveva assegnato. Si arrabbiava troppo spesso, con quelle ragazze. Si sforzava di evitarlo, ma proprio non riusciva a trattenersi quando attaccavano con la serie di stereotipi politici sulla povera nazione araba da sempre oppressa e calpestata da tutti – crociati e mongoli, turchi e inglesi – fino all'*intifada*. Non che fosse sbagliato vedere gli arabi come vittime di una storia tremenda, ma era un errore ritenere che non avessero alcuna responsabilità per le loro stesse sofferenze. Durante le lezioni, Omar Yussef non riusciva a trattenersi davanti agli slogan ciechi e pieni di odio, li contestava con rabbia, accrescendo però la sfiducia delle allieve nei suoi confronti.

Sul primo quaderno, disordinatissimo, Omar mise una «C», perché si sentiva generoso, e passò a un altro. Stava invecchiando. Pensò a George Saba e alla piacevole sensazione che aveva provato cenando con lui, vero erede e beneficiario, insieme ad altri studenti, degli insegnamenti di Omar Yussef. Sapeva bene che i suoi scoppi d'ira in classe, sempre più frequenti, erano dovuti alla frustrazione dinanzi alle posizioni politiche semplicistiche e violente delle sue allieve, e insieme alla sensazione di essere ormai troppo vecchio, troppo lontano dal loro mondo per poter sperare di avere una qualche influenza su di loro. Sapeva che in una scuola maschile sarebbe stato anche peggio, ma c'era in alcune ragazze una violenza che lo lasciava sgomento. Per quanto si sforzasse di liberare le menti delle giovani di Dehaisha, molti lavoravano con altrettanta assiduità per tenerle in schiavitù.

Le cose andavano diversamente quando insegnava all'istituto dei fratelli lassalliani. In quegli anni aveva visto schiudersi molte menti assai raffinate. Del resto, non erano solo gli studenti a essere cambiati. Betlemme era ormai satura di tensione e di odio, con al seguito povertà, risentimento e propaganda. Persino una brava alunna come Dima Abdel Rahman si era fatta invischiare dalla violenza. Il padre di lei, vicino di casa di Omar Yussef, lo aveva chiamato la sera prima per informarlo della morte del marito della ragazza, Louai Abdel Rahman. Il funerale era stato fissato per quella mattina, e Omar Yussef, che a quell'ora sarebbe stato al lavoro, aveva deciso di andare a portare le proprie condoglianze a Dima Abdel Rahman nel pomeriggio. Aveva pensato di incitarla a riprendere gli studi, ma poi si ricordò di quanto la ragazza amasse il marito e decise che era troppo presto per dare certi consigli.

Era in momenti come quello, quando la prima luce del mattino entrava tersa nell'aula deserta, che Omar Yussef si domandava se non fosse il caso di accogliere l'insistente invito dell'americano che dirigeva la scuola a dare le dimissioni. Omar Yussef aveva solo cinquantasei anni, ma Christopher Steadman voleva mandarlo in pensione. Vedeva lo sguardo dell'americano sulle sue mani, che tremavano in memoria del suo passato di alcolista. Questo tremito gli conferiva un'aria di fragilità ancor più della sua lenta e laboriosa camminata. Forse Steadman voleva soltanto un uomo più energico, ma Omar Yussef lo odiava perché sospettava che l'americano volesse qualcuno che non osava contraddirlo. Omar Yussef poteva dire di aver educato una quantità di giovani menti – come George Saba, Elias Bishara e Dima Abdel Rahman – tale da appagare l'insegnante più coscienzioso. Forse non era il caso di dannarsi l'anima ad affrontare quotidianamente lo stress della lotta contro il meccanismo della folle ideologia del martirio e delle sue menzogne.

In quel momento arrivò in classe la prima delle studentesse. «Buongiorno, *ustaz.*»

Omar Yussef ricambiò il saluto in silenzio. Con l'arrivo di quella ragazza, il ricordo consolante dei suoi vecchi allievi si dissolse, e lui ripiombò nell'alienazione del presente, con i sensi acuiti davanti allo squallore della scuola. Le sedie strisciarono rumorosamente sul pavimento mentre le studentesse prendevano posto. L'aria si saturò ben presto dell'odore di ascelle non lavate e di peti leguminosi. Omar Yussef teneva lo sguardo sul quaderno, fingendo di correggerlo. La penna gli tremava tra le dita, come da un po' di tempo accadeva immancabilmente. Sul dorso di una mano era comparsa una piccola macchia brunastra, che gli balzava all'occhio ogni volta che girava una pagina. Era recente, venuta quasi da un giorno all'altro, come se uno spiritello si fosse insinuato nottetempo nella sua stanza e gli avesse lasciato addosso il marchio indelebile dell'invecchiamento precoce. A pensarci bene, Omar Yussef si meravigliava che quello spiritello lo avesse trovato a letto addormentato, dato che gli sembrava di aver trascorso metà della notte in bagno a urinare, al punto che quella creatura avrebbe potuto più facilmente imprimergli lo stigma della vecchiaia sul pene sgocciolante. Quello era il suo vero essere, quella la realtà della sua esistenza. Forse non era mai stato esattamente un Adone, neanche da giovane, e alla propria rosea e malinconica immagine giovanile aveva da aggiungere anche gli occhi annebbiati dall'alcol e la bocca serrata dall'amarezza di chi sa di dover chiedere scusa a molti: alle persone offese in preda all'ebbrezza, ma soprattutto a se stesso. Sì, forse era vero che non gli faceva bene quel lavoro mattutino. Ne avrebbe parlato con sua moglie Maryam.

Altre studentesse fecero il loro ingresso in aula. Erano quasi tutte in silenzio. Conoscevano l'intransigenza di Omar Yussef, e in classe non parlavano mai a meno che lui non fosse evidentemente di ottimo umore, un caso che raramente si verificava alle sette e mezzo del mattino, orario d'inizio delle lezioni. Una ragazza, però, era troppo agitata per trattenersi. Khadija Zubeida aveva fatto il suo ingresso in aula in preda alla concitazione. Era alta e magra, e aveva i capelli tagliati alla maschietta. Nella parte alta delle sue guance pallide si notava una precoce fioritura di brufoli. Prima di sedersi, si sporse sui banchi di due compagne. «Ho sentito mio padre al telefono prima di uscire di casa» disse loro. «Ha arrestato un collaborazionista. Quello che ha aiutato gli israeliani a uccidere l'ultimo martire a Irtas. Mi ha detto che lo giustizieranno.» Parlò in un bisbiglio, ma nell'aula silenziosa si sentì chiaramente, come il sogghigno che accompagnò le parole.

«Chi è?» domandò una delle due amiche.

«Il collaborazionista? Un maledetto cristiano di Beit Jala. Si chiama Saba, mi pare. Ha portato gli ebrei dritti all'uomo di Irtas, che era un gran combattente, e gli ha inflitto il colpo di grazia con un coltellaccio datogli dagli ebrei.»

Omar Yussef posò la penna prima che il tremito gliela facesse schizzare via. Spostò il quaderno che aveva davanti a sé e si prese la testa tra le mani, come per raccogliere i pensieri. «Khadija» disse rivolto alla ragazza che aveva parlato. «Saba... e di nome?»

«Credo che si chiami George, *ustaz.* George Saba. Mio padre dice che tiene in casa delle statue femminili oscene e che, pur di non farsi arrestare, ha offerto la figlia al poliziotto che era andato ad arrestarlo.»

Le ragazze schioccarono la lingua e scossero la testa indignate.

«E il cristiano ha confessato. Ha detto: "Lo so perché siete venuti. Siete qui perché mi sono venduto agli ebrei".

Mio padre gli ha dato una bella ripassata, dopo la confessione.»

Omar Yussef si alzò e si sporse sopra la cattedra. «Vieni qui» le disse, secco. Mentre la ragazza si avvicinava con aria confusa, lui rifletté sull'opportunità di riservarle la stessa ripassata che suo padre aveva dato alla spia. Sapeva, però, di dover fare qualche sforzo in più: era un insegnante, non un poliziotto violento. Si domandò che cosa mai vedesse, lei, dal suo punto di vista. Sapeva di avere gli occhi infuocati di rabbia, e la pelle molle, sotto il mento, gli tremolava. Doveva apparire patetico, spaventoso. «Che cosa vi ho sempre insegnato, nelle mie lezioni?»

La ragazza guardò Omar Yussef inebetita.

«Com'è che vi ho insegnato ad affrontare lo studio della storia?» Omar Yussef restò in attesa. Squadrò attentamente in viso la ragazza. Non ottenendo risposta, riprese. «Vi ho insegnato a considerare ciò che è documentato, prima di prendere posizione su un certo sultano o sulle cause di una guerra.»

«Sì, infatti» ammise la ragazza, con un certo sollievo.

«Come fai, allora, a sapere che quell'uomo è un collaborazionista?»

«Me l'ha detto mio padre.»

«Chi è tuo padre?»

«Sergente Mahmoud Zubeida, delle Forze di reazione rapida dell'intelligence.»

«È stato lui a condurre le indagini, dall'inizio alla fine?»

La ragazza apparve perplessa.

«Certo che no. Non è stato lui» disse Omar Yussef. «Tu, perciò, dovresti andare a parlare con tutti quelli che hanno condotto personalmente le indagini sul caso, prima di poter giungere alla conclusione che quell'uomo è un collaborazionista. Mi sbaglio?»

«Ma ha confessato.»

«Ha confessato in tua presenza? A te personalmente? Forse dovresti parlare con lui, per capire. Parlare con i suoi amici. E poi dovresti trovare un movente per le sue azioni. Ha fatto la spia per denaro? Magari è già abbastanza ricco e non gli servono altri soldi. Perché mai l'avrà fatto, allora? Non potrebbe essere stato qualcun altro a tradire, per poi far ricadere la colpa su di lui? Magari un suo concorrente in affari...»

La ragazza continuava a dondolarsi appoggiandosi ora su una gamba ora sull'altra, tormentandosi i brufoli su una guancia. Omar Yussef vide che Khadjia stava per mettersi a piangere. Si rese conto di aver alzato un po' troppo la voce e di essersi sporto un po' troppo, al di sopra della scrivania, verso di lei, ma decise di non curarsene. Era furibondo per l'ignoranza di un'intera generazione che vedeva concentrata, in nuce, nelle spalle sottili e nel viso inespressivo di quella ragazza.

«Come faccio a sapere tutte quelle cose, io?» balbettò Khadjia.

«Sapere quelle cose è essenziale prima di condannare un essere umano a morte.» Omar Yussef si sporse in avanti più che poté. «Morte. Morte. Non è una cosa lieve, di cui si possa ridacchiare o parlare a vanvera. Questo presunto collaborazionista è un padre di famiglia. Che cosa diresti se qualcuno portasse via tuo padre per ucciderlo?» Così dicendo, Omar Yussef si rese conto che quella ragazza aveva probabilmente ottime ragioni per figurarsi il padre come potenziale vittima di un qualunque scontro a fuoco con gli israeliani. Doveva essere uno degli incubi più ricorrenti di Khadjia, cupo e terrificante. Omar Yussef provò un istantaneo moto di simpatia per la ragazza. Si raddrizzò. «Va' pure a sederti, Khadjia.»

Omar Yussef estrasse il pettine e si riaggiustò i capelli che gli si erano scomposti nel corso della sfuriata. In classe regnava un silenzio assoluto. Rimise il pettine nel taschino e si sedette a sua volta. «Quando morirete, che cosa lascerete in questo mondo?» domandò. «Tanti figli? Ebbene, possiamo dire che questo sia un bene in sé? Dipende da quello che gli avrete insegnato. Lascerete un grande patrimonio? Ebbene, che tipo di persone lo erediteranno? In che modo lo spenderanno? Sarete ricordate con affetto? O proveranno odio, pensando a voi? Cominciate a interrogarvi da subito, anche se avete solo undici anni. Se non sarete voi a porvele, queste domande, un giorno magari saranno altri, persone malvage, magari, a dettarvi le risposte. Esibiranno le loro presunte prove, e a voi sembrerà di non avere scelta. Se non vi assumete le vostre responsabilità, saranno altri, un domani, ad avere il controllo della vostra vita.»

Si direbbe quasi che io stia parlando di me stesso, pensò Omar Yussef.

«Quell'uomo, George Saba, è stato mio allievo. Era molto intelligente, un ottimo studente. Era sensibile e spiritoso. Era anche onesto. Non certo un uomo capace di commettere crimini o crudeltà di sorta.»

Khadjia Zubeida, scura in viso, parlò senza alzare la testa. «E lei che prove ha, di questo?»

Omar Yussef si compiacque della domanda e annuì con

aria di apprezzamento. «Ne ho più di te, Khadjia. Tu, infatti, giudichi sulla base dell'odio nei confronti di una persona che non conosci. Io conosco George Saba e gli voglio bene.»

Be', proprio il modo migliore di cominciare la giornata, pensò Omar Yussef. Voglio bene all'informatore degli israeliani; voglio bene al peggiore dei traditori. La prossima volta che qualcuno sarà in cerca di un capro espiatorio, potrà sbattermi in galera e chiedere alle mie allieve di confermare le mie simpatie per un collaborazionista, che mi trasformano in un collaborazionista a mia volta. Ottimo lavoro, Abu Ramiz. Dovresti dormire più a lungo e bere una tazzina di caffè in più, alla mattina.

Quando le lezioni del mattino terminarono, Omar Yussef trovò Wafa, la segretaria della scuola, seduta fuori dall'aula in attesa. La donna, che sfoggiava un sorriso vago e un po' legnoso, gli porse una tazza di caffè.

«Che Dio ti benedica» le disse Omar Yussef. «Immagino che questo trattamento di favore sia il preludio a cattive notizie...» La tazzina prese a tintinnare sul piattino. Le mani gli tremavano più del solito. George..., pensò. Che Dio lo aiuti!

«Beva il suo caffè, *ustaz*» disse Wafa, con un sorriso più affettuoso.

Omar Yussef la fissò, in attesa.

«Il direttore vuole vederla al più presto nel suo ufficio» disse la donna.

«Grazie per il caffè.» Omar Yussef bevve. «Era delizioso.» Le restituì la tazzina vuota. «Visto? Non ho neanche imprecato, quando hai nominato il nostro stimato direttore.»

«Una volta tanto! Ringraziamo Dio.»

Omar Yussef entrò nell'ufficio di Christopher Steadman,

e subito il calore e l'amicizia per Wafa si trasformarono in rabbia. Accanto alla scrivania, accanto alla figura alta e bionda del direttore della scuola dell'ONU, c'era l'ispettore scolastico del governo, che dieci anni prima aveva costretto l'istituto dei lassalliani a rescindere il contratto con Omar Yussef. Comprese all'istante il motivo della convocazione. Quell'infimo tirapiedi del governo era riuscito a far sì che Omar Yussef smettesse di manipolare le menti delle giovani élite all'istituto lassalliano. Ora, evidentemente, era venuto a impedire che Omar potesse avere anche solo una piccolissima influenza sui diseredati del campo profughi, dove peraltro la banda di corrotti che gestiva il governo veniva a reclutare la manovalanza da sacrificare. Omar Yussef era arrabbiato anche perché si rendeva conto di essere stato chiamato al cospetto dell'ispettore perché l'invito di Steadman alle dimissioni suonasse più convincente.

«Si sieda, Abu Ramiz.» Steadman fece un cenno in direzione della sedia sistemata davanti alla scrivania. Omar Yussef notò che l'americano aveva adottato l'uso tradizionale arabo di apostrofare i conoscenti come «padre di...».

Il giorno precedente Steadman aveva chiesto a Omar perché gli arabi si chiamano tra loro «Abu» o «Umm». Omar gli aveva spiegato che i palestinesi hanno tutti un proprio nome. «Io, per esempio, sono Omar» aveva aggiunto. «Ognuno di noi, però, è conosciuto anche come padre, "Abu", del primogenito. Mio figlio maggiore si chiama Ramiz, e per questo la gente mi chiama Abu Ramiz, padre di Ramiz. È una forma di rispetto e di cordialità insieme.» Dopo di che aveva detto al direttore che, se l'avesse costretto alle dimissioni, non avrebbe più avuto nessuno da perseguitare con le sue domande sulla società araba. Steadman aveva proseguito come se non avesse colto l'ostilità delle parole di Omar Yussef. «Se mai dovessi avere un figlio, lo chiamerei Scott» aveva detto Steadman. «E allora io sarei Abu Scott.» Quindi, aveva chiesto a Omar il significato di «Umm». E lui aveva deciso di mandarlo un po' in confusione. «Umm significa "madre di...". Così come io sono Abu Ramiz, mia moglie è Umm Ramiz. Mio figlio ha scelto, come vuole la tradizione, di dare al suo primogenito il mio nome, e così è diventato Abu Omar, e sua moglie è Umm Omar; il loro figliolo Omar, un giorno, darà al proprio figlio il nome del padre, e verrà chiamato perciò anche lui Abu Ramiz» disse Omar «mentre lei continuerà a essere semplicemente un americano.»

Nell'ufficio di Steadman, alla presenza dell'ispettore del governo, Omar Yussef notò il piccolo sforzo di adattamento alle tradizioni locali del direttore. Bene, te ne sei ricordato, pensò. Mi hai chiamato Abu Ramiz, ma questo non basta certo a renderti simpatico.

L'ufficio puzzava. Anche in questo Steadman si era sforzato di conformarsi alle tradizioni locali. Prima dell'inizio del Ramadan, Omar Yussef gli aveva raccontato, per prenderlo in giro, che nel corso di quel mese santo i musulmani si astenevano dal lavarsi e che consideravano blasfemo chiunque contravvenisse a questa regola. All'inizio, Omar Yussef aveva trovato divertente il fatto che Steadman l'avesse preso sul serio. Il direttore, evidentemente, aveva intenzione di non lavarsi per un mese intero. In quel momento, però, Omar Yussef rimpianse di avergli fatto quello scherzo e per contrastare la puzza di sudore si annusò il dorso della mano, su cui aveva messo un po' di acqua di colonia. «Conosce già il signor Haitham Abdel Hadi, del ministero dell'Istruzione?» gli domandò Steadman.

Sai benissimo che lo conosco. Sono sicuro che ti ha anche fatto vedere il mio dossier personale, pensò Omar Yussef, e tacque.

«Be', devo dirle che il signor Abdel Hadi ha ricevuto alcuni reclami sui suoi metodi di insegnamento. È questa la ragione per cui l'ho convocata qui.» Steadman si passò una mano tra i capelli biondi e radi, scostandoseli dalla fronte bruciata dal sole. Poi abbassò la mano aperta con il palmo rivolto in alto, come per cedere la parola all'ispettore del governo.

L'ispettore si mise a leggere da una serie di lettere che, a suo dire, erano state inviate al suo dipartimento dai genitori delle allieve. Nelle lettere si citavano le critiche rivolte da Omar Yussef al presidente e al governo, le sue accuse di banditismo alle Brigate dei Martiri di al-Aqsa, la sua condanna degli attentati suicidi e la mancanza di rispetto nei confronti degli sceicchi di alcune moschee locali. «Il mese scorso» disse l'ispettore «alcune studentesse sono rimaste ferite nel corso di una manifestazione contro i soldati occupanti presso la tomba di Rachele. L'indomani il docente Omar Yussef ha detto che le ragazze, invece di andare a tirare pietre contro i soldati, avrebbero dovuto tirarle ai loro genitori e alle autorità che li costringono a una vita d'inferno. Proprio così ha detto: tirare le pietre ai genitori e ai governanti che li costringono a una vita d'inferno.»

«Lei conferma, Abu Ramiz, di essersi espresso in questo modo?» domandò Steadman.

Omar Yussef guardò gli occhi scuri e scaltri dell'ispettore ministeriale. Si portò una mano alla bocca, cercando di farlo sembrare un gesto il più possibile naturale, per nascondere il fremito di irritazione delle sue labbra. L'adrenalina lo inondava di rabbia. Steadman ripeté la domanda. Il suo tono di voce ingenuo fece infuriare Omar Yussef.

«Non mi aspetto da lei un comportamento politicamente corretto, Abu Ramiz. Lei è troppo anziano per queste cose» disse Steadman. «Ma certi eccessi non posso accettarli. Noi lavoriamo a stretto contatto con l'amministrazione locale e non è nostro compito allevare rivoluzionari o incoraggiare atti di violenza.»

Questo scemo crede che io abbia veramente incitato le ragazze ad aggredire i loro genitori. «Le ragazze avevano già avuto comportamenti violenti. Avevano attaccato i soldati. Non mi sembra particolarmente rivoluzionario far notare che si tratta di un atto di violenza stupido, quali che ne siano le cause. Intendevo far capire alle mie allieve che il colpevole principale non sempre è quello più evidente» disse.

«È una vergogna» disse l'ispettore governativo. «Considerare i genitori e le autorità più responsabili delle forze d'occupazione per le sofferenze del popolo palestinese.»

«Oggi è politicamente corretto farsi saltare in aria in mezzo a una folla di civili. Si ritiene giusto elogiare, sui giornali e nelle moschee, chi si fa esplodere», disse Omar Yussef, battendo un pugno sulla scrivania. «E voi venite a dirmi che è una vergogna invitare alla riflessione?»

«Lei ha un pessimo curriculum, Abu Ramiz» disse il funzionario del governo. «Il suo dossier è di quelli corposi.

Dovrò avviare un procedimento disciplinare nei suoi confronti, se non accetterà la proposta del signor Steadman.»

Omar Yussef guardò il direttore. La mascella squadrata americana era immobile. Le labbra erano serrate e tese. Steadman si aggiustò sul naso gli occhialini tondi. Socchiuse le palpebre e fissò tranquillamente Omar Yussef con i suoi occhietti azzurri.

Questo bastardo ha già detto ad Abdel Hadi che mi vuole cacciare. Magari si sono preparati la scena in anticipo... Decise di non facilitare loro il compito. Lui non si sarebbe licenziato. Si sarebbe fatto sbattere in cella con George Saba piuttosto che piegarsi a quel subdolo ruffiano di Steadman. «Una cosa del genere non sarebbe mai capitata se a dirigere la scuola ci fossero ancora il signor Fergus o la signorina Pilar. Loro non avrebbero mai osato minacciarmi. Già, perché questa io la considero una minaccia, non solo da parte del governo, ma anche da parte sua, Christopher. E con ciò la conversazione è chiusa.» Si avviò alla porta.

«Abu Ramiz, lei non può andarsene così» disse Steadman. «Dobbiamo ancora chiarire la questione.»

«Sono felice che lei abbia imparato la mia lezione sul significato del termine Abu» disse Omar Yussef. «Le dispiace se mi rivolgo a lei chiamandola Abu Scott, come del resto lei stesso mi ha suggerito?»

Steadman, colto di sorpresa dall'improvviso cambio di direzione da parte di Omar Yussef, rispose con cautela. «Sì, come le dicevo, ho sempre pensato che, se avessi un figlio, vorrei chiamarlo Scott. Perciò, faccia pure: mi chiami Abu Scott.»

«È un nome quanto mai appropriato. In arabo *scott* significa “taci”.» Omar Yussef guardò severamente prima l’americano imbarazzato e poi il furibondo ispettore del governo. «Ora, se volete scusarmi, devo fare una visita di condoglianze a Irtas. Il marito di una mia ex allieva è stato ucciso dalla correttezza politica.»

# 4

La via che attraversava la valle era percorsa da un rivolo languido di persone in lutto per il martire. Avanzavano lentamente lungo lo sterrato che portava alla casa degli Abdel Rahman chiacchierando del più e del meno. Omar Yussef si pentì di essersi messo soltanto la giacca, quella mattina, perché il vento che soffiava nella valle di Irtas s'infiltrava nel tessuto di tweed. Si ripromise di non uscire più di casa senza il cappotto almeno fino ad aprile, neanche se il tempo, dalla sua finestra, al risveglio, gli fosse parso sereno. Camminava più veloce che poteva, ma aveva l'impressione che tutti gli altri, pur senza dimostrare la minima fretta, gli passassero davanti. Era contento di essersi almeno messo la coppola di morbido cachemire beige per proteggere la testa perlopiù pelata e tenere a bada le poche ciocche di capelli sottraendole al vento.

Omar Yussef giunse in fondo al vialetto. Da due bidoni di petrolio spuntavano fronde di palme e bandiere nere agitate dal vento. Le bandiere erano montate su aste di bambù che, sventolando per la brezza, sfregavano e sbattevano sul bordo dei bidoni, quasi sperassero di scappare. Omar Yussef si fece largo tra le file di uomini seduti su sedie da giardino di plastica bianca sotto la svolazzante cerata nera montata per accogliere gli intervenuti. Si accodò alla fila di uomini che porgevano le condoglianze alla schiera dei famigliari e mollemente stringevano mani, pronunciando benedizioni all'indirizzo di Louai Abdel Rahman. Ultimo della schiera dei parenti, era un giovanotto dal viso ossuto e risentito. Omar Yussef immaginò che fosse il fratello del combattente assassinato. Il ragazzo puntava quel suo sguardo fiero ora verso i margini del boschetto, al di là dell'orto, ora verso l'ingresso della casa di famiglia. Omar Yussef gli strinse la mano e gli domandò dove potesse trovare Dima Abdel Rahman. Gli parve che un lampo di ostilità nello sguardo del giovane precedesse la risposta: Dima era dentro, con le altre donne.

«Sii gentile, va' a chiamarla. Dille che c'è il suo vecchio professore.»

Il giovane esitò, mentre Omar Yussef continuava a tenergli stretta la mano, poi il giovane si divincolò e si diresse all'interno.

Omar Yussef avrebbe sinceramente gradito una tazzina di *qahweh sa'ada*. In qualsiasi altro periodo dell'anno al funerale ci sarebbe stato un ragazzino con un thermos di plastica pieno di caffè non zuccherato. Dato però che era in corso il Ramadan, non sarebbe stato servito né caffè né altro fino al calare della sera. A Omar Yussef, invece, non occorreva il Ramadan per ricordare che c'erano cose da cui avrebbe fatto meglio ad astenersi. Si ricordò di quando, da studente, durante un Ramadan, aveva ricevuto una sberla da una donna anziana, perché si era permesso di accendersi una sigaretta per le vie di Damasco. Avrebbe dovuto tenersela vicina, quella donna, per beccarsi un ceffone tutte le volte che faceva qualcosa di proibito. Quanto tempo, rifletteva, gli ci sarebbe voluto per smettere di bere se avesse ricevuto una botta in testa ogni volta che si tracannava un bicchiere di whisky con ghiaccio? E invece aveva rinunciato all'alcol solo quand'era ormai prossimo alla cinquantina. A quel punto il godimento spropositato delle sue prime bevute era svanito da un pezzo. Lui stesso si rendeva conto di essere patetico. Aveva smesso perché lo imbarazzava la compassione con cui certi uomini di vent'anni più giovani guardavano i suoi occhi annebbiati e le sue mani tremanti.

Da dietro la tenda giunsero tre colpi secchi e fortissimi di arma da fuoco, ma Omar Yussef fu l'unico a chinarsi di scatto. Si voltò verso la direzione in cui stavano guardando tutti gli altri. Lungo la via stava arrivando un plotone di miliziani delle Brigate dei Martiri di al-Aqsa, guidato da un uomo che portava una bandoliera incrociata sul petto. Omar Yussef si sistemò sul naso gli occhialini dalla montatura dorata e riconobbe Hussein Tamari, il capo delle Brigate dei Martiri a Betlemme. Sfoggiava l'arma di cui tutti parlavano. Tamari aveva una testa che si allargava alla base e terminava in un'imponente pappagorgia. Portava folti baffi neri e capelli neri tagliati cortissimi, forse anche perché non avevano tanto territorio da coprire. La sommità della testa era larga un terzo rispetto al collo. Quella testa congenitamente rastremata pareva a Omar Yussef la dimostrazione che non era il cervello il fondamento della sicurezza ostentata da Hussein Tamari.

Accanto a lui c'era un tipo magro e scuro che Omar Yussef aveva già visto in giro. Si chiamava Jihad Awdeh e aveva in testa un cappello grigio che sembrava un fez di pelliccia. Omar Yussef cercò di ricordare il nome di quel copricapo. Nessuno portava cose del genere a Betlemme. I vecchi dei villaggi indossavano la tradizionale *kefiah*, mentre i bambini preferivano i berretti da baseball americani. Le teste, però, erano in maggioranza scoperte, e il cappello di Jihad Awdeh aveva perciò un'aria ancora più stravagante e sinistra. A Omar Yussef venne subito in mente Saddam Hussein, che era solito indossare qualcosa del genere in circostanze ufficiali, d'inverno. Cappello di astrakan, ecco come si chiama, pensò Omar Yussef. Fece una breve risata sarcastica e scosse la testa.

Hussein Tamari lasciò partire altri colpi dal suo mitra in onore del defunto, appoggiandone il calcio contro un fianco e reggendolo disinvoltamente con una mano sola. La raffica risuonò forte, cupa e spaventosa, e Omar Yussef scorse tra la folla gente pronta ad applaudire lo spettacolo. L'arma aveva il calcio in legno, e una canna metallica scura. Sembrava lunga più di un metro e mezzo.

I miliziani si infilarono sotto la cerata e, passando davanti alla fila di gente in attesa nel vento freddo, strinsero la mano ai parenti del defunto. A Omar Yussef parve che il padre di Louai Abdel Rahman fosse piuttosto intimidito e che evitasse di guardare negli occhi i miliziani, nonostante questi indugiassero davanti a lui più del necessario.

Omar Yussef raggiunse l'ingresso della casa. Guardò nel soggiorno. Su una parete era dipinto un paesaggio alpino che ricordava la Svizzera, con un cerbiatto che sgambettava nell'erba alta, sulla riva di un lago fresco, e una casa di legno aggrappata al pendio innevato di una montagna, nitida come un disegno per bambini goffamente stilizzato. Era diffusa tra i palestinesi l'abitudine di decorare le pareti delle case con immagini di paesaggi alpini. Dava senz'altro un po' di sollievo guardare quel panorama quando l'estate diventava torrida, pensò. Forse, però, aveva anche un effetto calmante, come se ammirando l'immagine di un paese che viveva in pace si potesse dimenticare la violenza circostante, sognare di trovarsi sulle vette dei monti e di respirare un'aria serena e pulita. Omar Yussef aveva notato che in quei murali la presenza umana era bandita.

Davanti a quella scena alpina era radunata una folla di donne. Improvvisavano inni e benedizioni che esaltavano la madre del martire per la beatitudine di cui il figlio defunto avrebbe ora goduto. Una donna intonava una strofa, e altre si univano a lei, battendo il tempo con le mani, finché un'altra ancora aggiungeva un nuovo verso, e così via. Facevano così anche ai matrimoni. In fondo alla stanza, Omar Yussef scorse Dima Abdel Rahman. Le fece cenno di uscire. La ragazza accennò un sorriso e gli andò incontro. Quando lei ebbe raggiunto i gradini antistanti la casa, Omar Yussef vide il giovane cui aveva chiesto notizie di Dima che lo guardava torvo, appoggiato alla porta della cucina.

«Che Dio abbia misericordia del tuo caro marito» disse Omar Yussef.

«La ringrazio, *ustaz*» rispose Dima Abdel Rahman. «La sua visita mi fa molto piacere.»

«Chi è il ragazzo che ho mandato a cercarti?» le domandò Omar Yussef, indicando con discrezione il giovane appoggiato allo stipite.

«È Yunis, mio cognato.»

«Mi sembra più arrabbiato che triste per la morte di suo fratello.»

«La rabbia in lui prevale su tutto, non solo sulla tristezza» disse Dima.

Si allontanarono dalla casa e dal riparo di cerata, in direzione del campo di cavoli. Dima fissò lo sguardo sul punto in cui suo marito era stato ucciso. Cominciò a piangere. Omar Yussef prese il fazzoletto dal taschino della giacca di tweed e glielo porse. Lei si asciugò le lacrime e sorrise, imbarazzata. Dopo di che, tendendo un braccio, disse: «È qui che Louai è morto. L'ho trovato qui».

Dima riprese a piangere. Omar Yussef le parlò con dolcezza. «È giusto che tu pianga, mia cara. Sparare colpi in aria è sbagliato, ma piangere va bene.»

«La madre di Louai sostiene che dovrei piangere di gioia, visto che lui ora è un martire» disse Dima.

«È solo una messinscena per la gente che le sta attorno. Sono sicuro che nel profondo del suo cuore non lo pensa» disse Omar Yussef.

«Io proprio non riesco a gioire della sua morte, *ustaz*. Non c'è niente da fare.»

«Mio padre è morto quando ero ancora giovane. Ricordo che piangevo e la gente che era venuta a casa nostra mi diceva che non dovevo, perché mio padre aveva avuto lunga vita, e io dovevo comportarmi da uomo. C'era, però, un mio zio che mi capiva e che disse: "Lasciate piangere il bambino. Non capite che voleva bene a suo padre?". Perciò, non preoccuparti. Piangi pure, e tieniti anche il fazzoletto.»

Dima sorrise tra le lacrime. «Ero felice quando lei era il mio professore» disse.

«Sei una donna in gamba. Sarei felicissimo se tutte le mie allieve fossero come te.»

Gli allievi erano l'eredità che Omar Yussef avrebbe lasciato al mondo. Dopo tanti anni di studio e di fatica, dopo tutti i dubbi sulla propria capacità di fare qualcosa per cambiare la vita di quei giovani, la convinzione di avere davvero lasciato qualche traccia di sapere, di saggezza e di bontà in altri esseri umani era l'unica cosa che lo salvava dalla depressione. Sarebbe toccato a Dima, a George Saba e a quelli come loro fare del mondo un luogo in cui Omar Yussef sarebbe stato felice di vivere.

Dai dintorni del tendone, davanti alla casa, giunsero i crepitii di altri colpi d'arma da fuoco. Dima sobbalzò. «Chi è quell'uomo con quell'enorme fucile?»

«Hussein Tamari.»

«Il capo delle Brigate dei Martiri?»

Omar Yussef annuì.

«L'ho visto una volta all'autofficina. È venuto mentre ero sola. Non sapevo chi fosse, ma mi ha detto che c'era qualcosa che voleva acquistare dalla mia famiglia» disse, guardando verso quell'uomo. «Perché mio marito si è fatto ammazzare, *ustaz*? Non ha mai detto di voler diventare un martire, e invece qui non fanno altro che parlare di martiri. Può essere che anche Louai avesse cominciato a pensarla a quel modo?»

«Alla fine, si muore tutti. Io sto invecchiando e comincio a sentire la morte che avanza dentro di me, un arto alla volta, organo per organo. Spero che il cervello sarà la parte più longeva di me. Comunque, molti preferiscono andarsene alla svelta, quando sono ancora giovani, ed essere poi ricordati come eroi, piuttosto che come persone che si aggrappano alla vita finché tutti gli altri cominciano a non sopportarti più.»

Dima sembrava aver voglia di parlare, e così Omar Yussef le lasciò raccontare della sera in cui suo marito era stato ucciso. «Prima degli spari, ho sentito Louai che parlava con qualcuno, dopo di che ho visto una cosa strana. Ero affacciata a quella finestra. Ho visto un puntino rosso, come una luce, che a pensarci bene, era addosso a Louai. Si spostava su di lui, come se stesse cercando di posarsi nel posto giusto. Era laggiù, vicino a quell'albero. A un certo punto gli hanno sparato. Due volte.»

«Lo hai sentito parlare? Che cosa diceva?»

«Ha detto: "Ah, sei tu, Abu Walid". Sembrava tranquillo.»

«C'era qualcun altro, laggiù?»

«Sì, credo di sì.»

Omar Yussef pensò a George Saba, arrestato come complice dell'assassinio di Louai Abdel Rahman. George, però, non era Abu Walid. «Quando sei corsa fuori, hai visto qualcuno, oltre a Louai?»

«Sono corsa da lui e basta. Non ho pensato a nient'altro.»

«Chi è Abu Walid? Conosci l'amico di Louai che ha un primogenito di nome Walid?»

«Non saprei. Potrebbero essercene molti, non crede?»

«Sì, ma non tutti avrebbero potuto parlare in modo così confidenziale con un uomo ricercato dagli israeliani e latitante da mesi.»

«Davvero non saprei, *ustaz*», disse Dima, incerta. «Ho trovato strana anche la reazione del fratello di Louai. Sembrava arrabbiato con me.»

Omar Yussef le posò una mano sulla spalla. Lei abbassò lo sguardo e sorrise. Dopo un po', senza toglierle la mano dalla spalla, le disse: «Sorella mia, il tuo matrimonio è stato breve, ma hai avuto la fortuna di aver vissuto questo breve periodo con un uomo che amavi. Conosci la situazione delle donne nella nostra società abbastanza da renderti conto di quale benedizione sia stata.»

«Sì, *ustaz*.» Si soffiò il naso nel fazzoletto. «Ora devo tornare in cucina. Verrò a trovarla presto. E mi saluti Umm Ramiz. I miei migliori auguri per il Ramadan.»

Omar Yussef era commosso dal turbamento della ragazza. Gli sarebbe piaciuto trattenersi più a lungo con lei. Poiché non aveva voglia di tornare tra gli uomini sotto il tendone, decise di avviarsi tra l'erba, verso gli alberi. Si appoggiò al pino presso il quale Louai era stato illuminato da quel puntino di luce rossa. Omar Yussef si guardò intorno. Una striscia di erba era stata completamente strappata davanti all'albero. Forse Louai era scivolato e l'aveva divelta quando gli avevano sparato. Omar Yussef si spostò di qualche passo a destra. Dietro un albero, una zona d'erba e di sottobosco grande più o meno quanto il corpo di un uomo disteso appariva schiacciata e appiattita. Lì doveva essersi acquattato quell'Abu Walid, ammesso che esistesse davvero. Per quale ragione, però, si era appostato lì? Aveva sparato lui a Louai Abdel Rahman? La zona calpestata corrispondeva al corpo di un uomo solo, era escluso che ci fosse con lui anche un membro delle squadre speciali israeliane.

Omar Yussef diede d'intorno un'occhiata indagatrice. Con la punta del piede spostò i fili d'erba schiacciati, e gli balzò all'occhio un che di brillante. Si piegò a fatica e lo raccolse. Nel palmo della mano aveva il bossolo di un proiettile. Continuò a cercare per vedere se ce n'erano altri. Dima aveva detto che contro Louai erano stati sparati due colpi. Il bossolo, però, era uno solo. A terra non gli riusciva di scorgere altro.

Un uomo che rispondeva al nome di Abu Walid si era disteso lì e aveva atteso abbastanza a lungo da appiattire l'erba. Louai Abdel Rahman lo conosceva. Era rimasto un bossolo solo. Significava che Abu Walid aveva sparato un colpo solo contro Louai, e che il secondo era partito da qualcuno appostato altrove? Come spiegare la luce rossa notata da Dima?

Omar Yussef tornò sotto il tendone. Si infilò il bossolo in una tasca della giacca. Da un lato, sotto la cerata, Hussein Tamari stava parlando ad alta voce di Louai Abdel Rahman. «Il martire» lo chiamava. Omar Yussef pensò che era rassicurante considerare il defunto un martire. Nel martirio non ci sono lamenti, sofferenze, desiderio di non morire. Per chi rimaneva era come se il martire non fosse neanche morto.

Ci sono modi diversi per difendersi dalla paura della morte. Omar Yussef pensava che solo i morti avessero il potere di difenderci dalla morte. Quando si capisce che qualcuno se n'è andato, e per sempre, non si desidera il suo ritorno. Se la morte è semplice e assoluta, non ci sono dubbi e non ci si domanda se il defunto abbia ricevuto il compenso dei giusti o se, invece, sia sprofondato all'inferno. Il dubbio è tormento ben più durevole di qualsiasi morte. Solo quando si è capaci di fermarsi davanti a una lapide e pensare: quel blocco di pietra grigia è ciò che impedisce alla polvere cui è ridotta la persona a me cara di volarmi nel risvolto dei pantaloni e quella polvere è tutto ciò che ne resta, solo a quel punto si è davvero pronti a vivere, a propria volta, fino alla morte.

Omar Yussef seguì con le dita il profilo del bossolo raccolto. Questa, però, è la mia idea della morte, pensò. L'omicidio è tutta un'altra cosa.

## 5

Omar Yussef si considerava molto lontano dal paradiso. A casa sua non si recitavano preghiere prima dell'*iftar*. Durante il Ramadan, interrompeva il suo digiuno diurno con semplicità, seduto a tavola con la famiglia nell'ingresso pieno di spifferi della sua vecchia casa in pietra. Le luci erano rimaste accese per quasi tutto quel tetro pomeriggio, dopo che Omar Yussef era tornato, raggelato, dalla visita di condoglianze a Dima Abdel Rahman. Era profondamente turbato dal pensiero di George Saba, chiuso in prigione, che rischiava la pena di morte per collaborazionismo. La tetraggine di quel pomeriggio nuvoloso sfumò in una notte nera e fredda. Le strade, già deserte perché il cielo prometteva pioggia, erano ancor più desolate per la coincidenza con l'interruzione del digiuno festivo.

Maryam, la moglie di Omar Yussef, aveva mandato il nipotino Omar in sala ad avvertire il nonno che era pronto da mangiare. Omar Yussef posò la tazza di tè e accarezzò il bambino su una guancia.

«Che cosa c'è per cena?» domandò.

«Quel che ha preparato la nonna» rispose il piccolo Omar.

«Che cosa ha cucinato? Ha fatto qualcosa di dolce per il mio golosone?»

Il piccolo Omar annuì e sgattaiolò via. Omar Yussef lo richiamò e gli diede una zolletta presa dalla zuccheriera posata sul tavolino da caffè. Il bambino sorrise e corse alla porta. Omar Yussef sentì che sua moglie stava portando il mangiare in tavola. Il piccolo Omar si cacciò in bocca la zolletta, ma evidentemente Maryam se ne accorse dal movimento delle mandibole.

«Omar, finirai per rovinargli l'appetito» lo sgridò.

Omar Yussef sopraggiunse ridendo dal corridoio. «Sai come dice il proverbio... Chi ha il pane non ha i denti... Lascia che il bambino si goda qualche dolcetto, prima che arrivi all'età in cui non c'è più niente di cui godere.» Prese posto a capotavola, mentre anche gli altri si accomodavano.

Ramiz, il primogenito di Omar, con in braccio la figlia più piccola, arrivò dalle scale che univano l'appartamento al seminterrato dove viveva con la sua famiglia. Sara, la moglie di Ramiz, arrivò dalla cucina con un'ultima pentola, mentre Maryam aiutava i bambini a sedersi. Quando tutti furono al loro posto, Maryam cominciò a servire il marito prelevando il *maqluba* dall'ampio piatto da portata che occupava il centro della tavola. Omar farcì con un po' di riso e pollo una frittella gialla tipica del Ramadan. Adorava la cucina di Maryam e mangiava a casa tutte le sere, a meno che non lo invitasse a cena qualcuno cui non poteva dire di no. Si servì una cucchiaiata di *fattush*, un'insalata siriana di menta, prezzemolo, lattuga e pane sminuzzato. Non doveva far altro che portarsi il *fattush* alla bocca, e il gusto aspro della salsa di limone di Maryam l'avrebbe riportato al caffè del *suk* di Damasco dove aveva vissuto tanti momenti felici della sua giovinezza. Maryam, a quei tempi, non era con lui, ma sembrava quasi che avesse gustato anche lei quei cibi. Era come se, cucinando, Maryam tracciasse la mappa che descriveva la storia della vita di Omar Yussef. Era rassicurante, come un vecchio atlante ben rilegato che trasporti, nell'immaginazione, sopra catene montuose senza lo sforzo fisico né i fastidi e gli inconvenienti dei veri viaggi. Chissà, si domandò, se Louai Abdel Rahman pensava qualcosa del genere della cucina di Dima? Forse non era stato sposato con lei abbastanza a lungo perché i piatti di Dima sostituissero, nella sua memoria gustativa e nei suoi ricordi di felicità, quelli cucinati da sua madre. Omar Yussef pensò che il latitante, tornando di soppiatto a casa al crepuscolo, doveva faticare a concentrarsi sui pericoli circostanti. La cucina materna e i suoi aromi evocativi esercitano un grande potere su qualsiasi palestinese. Si consolò pensando che almeno quel giovane era morto pregustando il piacere.

Omar Yussef osservò i famigliari che assaggiavano i primi bocconi. All'interruzione del digiuno, nei giorni del Ramadan, l'irritabilità che lo prendeva nel corso delle giornate senza cibo svaniva, sostituita dal sollievo e dal piacere del capretto grasso cotto nel latte, del brodo di pollo e verdure che accompagnava il suo *mulukhiyeh*, pieno di coriandolo, aglio e foglie di malva, versato sul riso e fagioli.

Omar Yussef smise di mangiare dopo pochi bocconi. Quella sera c'era qualcosa di diverso. Non si trattava della qualità del pasto in sé, ne era quasi sicuro. Aveva piuttosto a che fare con la reazione che suscitava nel suo corpo. Per lui, erano le erbe e le spezie a rendere speciale la cucina di Maryam, il pepe nero e la menta che lei mescolava all'aglio e al *kebab*. Quella sera, però, addentando il cibo, Omar ebbe un moto di ripulsa. Era come se per la prima volta gli fosse venuto in mente che alla base di quasi tutte le portate c'era della carne morta. Era proprio necessario che qualcosa morisse per far vivere lui? Quella carne era forse insaporita dalle spezie per ingannare il suo palato e fargli digerire un assassinio, insieme al resto? Quanta violenza siamo in grado di mandare giù senza che ciò turbi la nostra digestione? Guardò i nipotini e li osservò mentre giocherellavano spostando nel piatto i pezzi di carne. Forse loro avevano capito d'istinto quel che gli era appena balenato in mente. Dappertutto c'è cibo in abbondanza, che dà una bella sensazione quando entra in circolazione e raggiunge anche gli organi più remoti, ma a farci caso si vede subito, in filigrana, la morte che procede ingozzandosi verso la tomba, e noi siamo la sua portata principale.

Nadia, la maggiore tra i nipotini, gli riempì il bicchiere di acqua. Aveva dodici anni e la pelle pallida di chi ha trascorso l'estate al chiuso, sotto il coprifuoco, ma nei suoi occhi scuri brillava la luce dell'intelligenza. Era la nipote prediletta di Omar Yussef. Lei adorava ascoltare le sue storie. Nadia gli chiedeva spesso di raccontare di quando era andato ad abitare in quella casa.

Erano passati cinquantasei anni, ormai, e Omar Yussef a quei tempi non aveva che pochi mesi, ma, per ragioni di copione, fingeva di ricordare ogni cosa. Suo padre aveva ordinato alla servitù di preparare bagagli sufficienti a riempire quattro carri. Altri avevano scelto di viaggiare più leggeri, prevedendo un esilio di breve durata, giusto il tempo necessario agli eserciti arabi per cacciare gli ebrei, ma il padre di Omar Yussef sapeva, stando a quanto gli disse in seguito, che non sarebbero mai più ritornati al loro villaggio. Mentre i loro carri si univano ai profughi già sulla via per Betlemme e Hebron, suo padre si era voltato verso il villaggio di cui aveva sperato che suo figlio, seguendo le orme paterne, divenisse un giorno la massima autorità, e aveva visto arrivare un trattore dal kibbutz, seguito da un gruppo di persone. «È finita, sappilo» gli aveva detto suo padre, quando lui, ormai cresciuto, aveva cominciato a interessarsi di politica. «Il villaggio, gli ulivi, la carica di *mukhtar*. Tutto finito. Meglio che non ci pensi più. Non dare ascolto a quelli che credono di poter ritornare.» Già da piccolo era convinto che suo padre avesse ragione. La perdita della terra e dei privilegi pesarono su di lui meno che sui suoi amici, perché lui sapeva che avrebbe goduto sempre della protezione e della saggezza del padre.

La sua famiglia si era trasferita a Dehaisha, ai margini di Betlemme, insieme al resto del suo clan, i Sirhan. A Dehaisha i contadini del loro antico villaggio erano stati sistemati in tende fornite dall'ONU. Il padre di Omar Yussef aveva preso in affitto quella casa in pietra tra Dehaisha e Betlemme per dodici dinari. Aveva continuato a pagare l'affitto fino alla morte, dopo di che nei pagamenti gli era subentrato il figlio. Il clan dei Sirhan si era diffuso nell'area di Betlemme, fino a diventare una comunità rispettabile di circa duemila individui, tra professionisti e commercianti. Il clan era potente perché i suoi membri si sforzavano di evitare dissidi con le altre famiglie, ma anche perché alcuni di loro occupavano posizioni influenti nelle fazioni politiche e godevano della protezione delle loro milizie. C'erano dei Sirhan che avevano un certo potere nella sezione locale di Hamas, e altri che avevano fatto strada nell'altro partito, al-Fatah.

Omar Yussef si rallegrava perché Nadia sembrava capire appieno il significato che lui attribuiva a quella storia, quasi che davanti alla ragazza a raccontare ci fosse il padre di Omar, caro e saggio vecchio, non lui. A Omar pareva, parlandole, di ammantarsi della dignità di suo padre. Chissà come, Nadia lo conduceva verso la sua natura più degna e rispettabile. La ringraziò per il bicchiere d'acqua e le pizzicò affettuosamente una guancia.

La famiglia terminò il pasto nell'abituale silenzio. I bambini presero a ronzare intorno al tavolo, mentre Sara andò a preparare il tè. Ramiz sbucciò un'arancia e ne distribuì gli spicchi ai figli.

«Sono stato da Dima Abdel Rahman, oggi, a farle le condoglianze» disse Omar Yussef sbucciando una mela.

«Ah, poverina» disse Maryam. «Senza più il marito...»

«È così brutto restare senza marito?» domandò Omar Yussef con una risata breve e gutturale. «Non eri tu a insinuare che i mariti sono pigri e disordinati e che averli in casa è una vera seccatura?»

«Omar...»

Maryam agitò un dito al suo indirizzo con aria di scherzoso rimprovero. Le rughe intorno agli occhi e alla bocca le conferivano un'espressione triste anche quando sorrideva. I suoi capelli, tagliati appena sotto le orecchie, formavano un'onda morbida a un lato del viso. Li tingeva di nero e indossava abiti comodi dello stesso colore. Con l'avanzare degli anni, la pelle le si era sempre più ingrigita, al punto che a volte, in una stanza affollata, spiccava come un personaggio cinematografico rimasto in bianco e nero in una pellicola colorizzata.

I sentimenti di un uomo per la propria moglie sono molto complessi, pensò Omar Yussef. Peccato che le nostre donne non riescano ad ammettere che anche per loro il rapporto con il marito è tutt'altro che semplice. Sarebbe meglio, se ci riuscissero.

Omar Yussef aveva un bisogno assoluto della sintonia che c'era tra lui e Maryam. Era sua coetanea, ma era nata nel nord della Palestina, a Nazareth. La sua famiglia era sfollata prima a Jenin e poi a Betlemme. L'aveva conosciuta condividendo con lei una corsa in taxi a sud di Jenin, dove lei aveva ancora dei parenti. Per lui era l'ultimo tratto del viaggio di ritorno a casa dall'università di Damasco. All'inizio, il loro legame era alimentato dal comune impegno politico per il nazionalismo arabo. Sfidando le convenzioni, Maryam non si copriva il capo come la maggior parte delle donne musulmane, ma la maternità e le responsabilità domestiche l'avevano portata su posizioni politiche meno articolate e più conformiste. Aveva avuto tre figli. Ramiz, il maggiore, viveva nell'appartamento del seminterrato, ma gli altri due erano emigrati negli Stati Uniti e in Gran Bretagna. Più che alle scelte politiche del suo popolo, Maryam cominciò a pensare soprattutto a quando avrebbe rivisto i suoi figli lontani, come fanno tutte le madri del mondo. Forse non è Maryam che ha perso smalto. Forse, ai tempi in cui io ero studente, eravamo tutti più profondi perché non vedevamo dappertutto la minaccia della cospirazione sionista, pensò Omar Yussef. Ultimamente sentire Maryam parlare di politica gli provocava una rabbia sorda; se non altro, però, i morti per lei non erano martiri.

Comunque, Omar Yussef aveva intenzione di parlare, con suo figlio, di George Saba e dei pensieri che gli erano venuti in mente a questo riguardo dopo la visita a Dima Abdel Rahman. Ramiz gestiva un negozio di telefonia mobile, e i suoi clienti lo tenevano informato su quel che accadeva in giro. Omar Yussef sperava che suo figlio fosse a conoscenza di qualcosa che potesse scagionare George.

«Non riesco a togliermi dalla testa l'idea che George sia stato incastrato» disse. «Non posso credere che sia un informatore degli israeliani.»

«La gente è capace dei gesti più disperati» disse Ramiz. «Nel suo negozio George vendeva oggetti di antiquariato agli israeliani. Nell'ultimo periodo, però, non riesce più a vendere niente, perché la zona è in stato d'assedio, e i suoi clienti israeliani hanno paura di andarci. I suoi affari ne soffrono, e lui precipita nella disperazione. Al che, magari, si presenta da lui lo Shin Bet e gli offre una soluzione ai suoi problemi in cambio di un piccolo aiuto.»

«Hanno accusato lui perché è un cristiano – tutto qui – non perché abbia davvero collaborato con gli israeliani.»

«Magari è disposto a collaborare con gli israeliani perché è un cristiano.»

Omar Yussef era sconvolto. «Ti ricordo che hai studiato

all'istituto lassalliano, la stessa scuola cristiana che ha frequentato George Saba e in cui ho insegnato io.»

«Papà, io sto dicendo soltanto che, nella situazione in cui siamo, la gente è capace di cose che in tempi normali non farebbe.»

«Per esempio, accusare tutti i cristiani di essere traditori?» Omar Yussef si protese in avanti infuriato.

«Non volevo dire questo, ma a ben guardare, oggi, i cristiani sono già fuori dalla nostra società. Magari pensano di poter essere meno leali dei musulmani.»

Omar Yussef posò il coltello da frutta e addentò un pezzo di mela. «Oggi pomeriggio, ho visto alcuni di questi leali musulmani che sparavano in aria accanto alla tenda funebre, davanti a casa di Louai Abdel Rahman.»

«Non ci sono andato perché ero già stato al funerale, di mattina» disse Ramiz. «È stata la solita parata di uomini armati, insomma. E si sono presentati anche alla tenda funebre?»

«Sì, ma è successo qualcosa di strano, dagli Abdel Rahman» disse Omar Yussef. Si guardò intorno per accertarsi che non ci fossero bambini. «Lo sai che Dima è stata mia allieva, vero? Mi ha detto di aver sentito la voce di Louai che parlava con qualcuno, vicino a casa, poco prima che lo uccidessero. E ha visto anche un puntino di luce rossa che sembrava posarsi su di lui.»

«Parlava con qualcuno?»

«Sì. Ha detto: "Ah, sei tu, Abu Walid".»

Ramiz succhiò lentamente uno spicchio di arancia. «Ci sono due cose che vorrei dirti, papà. La prima è che gli israeliani, quando si servono di un informatore, lo fanno entrare in azione molto da vicino, per essere sicuri che conduca all'uomo giusto. Se l'informatore dà il segnale, sono certi dell'identificazione e colpiscono l'obiettivo.»

«Come fai a saperlo?»

«Me l'ha detto Khamis Zeydan, una volta che sono andato a trovarlo alla stazione di polizia. Stava leggendo un rapporto dell'intelligence su uno degli omicidi commessi dagli israeliani a Gaza.»

«Insomma, il collaborazionista, quello che ha portato gli israeliani fino a Louai, si chiama Abu Walid.»

«A quanto pare, è così. Per identificare Louai c'era bisogno di qualcuno che lo conoscesse. E doveva arrivargli abbastanza vicino da riconoscerlo con sicurezza nonostante il buio.»

«Be', George Saba non conosce e non potrebbe riconoscere Louai. Inoltre, George è Abu Dahoud, non Abu Walid. Questa è la prova della sua innocenza.» Omar Yussef posò il cibo e spalancò le braccia entusiasta.

Ramiz esitò. «E qui arriviamo al secondo punto, papà. Ti prego di non immischiarti. Se provi a parlarne con un agente delle forze di sicurezza, magari te ne capita uno che è al soldo degli israeliani. Potrebbero metterti a tacere perché temono che bruci uno dei loro infiltrati. Inoltre, quelli che hanno arrestato George Saba non l'hanno scelto senza una ragione. Probabilmente hanno usato questo pretesto per regolare i conti con uno che deve aver dato loro delle noie. Le cose vanno così, di questi tempi.»

Omar Yussef ripensò alla sera in cui aveva visto George Saba sparire nel buio per andare a chiarire le cose con i miliziani appostati sul tetto di casa sua. *Uno che deve aver dato loro delle noie*. Maledì se stesso per essersene tornato a casa e per non essere andato a dar manforte a George. Forse George era incappato in persone vendicative e crudeli.

Maryam gli posò una mano sul braccio. «Non prendere iniziative rischiose. Mi critichi sempre perché dico che sono dei porci, ma gli israeliani sono capaci di venir qui a prenderti e di portarti via, se pensano che tu possa mettere a rischio un loro informatore.»

«Io non ho fatto niente» disse Omar Yussef irritato. «Gli israeliani non mi verranno a prendere.»

«Che non ti passi per la testa di tentare qualcosa, papà. Ti prego» disse Ramiz.

Omar Yussef stava per rispondere, ma Ramiz sollevò un sopracciglio accennando con il capo alla porta della cucina. Appoggiata allo stipite della porta, con l'aria corrucciata, c'era Nadia. Si stava mordendo nervosamente le unghie. Sara passò accanto alla bambina portando il vassoio del tè. Omar Yussef si domandò da quanto tempo Nadia stesse ascoltando. Si maledì per la propria debolezza. Pensando di poter salvare George Saba e difendere il frutto del suo insegnamento, rischiava di trascinare la sua famiglia nelle pieghe più oscure dell'*intifada*. Se proprio ci teneva a lasciare qualcosa in eredità al mondo, che guardasse la bambina dall'espressione impaurita appoggiata a quello stipite: era stato lui a spaventarla. Era un professore, lui, non un investigatore. Sentiva il peso del bossolo nella tasca della giacca. Gli pareva una tonnellata di metallo fuso. Si ripromise di sbarazzarsene alla prima occasione.

Mostrò una fetta di mela. Nadia si avvicinò con un mezzo sorriso e fece per prenderla. Così facendo, scorse qualcosa dietro il vetro smerigliato della porta d'ingresso. Omar Yussef si voltò seguendo il suo sguardo. C'era qualcuno, la sagoma scura di un uomo con un berretto militare disegnata dalla luce di un lampione alle sue spalle. Sentì una vampata di paura e lasciò cadere la fetta di mela prima che Nadia la prendesse.

La sagoma allungò una mano e bussò alla porta.

# 6

Con gli occhi fissi sulla porta, Omar Yussef si alzò lentamente dalla sedia. Sentì una vaga nausea. La sagoma, fuori, si dondolava da un lato all'altro, come per scaldarsi nel freddo della sera. Bussò di nuovo. Anche Maryam si alzò e, rivolgendo al marito un'occhiata carica di preoccupazione, andò alla porta e aprì.

«Ah, Abu Adel» disse Maryam, in tono cordiale. «Prego, entra.»

Omar Yussef si sentì venir meno per il sollievo. Posò le mani sul tavolo, in cerca di sostegno. Non aveva il fisico per una vita pericolosa.

L'uomo alla porta fece una risata un po' forzata. «Passavo di qui, e ho pensato di entrare ad augurarvi ogni bene per tutto l'anno.»

I famigliari di Omar Yussef risposero con altre formule di augurio tradizionali del Ramadan. «Che Allah possa accogliere i miei e i tuoi doni» disse Omar Yussef.

Nadia aggirò il nonno per prendersi un'altra fettina di mela e si mise a mordicchiarla sorridendogli. Il sorriso della bambina gli restituì un po' di forza. Raggiunse l'altro capo del tavolo per andare a dare il benvenuto a Khamis Zeydan.

«Prego, fa' come se fossi a casa tua» disse Omar Yussef in segno di accoglienza.

Khamis Zeydan ricambiò il saluto dell'amico con cinque baci sulle guance. Aveva la faccia ispida, un accenno di barba grigia non rasata. Aveva un'aria divertita, ora che si rilassava dallo stato di allerta che Omar Yussef gli leggeva sempre negli occhi quando lo incontrava per strada. Dal luccichio nel suo sguardo comprese che Khamis Zeydan aveva già bevuto un bel po', quella sera.

Il capo della polizia di Betlemme si tolse il berretto blu che poco prima, in controluce, aveva spaventato Omar Yussef e si lisciò i capelli bianchi, tagliati corti e pettinati in avanti. Ripiegò il berretto e lo infilò sotto la spallina della camicia blu, su cui campeggiava un'aquila bianca.

Khamis Zeydan e Omar Yussef erano coetanei. Si conoscevano da quando studiavano insieme, a Damasco. A quei tempi, nel rovente clima politico dell'università, erano avversari. Khamis Zeydan era uno dei primi fautori del nazionalismo palestinese. Rideva di Omar Yussef e della sua fiducia nel fatto che gli arabi si sarebbero uniti per liberare la Palestina, e aveva avuto ragione. A Damasco poi, Omar Yussef e Khamis Zeydan erano diventati amici, ma non per la politica, per il whisky. Bevevano insieme e insieme andavano a donne, anche se Khamis Zeydan, che era più alto e aveva dalla sua un paio di occhi azzurri come lapislazzuli, con le ragazze aveva più successo. Khamis Zeydan aveva seguito l'OLP per tutto il Mediterraneo, in Giordania e in Siria, in Libano e a Tunisi. Aveva perso i contatti con Omar

Yussef a causa delle restrizioni alle comunicazioni imposte dagli israeliani e aveva perso la mano sinistra per l'esplosione di una granata a Beirut. Quando era stato mandato a Betlemme con la carica di capo della polizia, la loro amicizia aveva ripreso vigore.

Omar Yussef aveva accolto con gioia la notizia dell'arrivo dell'amico. All'inizio, gli era parso ben poco cambiato, ma in breve aveva scoperto che il suo amico, il brigadiere di polizia Khamis Zeydan, era tremendamente disilluso e, perciò, pesantemente dedito all'alcol. A volte, passando dal suo ufficio nella nuova stazione di polizia sull'angolo della piazza della Mangiatoia, Omar Yussef aveva sentito l'aria stantia che puzzava di whisky e di urina.

Quando aveva varcato la soglia quella sera, alla fine dell'*iftar*, Khamis Zeydan era circondato da un'aura alcolica così intensa da far temere a Omar Yussef che il poliziotto si lanciasse davanti ai bambini in una delle sue rabbiose tirate piene di parolacce contro il governo e i colleghi corrotti. L'allegria che brillava negli occhi di Zeydan lasciava sperare che non fosse ancora così ubriaco da non riuscire a controllarsi, ma Omar Yussef non voleva correre rischi. Poggiando una mano sulla robusta spalla dell'amico, lo condusse in sala.

I due presero posto su massicce poltrone piene di intarsi dorati. Maryam diede una fugace occhiata dalla soglia. «Che cosa ti posso portare, Abu Adel? Magari un dolcetto...» gli chiese sorridendo.

«Maryam, il nostro amico è diabetico» disse Omar Yussef. «Portagli una tazzina di *qahweh sa'ada*, e portane una anche a me.» Si voltò verso Khamis Zeydan e lo rimproverò agitando un dito. «Non le permetterò di corromperti.»

«Io sono già corrotto fino al midollo», disse Khamis Zeydan ridendo. «Mangerò qualunque cosa mi porti, Umm Ramiz. Sarà sicuramente il cibo più gustoso con cui un uomo possa interrompere il suo digiuno.»

«Non hai ancora mangiato dopo il digiuno?» Maryam era sgomenta. «Vieni a tavola. È rimasto un bel po' di *maqluba*. Devi assolutamente mangiare.» Si voltò verso Omar Yussef e aggiunse severa: «Soprattutto se sei diabetico».

«No, ho mangiato qualcosa con i colleghi, poco fa, alla stazione di polizia. Ti ringrazio.» Si coglieva un certo imbarazzo nella voce di Zeydan. Omar intuì che l'amico non aveva bisogno di cibo finché la sua fiaschetta era piena.

Il brigadiere appariva malnutrito, smunto. La sua faccia era bianca come barba e capelli, al punto che sulla pelle pallida e gonfia del viso non si sarebbero notati i suoi baffetti ordinati, non fosse stato per la macchia di nicotina appena sotto le narici. Si accese una sigaretta con la mano buona. La sinistra, una protesi delicata, era posata sul bracciolo della poltrona come sempre nascosta da un lucido guanto nero di pelle. Una mattina che Omar Yussef si era presentato di buon'ora a casa dell'amico, lo aveva sorpreso non ancora vestito. Aveva visto che la mano finta era fatta di una strana plastica verdognola slavata, come un pezzo di saponetta da ospedale o come l'arto viscido di una creatura aliena. Se non avesse constatato in prima persona l'invalidità dell'amico, Omar Yussef avrebbe trovato vagamente inquietante quel guanto nero sulla mano di un poliziotto, quasi avesse lo scopo di proteggergli le nocche quando pestava i sospetti. In realtà, però, gli pareva che quel guanto compromettesse la durezza di cui il suo amico aveva bisogno nel suo mestiere, come un segno che non aveva il pieno potere. A volte, quando era particolarmente ubriaco, Khamis Zeydan fissava la propria mano finta con uno sguardo pieno di odio. Da sobrio, quando riusciva a controllarsi, se la posava con discrezione sulle cosce. Visto che al momento la mano finta era posata sul bracciolo della poltrona, e Khamis Zeydan non la stava fissando, Omar Yussef dedusse che l'amico doveva essere sbronzo solo a metà.

Maryam portò il caffè e un piatto di *baklava*.

«Non te l'ho fatto *sa'ada*, Abu Adel. So che lo preferisci *masbuta*, perciò ci ho messo un poco di zucchero.» Lanciò un'occhiataccia a Omar Yussef come a rimproverargli l'indelicatezza di aver menzionato la malattia di Khamis Zeydan.

«Maryam è molto generosa. Ti pagherà anche le spese mediche quando il diabete peggiorerà» disse Omar Yussef.

«Le *baklava* di Maryam sono la medicina migliore» disse Khamis Zeydan.

«Te ne prescrivo una cura di lunga durata» disse Maryam, con un grazioso cenno della testa.

«Grazie, dottoressa Maryam. Ora, se non ti dispiace, vorrei parlare con il nostro amico di una questione molto importante», disse Omar Yussef.

Maryam lo fissò. Sa che voglio parlargli di George, pensò Omar. Khamis Zeydan, oltre che un amico, era un poliziotto. Omar Yussef avrebbe in qualche modo ufficializzato le sue preoccupazioni, e sua moglie si fermò perplessa, come paralizzata, non sapendo come impedirglielo, ora che il brigadiere era seduto nel loro salotto.

«Abu Adel, come stanno tua moglie e i bambini ad Amman?»

Non è riuscita a trovare di meglio, pensò Omar Yussef tutt'altro che impressionato.

«Stanno bene, grazie.»

«Maryam.» Omar Yussef guardò verso la porta.

«Vi lascio soli» disse la donna. «Ti prego, però, Abu Adel, non permettere a mio marito di fare sciocchezze.»

«Di questi tempi, mi sa che toccherà ad Abu Ramiz impedire a me di fare sciocchezze» disse Khamis Zeydan.

Maryam si richiuse la porta alle spalle.

Khamis Zeydan alzò la sua mano vera con il palmo all'insù, chiedendo: «A che cosa alludeva?».

«Crede che voglia smettere di insegnare.»

«Quello stronzo di un americano ti ha convinto a dare le dimissioni?»

«No, peggio. Maryam pensa che io voglia mettermi a fare l'investigatore.»

«Saresti ottimo, come investigatore. Nessuno avrebbe paura di te. Tutti si fiderebbero, perché hai proprio l'aria dello zio saggio e onesto che tutti vorrebbero avere.»

«Perché non mi assumi tu, allora?»

«Non c'è posto per l'onestà nelle nostre forze di polizia.»

Con aria da cospiratore Khamis Zeydan fece un cenno in direzione del mobiletto. Omar Yussef si alzò, andò a prendere una bottiglia di Johnny Walker Black Label, riempì un buon bicchiere per l'amico e ripose la bottiglia. Porse il whisky al poliziotto che ne bevve immediatamente un sorso potente, per poi schiarirsi rumorosamente la gola. Omar Yussef si sedette e bevve il caffè.

«Vorrei parlarti di George Saba» disse.

Khamis Zeydan si bloccò con il bicchiere quasi alle labbra per il secondo sorso. Guardò Omar Yussef con durezza. «Vuoi dirmi che è innocente?»

«Sì.»

«Be', non ci vuole un investigatore per saperlo.»

«Lo sai anche tu?»

«George Saba è una persona assolutamente innocua.»

«Eppure è rinchiuso nella tua prigione.»

«È dentro per ragioni di sicurezza e prevenzione. È nella mia prigione, ma non è mio prigioniero.»

«Come puoi tenere in carcere un uomo innocente?»

«La prigione è a Betlemme, Palestina, non a Copenaghen o ad Amsterdam. Spero, con ciò, di aver risposto alla tua domanda.»

«Ci sarebbe un'altra cosa. Guarda qua.» Omar Yussef estrasse dalla tasca il bossolo e lo consegnò a Khamis Zeydan. Il poliziotto lo esaminò per un istante. La sua faccia pallida si irrigidì.

«Dove l'hai trovato?» domandò Khamis Zeydan.

«Da che tipo di arma è stato sparato?»

«Dove l'hai trovato?»

«Rispondimi prima tu.»

«È meglio che tu non lo sappia, credimi. E se io non lo sapessi, preferirei continuare a ignorarlo.»

Omar Yussef restò in silenzio. Si fissarono a lungo negli occhi.

Fu Khamis Zeydan a parlare per primo. «È il bossolo di una cartuccia 7,62. Ora dimmi dove l'hai trovato.»

«Che tipo di arma può averlo sparato?»

«Una mitragliatrice.»

«Come quella che usa Hussein Tamari?»

«Sì, proprio così» ammise Khamis Zeydan, sempre più nervoso. «È una MAG.»

«Come fai a saperlo?»

«Qui a Betlemme ci sono quasi soltanto Kalashnikov, che sparano anche cartucce 7,62, ma più corte, 39 millimetri, mentre le cartucce per la MAG, prima di essere sparate, sono lunghe 51 millimetri. Questo è un bossolo della MAG.» Khamis Zeydan fissò l'amico con estrema serietà. Non c'era più traccia di allegria nel suo sguardo. Sembrava perfettamente sobrio.

«Perché mi guardi così?» domandò Omar Yussef. «Parlami di Hussein Tamari. Non so nulla di lui, a parte le voci che girano sul suo conto.»

«Tu vivi a Betlemme da più tempo di me, perciò conoscerai di certo la sua tribù» disse Khamis Zeydan.

«I Ta'amra.»

«Già. Fino a cinquant'anni fa questi Ta'amra erano nomadi del deserto. Si sono stanziati nei villaggi a est di Betlemme, ma continuano a seguire i loro antichi codici tribali. I pezzi grossi delle Brigate dei Martiri appartengono ai Ta'amra. Sono violenti e gestiscono la cosa come un racket di famiglia.»

«I miliziani sono tutti parenti di Hussein Tamari?»

«Tutti tranne uno, Jihad Awdeh» rispose Khamis Zeydan. «La sua famiglia viene dal campo di Aida, gente costretta a fuggire nel 1948 da un villaggio della piana verso Ramla, un piccolo clan. Tra i Ta'amra lui è un estraneo, e loro non perdono occasione di sottolinearlo. Anche per questo, Jihad

Awdeh è spietato quasi quanto lo stesso Hussein: è come se si sentisse ogni volta in dovere di dimostrarsi più crudele dei Ta'amra. È lo zelo brutale dei neofiti.»

«Nella zona di Betlemme quante persone hanno un'arma che spara questi colpi?»

«Un centinaio di soldati israeliani» rispose Khamis Zeydan irritato. «E poi Hussein Tamari. È il suo status symbol. Lo porta poggiato su un fianco dovunque vada, anche quando sarebbe più comodo portare una pistola. Probabilmente non se ne separa neanche quando va al gabinetto. Ora, ti prego, Abu Ramiz, dimmi dove hai trovato questo bossolo.»

Omar Yussef raccontò quel che Dima ricordava del momento dell'assassinio e il successivo ritrovamento del bossolo tra l'erba. «Chi poteva avere interesse a uccidere Louai Abdel Rahman?» domandò Omar Yussef. «Chiunque sia stato, è lui il vero collaborazionista, non George Saba. George non possiede un MAG. Credo che non riuscirebbe neanche a sollevarne uno. Appena prima degli spari che hanno ucciso Louai, sua moglie l'ha sentito parlare con qualcuno, nel buio, chiamandolo Abu Walid. Chi potrebbe essere questo Abu Walid?»

Khamis Zeydan si accese un'altra Rothmans. «Abu Ramiz, un investigatore è un po' come uno psichiatra. Quando si curano le malattie mentali conviene conoscere bene il funzionamento della propria mente, sennò si rischia di diventare più matti dei pazienti. La malattia può diffondersi da una mente all'altra. Lo stesso accade ai poliziotti. Per catturare un delinquente devi ragionare come lui, e quando ragioni come un delinquente, forse lo sei già diventato senza neppure accorgertene. Il problema è che se lo psichiatra sbaglia la diagnosi, a pagare è il paziente. Quando l'errore lo commette l'investigatore, il delinquente la fa pagare a lui.»

«Abu Adel, io voglio scoprire chi è il vero collaborazionista.»

«Non mi hai sentito? Ti sto dicendo che questo affare è molto pericoloso.»

«Non ci vuole un investigatore per capirlo.»

«Io sarò anche un funzionario di polizia, adesso, ma per molti anni sono stato uno di quelli che il mondo chiama "terroristi". A Beirut, a Roma, a Parigi. Dovunque il Grande Vecchio mi mandasse. Lo sai anche tu. Noi, le persone che sono adesso al governo, eravamo tutti terroristi. Questa cosa mi avvantaggia, rispetto a te, perché io so che cosa significa affrontare il pericolo.»

Omar Yussef si avvicinò. «Eravate tutti terroristi, tu e i tuoi amici dell'OLP in esilio. E adesso? Siete tutti terrorizzati, e da gente come Hussein Tamari. Io non sono mai stato un terrorista, e non mi farò mai terrorizzare.»

Khamis Zeydan fece una smorfia, come se gli riuscisse difficile digerire quel che doveva dire. «Versami un altro bicchiere.»

Omar Yussef andò a prendere la bottiglia di Black Label e la posò sul tavolino davanti all'amico. Il poliziotto se ne versò una dose generosa e disse: «Louai Abdel Rahman lavorava per me, come si sa. Era sergente alla stazione di polizia di Irtas. Lo sai anche tu, però, come vanno le cose, di questi tempi. Si sentono tutti dei generali, dei geni militari. Tutti devono inventarsi qualche impresa contro gli israeliani.

Nessuno diventa eroe mettendo le multe per divieto di sosta e risolvendo questioni interne; se invece vai a sparare contro gli israeliani puoi diventare in un attimo campione della resistenza. Louai Abdel Rahman non era cattivo, ma non era pronto per fare il poliziotto. Era uno dei tanti fuorilegge immaturi che siamo così bravi ad allevare.»

«Che motivo c'era di ucciderlo?»

«Gli israeliani lo volevano morto perché il mese scorso ha sparato contro un colono che percorreva la galleria stradale.»

«Lo ha ammazzato?»

«Ne muore tanta di gente. Non c'è nulla di cui sorprendersi.»

«Ma chi altri poteva volerlo morto? Un palestinese, magari?»

Khamis Zeydan restò in silenzio. La sua faccia era inespressiva e fredda. Bevve il resto del whisky in un sorso solo e spense la sigaretta nel portacenere di cristallo posato sul tavolino da caffè. «Ora devo proprio andare, Abu Ramiz.»

«Aspetta, non mi hai detto tutto.»

«L'unica cosa che posso dirti è questa, Abu Ramiz: la persona che ha sparato il proiettile di cui hai trovato il bossolo, chiunque sia, di certo ne ha molti altri, e probabilmente non gli importa di dover sparare a qualcun altro per ottenere quel che vuole. Mi sono spiegato?» Khamis Zeydan si alzò in piedi.

Anche Omar Yussef si alzò. «Ridammi quel bossolo. Voglio tenerlo comunque.»

Khamis Zeydan rimise il bossolo metallico nel palmo di Omar Yussef. «Sei un uomo determinato, e so che sai essere addirittura testardo. Io, però, sono anche tuo amico, e devo pregarti di non immischiarti in nessun modo in questo affare. Non è cosa per un insegnante.»

«Insegnante? L'hai detto tu che sarei un buon investigatore!»

Khamis Zeydan si fermò sulla soglia. «In Palestina non esistono buoni investigatori.»

# 7

Lungo la via principale di Dehaisha, Omar Yussef camminava a passo spedito verso la scuola dell'ONU. Il freddo vento dell'alba tagliava di netto la valle in direzione nord, verso Gerusalemme, trasportando con sé la puzza di gasolio bruciato. Omar Yussef si era svegliato con un terribile mal di testa che lungo il tragitto era aumentato. Era sicuramente dovuto allo stress per gli avvertimenti di Khamis Zeydan. Aveva dormito poco o nulla, quella notte, dopo che l'amico poliziotto se n'era andato.

Omar Yussef si considerava un libero pensatore, uno che vedeva le cose e il mondo in modo diverso dalla gran parte dei membri della sua comunità. Quella notte, però, aveva dubitato di sé. Sai soltanto parlare, Omar, aveva pensato. Quando poi si tratta di passare all'azione, sei paralizzato dalla paura, soggiogato dal pensiero che qualcuno possa farti del male. A un certo punto si era addormentato, ma poi si era risvegliato di soprassalto, terrorizzato. Aveva l'impressione che nella stanza ci fosse Hussein Tamari. Il cuore aveva continuato a battergli all'impazzata, nonostante continuasse a ripetersi che in quella stanza non c'era nessuno, nessun rumore a parte il russare lieve e sibilante di Maryam. Credeva davvero che Hussein Tamari fosse presente al momento dell'assassinio di Louai solo perché aveva trovato quel bossolo? Quale ragione poteva mai avere spinto il capo della resistenza palestinese a Betlemme a collaborare con gli israeliani? Perché mai avrebbe voluto Louai morto? Khamis Zeydan gli aveva detto che anche i soldati israeliani usavano quel tipo di arma. Forse Louai si era sbagliato, forse aveva solo creduto di riconoscere quell'Abu Walid nella persona sdraiata nell'erba. Era già buio, stando a quel che aveva raccontato Dima. L'uomo appostato tra i pini poteva benissimo essere un soldato di una squadra speciale israeliana.

Alle prime luci del giorno, appena alzato dal letto, Omar Yussef era tornato a quel pensiero. Se pensasse che sto per smascherarlo, questo misterioso Abu Walid proverebbe a fermarmi, magari anche a farmi del male, e la protezione del mio clan, con tutti i suoi legami con Hamas e Fatah, non basterebbero a salvarmi. Se però questo Abu Walid non esistesse, se Louai Abdel Rahman si fosse sbagliato, nessuno si sentirà minacciato da me. Sono in pericolo solo se trovo la pista che porta a chi ha veramente incastrato George Saba, ma in questo caso sarebbe giusto andare fino in fondo. Quell'uomo merita di essere smascherato.

In quel momento Omar Yussef seppe che cosa doveva fare. Mentre camminava verso la scuola, cercò di concentrarsi su questi pensieri.

Sopra la sua testa passò rombando un Blackhawk diretto a sud. L'elicottero israeliano, in missione di ricognizione sul campo, entrava e usciva dalle nubi basse e scure. Il fragoroso mulinare dell'elica spaventò un giovane malato di mente che Omar Yussef incontrava spesso andando a scuola la mattina. Il ragazzo, che si chiamava Nayif, era solito camminare avanti e indietro per la via con passi esageratamente lunghi, parlando concitatamente tra sé e agitando un dito ammonitore ai taxi di passaggio. Quando udì il cupo frullio dell'elicottero fu preso dal panico. Si portò le mani alla testa lunga e ovoidale e si mise a piagnucolare. Omar Yussef gli si avvicinò. Gli sorrise e gli tese una mano aperta con il palmo all'insù, come per vedere se piovesse. Il ragazzo imitò il suo gesto, guardando le nuvole in cielo. Dopo un attimo sorrise e biascicando disse: «Sta soltanto piovendo, fratello».

Omar Yussef annuì e gli posò una mano sulla spalla per rassicurarlo, poi riprese il cammino.

A giudicare dalle nuvole che lambivano il Blackhawk, sembrava proprio che presto si sarebbe messo a piovere. E forte. Le strade, incise dai cingoli dei carri armati, si sarebbero trasformate in pantani. La superficie polverosa avrebbe dato alla pioggia il colore dell'urina, e l'acqua, scendendo a rivoli nei punti in pendenza, avrebbe ricoperto le scarpe eleganti di Omar Yussef chiazzandole di una fanghiglia che solo ore di lavoro avrebbero eliminato. Omar Yussef non era un credente, di solito faceva fatica a ricordare le massime del Corano, ma non appena ebbe lasciato Nayif, gli venne in mente un passo sulla pioggia. «Sappiate che Dio ravviva la terra morta.» Dio, naturalmente, prometteva la stessa rigenerazione ai credenti nel giorno del giudizio. Omar Yussef, ormai prossimo alla scuola dell'ONU, si guardò intorno. I sudici vicoli del campo sembravano ancora più desolati nella luce neutra di una mattina d'inverno.

Dio non aveva ravvivato la terra. Aveva moltiplicato il numero di viventi sulla terra, ma aveva permesso che la loro qualità si deteriorasse e la loro essenza svanisse. Omar Yussef non aveva mai pensato che la vita fosse inutile: quale educatore potrebbe pensarlo? Si domandò quando mai Dio avrebbe ravvivato lui, Omar Yussef. Era meglio darsi da fare in prima persona, e il caso di George Saba gli avrebbe fornito l'occasione giusta.

Su un plinto, fuori dalla scuola, c'era una grossa pietra nera su cui era scolpita la mappa della Palestina. Comprendeva l'intera regione palestinese, dalla tortuosa linea del confine libanese fino alla lunga V del deserto del Negev, ossia il territorio in cui, secondo i leader del campo, i profughi sarebbero un giorno tornati. La scultura avrebbe dovuto dare consistenza e realtà a quelle aspirazioni, rendendole resistenti come la pietra. Ogni volta che ci passava davanti, Omar Yussef aveva la sensazione che quella pietra potesse cadergli addosso, schiacciandolo con la disperata rigidità politica del suo popolo. L'occhio gli cadde nel punto in cui, sulla mappa di pietra levigata, era segnato il nome del suo vecchio villaggio. Il villaggio di suo padre, per meglio dire. Omar Yussef non aveva un villaggio d'origine.

Percepì il lieve picchiettio della pioggia sul cachemire della sua coppola. Alzò gli occhi al cielo e una goccia gli cadde sulle labbra. Si ricordò dell'incontro con il giovane handicappato e di come aveva teso la mano per sentire se pioveva. Ho chiamato io la pioggia, pensò divertito.

Omar Yussef entrò nella scuola dell'ONU. Si avviò per il corridoio salutando i colleghi. Raggiunse l'ufficio di Christopher Steadman, bussò ed entrò.

Il direttore della scuola non si alzò, e Omar Yussef non si sedette. La puzza era svanita. Qualcuno doveva aver trovato il modo di spiegare a Steadman che l'insegnante di storia gli aveva fatto uno scherzo, o forse l'americano aveva semplicemente deciso di lavarsi, sebbene fosse una violazione del Ramadan. Omar Yussef si avvicinò alla scrivania e disse: «Sono pronto a prendere in considerazione il suo invito alle dimissioni».

Omar Yussef colse un sorriso appena abbozzato sulle labbra di Steadman, prima che l'americano assumesse un'espressione serissima. «Credo sia una scelta molto saggia, Abu Ramiz.»

«Prenderò una decisione definitiva alla fine del mese. Nel frattempo vorrei prendermi un periodo di aspettativa. Magari, se per un paio di settimane non verrò al lavoro, scoprirò che restare a far niente non è poi così male e a quel punto potrei anche decidere di andarmene in pensione. Immagino che lei non abbia nulla in contrario, giusto?» disse Omar Yussef.

«Credo che faremo fatica a cavarcela senza di lei.» Steadman inspirò risucchiando aria tra i denti come se fosse alle prese con un fastidioso dilemma, ma a Omar Yussef suonò come il sibilo di un serpente. «Dovrò accollarmi io alcune delle sue ore, e dovremo forse assumere un supplente part-time, ma ce la faremo.»

Omar Yussef nutriva un profondo disprezzo per quell'uomo. Gli leggeva in faccia un gran sollievo all'idea di aver quasi risolto il problema del pensionamento di Omar Yussef. L'americano si sarebbe finalmente sbarazzato di un insegnante che osava contraddirlo. Se se ne fosse andato, lui si sarebbe risparmiato di dover spiegare ai suoi superiori che il governo palestinese si lamentava della scuola solo per colpa dei metodi didattici di un vecchio brontolone. A volte Omar Yussef aveva il dubbio di essere troppo duro con la propria gente. Guarda questo americano! pensò. È cresciuto con tutti gli agi della libertà e della democrazia, del denaro e della possibilità di studiare, eppure è identico ai nostri burocrati che si inchinano alle autorità, anche quando le regole vengono scandalosamente violate. Di certo, a Steadman non importava nulla delle allieve della scuola. Il suo salario non dipendeva dalla qualità della loro istruzione. Nel giro di un paio d'anni, si sarebbe guadagnato lo stipendio distribuendo preservativi ai camionisti in Mozambico o gestendo un laboratorio tessile in un carcere femminile a Kabul.

Mentre Steadman parlava compiaciuto di dimissioni, Omar Yussef fu sul punto di cambiare idea. Non poteva permettere che qualche mezza tacca o magari lo stesso Steadman finisse a insegnare a quelle ragazze l'odiosa versione della storia propagandata dal governo. D'altronde, aveva bisogno di tempo per scoprire la verità e salvare George Saba. Si voltò e uscì dall'ufficio di Steadman.

# 8

Omar Yussef tirò fuori l'auto dal vecchio garage in arenaria costruito nell'oliveto dietro casa. Mentre portava la macchina verso l'uscita, Maryam si affacciò alla finestra della cucina. La sua faccia esprimeva lo stupore di vederlo a casa da scuola, ma lui fece finta di nulla e, curvando, imboccò la strada principale per Betlemme e Beit Jala.

Omar Yussef non era un bravo guidatore e percorreva con estrema lentezza le strade sdrucciolevoli. Non si curava delle auto che lo sorpassavano frenetiche una dopo l'altra né dei tassisti che suonavano il clacson finché non trovavano il modo di superarlo. All'incrocio dove doveva svoltare a sinistra per salire a Beit Jala, un vigile magrissimo correva avanti e indietro senza convinzione nel vano tentativo di dirigere il flusso dei veicoli. Omar Yussef girò lentamente bloccando il traffico sull'altra corsia e provocando un coro di clacson.

Era molto determinato, dopo l'incontro con Steadman. Più volte passò mentalmente in rassegna quel che sapeva del caso Abdel Rahman. Se avesse scoperto il nesso con George

Saba, sarebbe forse riuscito a individuare il vero collaborazionista. Era tutto da dimostrare, ma scoprire l'identità di chi davvero aveva condotto gli israeliani fino a Louai Abdel Rahman sarebbe stato quantomeno un primo passo. Se però gli israeliani avevano ucciso Louai senza l'aiuto di un collaborazionista, il compito di Omar Yussef diventava assai più arduo. Erano tutti in cerca di un capro espiatorio per quell'assassinio, e sarebbe stato più semplice convincerli a cambiare colpevole, piuttosto che far loro accettare la prospettiva di incolpare soltanto gli intoccabili militari israeliani. Di certo, comunque, tra i cespugli, all'arrivo di Louai Abdel Rahman, qualcuno c'era, e Omar Yussef ora doveva assolutamente scoprire chi.

Omar Yussef guidava senza vedere bene la strada. Si sporse in avanti per pulire l'interno del parabrezza con un fazzoletto, ma la sua visuale rimaneva offuscata dalla leggera pioggia. Dopo un tratto percorso ancor più lentamente, gli venne in mente di azionare il tergicristallo. Sulle spazzole si era accumulata la polvere estiva che si spalmò in chiazze umide su tutto il vetro, finché la pioggia non la sciolse. Arrampicandosi sulla strada che portava a Beit Jala, Omar Yussef teneva il volante stretto, a due mani. Incrociò un camion che scendeva un po' troppo veloce, e lui, sterzando, rallentò ulteriormente fin quasi a fermarsi. Le auto alle sue spalle scatenarono un coro di protesta, come se avessero il clacson collegato ai freni. Omar Yussef accelerò un po'. Il tergicristallo emetteva un gemito straziante. Aveva smesso di piovere. Omar Yussef accostò per spegnere il tergicristallo cigolante, e poi si rimise in moto verso la cima della collina. Passò davanti al circolo greco-ortodosso e gli tornò in mente la cena con George Saba. L'umida pietra grigia del circolo aveva un aspetto desolato, come la faccia aspra di un vecchio sperduto.

L'ultimo tratto di strada prima della casa di George Saba era sorvegliato da un solo miliziano, che sbrigativamente fece segno a Omar Yussef di accostare e si tolse di mezzo con un balzo quando l'auto si fermò sbandando più del previsto. Omar Yussef era contento di aver fatto saltare il miliziano sul marciapiede. Detestava i tipi come lui, poco più che ragazzini, che guardavano sprezzanti gli uomini più anziani, trattandoli con freddezza e maleducazione. Il rispetto per i più anziani era una delle virtù su cui più aveva insistito nella sua carriera di insegnante, e quegli uomini ne erano sicuramente sprovvisti.

«Che diavolo ti prende? Volevi uccidermi?» berciò il miliziano.

Omar Yussef spense il motore e scese dall'auto con tutta calma.

«Non puoi parcheggiare qui. Questa zona è riservata al mio posto di blocco.»

Omar Yussef si guardò ostentatamente intorno. «C'è spazio in abbondanza» disse. «Ci passerebbe anche un carro armato, di qui, e scommetto che se dovesse davvero arrivare un carro armato israeliano tu non resteresti qui a fermarlo.»

«Dove vai?»

All'arroganza del miliziano Omar Yussef reagiva con rabbia e sfrontatezza. Tornò alla sua auto e la chiuse a chiave. «Mi conviene chiuderla. So bene che voialtri siete coinvolti nei traffici di auto rubate. E la mia auto potrebbe far gola a qualcuno, perché è l'unica intatta » disse guardandosi intorno «mentre, grazie a voi, tutte le altre nel quartiere sono sforacchiate dai proiettili.»

Il miliziano lo guardò infuriato, ma al tempo stesso intimorito. In fondo, pensò Omar Yussef, non può dire che le mie accuse siano infondate. Per un attimo, forse, il giovane lottò con quel che gli restava del rispetto per gli anziani inculcatogli da piccolo, ormai ridotto al lumicino, in lui come negli altri. Forse non aveva militato nelle Brigate dei Martiri abbastanza a lungo da soffocare con l'arroganza quell'antica tradizione.

«Ti ho chiesto dove vai!» gridò il giovane. La sua voce era nervosa, ma incerta.

Omar Yussef capì che il giovane stava già battendo in ritirata di fronte alla disinvoltura dell'uomo più anziano. «Sono un investigatore, e sto conducendo un'indagine di importanza fondamentale per la sicurezza nazionale. E tienimi d'occhio la macchina, altrimenti chiederò a Hussein Tamari la tua testa.»

Il giovane miliziano scalciò una pietra e abbassò lo sguardo con l'atteggiamento del bambino risentito e sconfitto. Omar Yussef sorrise.

La via era deserta. Quel posto sarebbe stato triste anche senza la bigia coltre delle nuvole dense di pioggia. Le finestre delle case sul lato sinistro erano state sfondate dai proiettili e avevano sacchi di sabbia al posto dei vetri. Le case sulla destra dovevano essere messe persino peggio. Il loro lato posteriore si affacciava sulla valle verso le postazioni israeliane ed era il più esposto al fuoco. Al riparo di quella via, però, Omar Yussef poté godersi la vista degli antichi e bellissimi archi turchi, le forme piacevolmente squadrate delle case e l'aria ripulita dalla pioggia. Per diversi giorni si erano addensate nuvole minacciose, ma quello era stato il primo scroscio. Inalò con piacere l'odore dello sterrato umido procedendo verso la casa di George Saba. Salì i gradini esterni e vide che il miliziano continuava a guardarlo dal marciapiede dove lui aveva lasciato l'auto. Bussò alla porta. C'erano i segni neri dei proiettili intorno agli stipiti e il legno era tutto scheggiato.

Alla finestra si affacciò Sofia, la moglie di George. «Salve, Abu Ramiz, buongiorno. Le dispiace passare dalla porta laterale? Questa è rotta e non si può usare. Mi dispiace. I poliziotti l'hanno sfondata quando sono venuti ad arrestare George.»

Omar Yussef le fece cenno di non preoccuparsi, discese i gradini fin nel seminterrato. Aveva notato che Sofia aveva la testa fasciata, anche se cercava di mascherarla con uno di quei foulard che le donne spesso si mettono per fare i mestieri di casa.

Habib Saba andò ad accoglierlo sulla porta e lo abbracciò. Aveva gli occhi rossi, dopo due giorni di pianto, e alla vista di Omar Yussef le lacrime ripresero a sgorgare. Si scusò e condusse il professore all'interno. «Perdona la mia emotività, Abu Ramiz. Sei il primo musulmano che viene a trovarci da quando ci troviamo in questo guaio.»

«Mi dispiace molto, Abu George.»

Omar Yussef seguì Habib Saba su per le scale fino alla sala. La stanza era illuminata da una lampadina solitaria. Le finestre infrante erano protette da sacchi di sabbia. C'erano delle correnti d'aria fredda, e i sacchi di sabbia bagnati di pioggia esalavano un odore di mare sporco. C'erano due appendiabiti pieni di vestiti da matrimonio. Omar Yussef vedeva male in quel locale scarsamente illuminato. Notò a malapena che alcuni dei vestiti erano in parte bruciati. La sottile custodia di plastica era strappata, e i bordi degli abiti lambiti dalle fiamme erano di un marroncino chiaro.

Habib Saba notò che Omar Yussef doveva strizzare gli occhi per orientarsi in quella penombra. «George aveva delle belle lampade antiche, qui, ma se le sono prese i poliziotti.» Sorrise. Da sopra una cassettiera di teak sbrecciata da cinque buchi di pallottole, Habib Saba prese una statuetta, un nudo femminile sdraiato in posizione scomposta. «Credevo che avessero preso anche questa, ma l'ho ritrovata nell'angolo dietro il divano. Qualcuno deve averla tirata contro il muro. Era un po' segnata, ma tutto sommato se l'è cavata con poco. L'ho lucidata, perché si era incrostata di cenere e di altro materiale bruciacchiato. Ti piace?»

Omar Yussef prese la statuetta tra le mani. La figura aveva i capelli attorcigliati sotto il mento, il collo era teso come per uno spasmo doloroso, mentre l'anca sinistra sporgeva in modo innaturale, quasi stesse per bucare la pelle. «È un'opera di Rodin?»

Habib Saba annuì. «Sì, ma ovviamente è una copia.»

«Quel francese costringeva sempre questa giovane donna a pose di una scomodità estrema. Credo che lei vi trovasse una corrispondenza con un qualche suo terribile dolore interiore, perché altrimenti non avrebbe mai potuto assecondare l'artista in questo modo» disse Omar Yussef. Benché il metallo della statuetta fosse già sopravvissuto al lancio contro la parete da parte del poliziotto, averla tra le mani lo metteva in ansia. Era la stessa sensazione che aveva provato tenendo tra le braccia un neonato, il timore di far male a un essere così delicato.

«La modella è morta in manicomio, perciò credo sia giusto quel che dicevi a proposito del dolore, Abu Ramiz» disse Habib Saba. «Quest'opera si intitola *La martire*.»

Omar Yussef rimise la statuetta sulla cassettiera. «A quanto pare questa parola salta fuori da tutte le parti, eh?» Rise come se si schiarisse la gola.

Sofia portò un piatto di biscotti e del caffè. «Ho preparato il caffè *sa'ada* come piace a lei, Abu Ramiz» disse.

«Che Dio ti benedica» le rispose Omar Yussef. «Che possa esserci sempre del caffè nella tua casa.» Le posò gentilmente una mano sulla testa, spostando all'indietro il copricapo per osservare bene il viola e il verde di un livido che si espandeva da sotto la benda. Le sfiorò un braccio. Sofia gli sorrise mesta e lasciò la stanza.

«Fa' come se fossi a casa tua» disse Habib Saba. Si sforzò di infondere un minimo di cordialità nella tradizionale formula di benvenuto, ma Omar Yussef vide che il vecchio si grattava nervosamente il dorso di una mano.

Omar Yussef bevve un sorso di caffè. Il divano su cui si erano seduti era addossato al muro. Omar Yussef indicò la parete di pietra alle loro spalle. A meno di un chilometro di distanza c'era l'artiglieria israeliana. «Spero che questa parete sia solida, nel caso riprendessero a sparare.»

Habib Saba rise. «Ti difenderemo da qualunque pericolo purché tu resti seduto sul nostro divano a bere il nostro caffè e a concederci il piacere della tua compagnia.»

Sulla porta della sala comparvero, inquieti, i figlioli di George. Habib disse loro di venire a salutare Omar Yussef.

Di solito erano bimbi affettuosi, ma quel giorno il saluto fu distratto e timido, come se qualcuno avesse tolto loro il midollo e prosciugato il cuore. Omar Yussef posò una mano sul capo del ragazzo, Dahoud, che aveva sette anni. George Saba aveva più o meno la stessa età quando Omar Yussef l'aveva conosciuto. Nei tratti del bambino riconobbe quelli del padre da piccolo. Aveva sempre apprezzato molto la nobiltà della fronte alta e degli occhi azzurri di George, e riconobbe gli stessi tratti nel viso del figlio. «Dove vai a scuola?» gli domandò.

«All'istituto lassalliano» rispose borbottando il bambino.

«Proprio come tuo padre. Io sono stato il suo insegnante, quando lui frequentava quella scuola. Era molto intelligente. Immagino che tu non sia da meno, e neppure tua sorella. Sarete bravi come il vostro papà.»

Habib chiese al ragazzo di portargli le sigarette. La bambina si ritirò in cucina. «Non osa più allontanarsi dalla madre» disse Habib Saba sottovoce. Il bambino portò al nonno le sue Dunhill e lasciò a sua volta la sala. Habib guardava nel vuoto dove fino a poco prima c'era il nipote, come se sperasse, con la concentrazione, di fare comparire suo figlio.

«Quando George, tanti anni fa, parlava di trasferirsi in Cile, io cercavo di fargli cambiare idea. Ti ricordi, Abu Ramiz?» Habib Saba si accese una sigaretta e inspirò a fondo. «Ero un tale egoista. Volevo che mio figlio stesse qui con me. Non mi interessava se le sue prospettive, qui, erano terribilmente limitate. Volevo averlo vicino. Tu, però, mi convincesti a lasciare che facesse la sua vita liberamente. Come avevi ragione, Abu Ramiz! Io, però, ho continuato a ripetergli che doveva tornare. Non l'ho mai lasciato in pace, quando era in Cile. Me ne vergogno, ma io gli scrivevo di quanto mi sentivo solo dopo la morte di sua madre. Sapevo che non sarebbe riuscito a sopportare il senso di colpa. E, infatti, alla fine ha ceduto, ed ecco il risultato. Verrà punito per un crimine che non sarebbe neanche capace di commettere. È un cristiano, un corpo estraneo. Persino gli altri cristiani avranno timore di difenderlo. È solo, come sempre capita ai cristiani quando hanno a che fare con le autorità di questo posto. La colpa è mia, che ho preteso come i padri di una volta che mio figlio mi stesse vicino. Tu sei molto più moderno di me, Abu Ramiz.»

«Non è sbagliato voler bene al proprio figlio e voler godere della sua presenza» disse Omar Yussef.

«Ora, però, rischio di non avere la sua presenza e di non avere neanche più un figlio.»

«Un giorno della vita di George vale più della vita intera di un figlio qualunque.»

«Sì, ma ogni giorno senza di lui è lungo una vita.»

Omar Yussef posò la tazzina di caffè e spezzò in due una pasta di mandorle. Gustandola, si voltò verso Habib Saba. «Che cosa è successo, Abu George?»

Il vecchio sospirò. «Io ero dall'altra parte della casa. Era più o meno l'alba. I *muezzin* avevano appena finito di chiamare alla preghiera del mattino. Ero a letto, ma non stavo dormendo. È da quando sono cominciati gli scontri a fuoco nella valle che non mi faccio una notte di sonno come si deve. E le poche volte che mi addormento sogno di scontri a fuoco. Be', ho sentito un'esplosione. La polizia aveva divelto la porta dai cardini. Il danno è evidente, anche se ho cercato di inchiodare alla meglio la porta allo stipite. I poliziotti sono entrati e hanno portato via George. Sofia si è messa a gridare, e loro l'hanno colpita: hai visto i lividi che ha sulla testa. E ci hanno tenuti sotto la minaccia delle armi.»

«Sì, ma prima, tre notti fa, dopo che George e io avevamo cenato insieme al circolo ortodosso, c'è stato uno scontro a fuoco. Lui mi ha lasciato in tutta fretta per venire a casa. Che cos'è accaduto quella sera?»

Habib Saba aveva un'aria affranta. Spense la sigaretta sul bordo di una conchiglia rosa corallo. «Stavano sparando contro gli israeliani dal tetto di casa nostra, proprio sopra il punto in cui siamo seduti adesso. George ha preso una vecchia pistola, un pezzo d'antiquariato appeso al muro. Non era neppure carica e, se anche lo fosse stata, di certo non poteva sparare. Però aveva un aspetto abbastanza minaccioso. È salito sul tetto e li ha cacciati via.»

«Chi erano?»

«I soliti porci delle Brigate dei Martiri.»

«Chi, in particolare?»

«Non li conoscevo.»

«E George li conosceva?»

«Non me lo ha detto. E poi come poteva conoscerli? Lui non ha a che fare con certa gente.»

«No, ma quasi tutti, in città, saprebbero riconoscere i capi. Quelli non si nascondono... a meno che non arrivino gli israeliani, ovviamente.»

«George non mi ha detto niente. Non ha fatto nomi. Mi sembrava molto ansioso, sconvolto.»

«Dov'è la pistola che ha usato contro quegli uomini?»

Habib Saba attraversò la stanza con movimenti rigidi.

Aprì il cassetto di uno scrittoio francese a ribalta, ne prelevò una vecchia Webley e la porse a Omar Yussef. Pesava più di quanto si era aspettato, circa un chilo e mezzo. Il metallo era parzialmente ossidato, e il calcio era consumato, ma al buio nessuno avrebbe notato quei difetti. Omar Yussef tirò il grilletto. Era bloccato dalla ruggine e dalla polvere.

«Credo che neanche mettendola a mollo per una settimana nell'olio riprenderebbe a funzionare» disse Habib Saba. «Era la pistola di un ufficiale inglese che Ghassan Shubeki si è portato a casa quando si è congedato dalla legione giordana. Te lo ricordi Shubeki, Abu Ramiz? Quell'arma ha come minimo cinquant'anni.»

George doveva essere più coraggioso o più disperato di quel che Omar Yussef aveva immaginato per affrontare i miliziani armati con quel ferrovecchio.

«Vorrei portarmela via» disse Omar Yussef.

«Prendila pure. Io sto male solo a vederla.»

Omar Yussef si infilò la pistola nella tasca della giacca. Il peso era tale che gli sembrava di averla allacciata a una spalla, dentro una fondina. Ebbe il timore che potesse scucirgli la giacca o rovinarne il taglio, ma le esigenze dell'indagine prevalsero sulla cura per l'abbigliamento.

«Hai notato niente di particolare la sera in cui George è salito sul tetto per affrontare i miliziani?»

«Ho guardato in strada dalla finestra, alla fine della sparatoria» rispose Habib Saba. «Ho visto due uomini che salivano su una grossa auto. Una di quelle jeep che girano adesso, hai presente? Mezza auto e mezza jeep. Sembrava piuttosto costosa, anche se immagino l'avessero rubata. Uno dei due stava fumando, perché l'unica cosa che ho visto veramente è stata la brace della sua sigaretta. Uno aveva un'arma molto grossa.»

«Che tipo di arma?»

«Io faccio abiti da cerimonia, Abu Ramiz. Non so distinguere le armi. Posso dirti soltanto che era molto grossa.»

Omar Yussef cercò di ricordare la MAG con cui Hussein Tamari aveva sparato in aria al funerale di Louai Abdel Rahman. Era di certo un'arma molto grossa. Poteva esserci proprio Hussein Tamari, sul tetto, quando George era andato lassù con quella pistola inservibile? «Vuoi dire che aveva una specie di mitragliatrice con la canna lunga e grossa, il calcio di legno, lunga in tutto un po' meno di un metro e mezzo, con un cavalletto a reggere l'estremità della canna e una striscia di proiettili ad alimentarla per sparare a raffica?»

«Abu Ramiz, era buio. Io ero spaventato e preoccupato per mio figlio. Se un miliziano avesse avuto addosso un vestito da cerimonia, ora potrei descrivertelo nei minimi particolari, nonostante il buio, ma le armi da fuoco non sono proprio il mio mestiere. E poi perché ti interessa tanto quell'arma? E perché vuoi portarti dietro la pistola di George? Che cosa hai in mente?»

«Mi sto preparando alla pensione, Abu George.»

Habib Saba si mosse nervosamente sul posto. «Hai intenzione di metterti nei guai?»

Già fatto, pensò Omar Yussef.

Uscito dalla casa di Habib Saba, Omar Yussef salì i gradini che, sul fianco della costruzione, portavano al tetto. Giunto quasi in cima, si fermò, ansimante. Guardò la spianata del tetto. Probabilmente, gli israeliani lo tenevano sotto osservazione, nel caso i miliziani decidessero di tornarvi. Un fucile di precisione avrebbe addirittura potuto colpirlo dal versante opposto della valle. Ramiz gli aveva spiegato che avevano dei fucili in grado di colpire con incredibile precisione da distanze superiori a un chilometro. I soldati sarebbero forse riusciti persino a capire che lui aveva un'arma in tasca, dal modo in cui gli tirava la giacca. Scosse le spalle per riequilibrare il peso. Voleva esaminare la scena del confronto tra George e i miliziani, e così salì l'ultimo gradino.

La pioggia formava una pozza nei pressi del serbatoio dell'acqua sforacchiato dai proiettili. Omar Yussef immaginò che quella sera i miliziani si fossero appostati sul bordo dell'edificio. Probabilmente si erano distesi a terra per ripararsi dietro il muretto che delimitava il tetto. Si avviò verso il lato più lontano del tetto, quello affacciato sulla valle, domandandosi se qualche cecchino israeliano magari non avesse già inquadrato nel mirino quell'uomo anziano, nervoso e malandato. Camminando calpestava le schegge dei pannelli solari ormai distrutti collegati al serbatoio dell'acqua.

Omar Yussef notò un luccichio in una pozzanghera presso il muretto. Si chinò e raccolse il bossolo di un'arma da fuoco. Lo asciugò e, intanto, prese dalla tasca l'altro bossolo che aveva trovato nell'erba dove era stato ucciso Louai Abdel Rahman. Omar Yussef confrontò i due reperti. Per quel che poteva giudicare, erano identici, più lunghi e più grossi dei bossoli di fucile che gli era capitato di vedere sulla scrivania dell'ufficio di Khamis Zeydan: quelli facevano la figura del mignolo accanto all'anulare, paragonati a questi. Khamis Zeydan aveva riconosciuto il primo come un bossolo di MAG e aveva detto che a Betlemme di armi del genere non ce n'erano, a parte quella famosa di Hussein Tamari che, di conseguenza, doveva essere quella utilizzata sul tetto. Posto che non l'avesse data in prestito ad altri, il capo delle Brigate dei Martiri doveva trovarsi lì la sera in cui George Saba era salito lì sopra per affrontare i miliziani.

Omar Yussef non notò nient'altro di interessante sul tetto. Si infilò i due bossoli in tasca e li sentì tintinnare contro la Webley. Gli israeliani dispongono di ottime apparecchiature di sorveglianza, pensò. Magari riescono addirittura a guardare attraverso la mia giacca e a individuare i due bossoli e l'inutile e antiquata pistola che ho in tasca. Scendendo dal tetto, si rese conto che agli israeliani non poteva importare nulla di quei bossoli e di quella pistola. Solo lui sapeva quanto fossero pericolosi.

# 9

Quando Omar Yussef tornò alla sua auto, il giovane miliziano che aveva cercato di intimidirlo lo guardò con sospetto. Omar Yussef si domandò quanto sarebbe durato, quel ragazzo. Di certo se la sarebbe filata al minimo segnale di carri armati in arrivo dagli insediamenti dei coloni dietro le colline, ma rischiava comunque di essere catturato dai soldati israeliani. O magari avrebbe abbassato la guardia esponendosi al tiro di qualche cecchino. Non c'era da stupirsi del suo nervosismo e della sua aggressività, anche se ciò non bastava a renderlo più simpatico agli occhi di Omar Yussef. Questi avviò la sua vecchia Peugeot e fece inversione nella via stretta. Il miliziano si tolse di mezzo alla svelta. Omar Yussef, ripartendo, lo vide scendere dal marciapiede per seguire con lo sguardo l'auto che procedeva lungo la discesa.

Prima di lasciarsi alle spalle Beit Jala, Omar Yussef si fermò in un parcheggio davanti a una fila di negozi. Un crocchio di miliziani era appostato davanti alla rosticceria all'angolo. Il locale era chiuso, e non avrebbe aperto fino all'interruzione serale del digiuno. Omar Yussef rivolse loro un'occhiata sprezzante e salì i gradini del portico antistante i negozi. Quando dovette passare in mezzo al gruppo dei miliziani, questi si fecero educatamente da parte. «Buona giornata, signore» disse uno.

Senza neppure pensarci, ricambiò il saluto: «Buona giornata anche a voi».

I miliziani ripresero a parlare tranquillamente tra loro. Omar Yussef era sempre così arrabbiato per la rozzezza che quegli uomini in generale dimostravano che, nei rari casi in cui si comportavano bene, il suo risentimento si esacerbava ancora di più. Devo proprio incolparli per tutto quello che nella nostra società non funziona al punto da non riuscire neanche a vederli come esseri umani? Magari sono stati tutta la notte di pattuglia, pensò. Tra loro c'è sicuramente anche chi sacrifica la propria vita famigliare per compiere quello che ritiene un dovere. Tra loro c'è chi dà la vita per questo.

Omar Yussef giunse davanti a un negozio scalcinato, con la vetrina coperta da una veneziana grigia. Aprì la porta. Vedendolo entrare, una donna di mezza età si alzò da dietro il bancone. Era un po' sovrappeso sui fianchi, ma era ben vestita. Portava al collo un foulard di Yves St. Laurent, e orecchini della stessa marca che rilucevano appesi ai suoi lobi carnosi.

«Benvenuto, Abu Ramiz» disse. Tese le braccia per stringergli le spalle e baciarlo sulle guance. «Nasra, hai una nuova acconciatura!» osservò Omar Yussef.

I capelli della donna erano corti ai lati, asciugati con il phon e pettinati all'indietro. Erano di un rosso squillante, che Omar Yussef sapeva non essere la loro tinta naturale.

«Ti piace, Abu Ramiz? Devo mantenermi giovane, altrimenti Abu Jeriez mi licenzia e assume una ragazzina.»

«Sarà il giorno della sua rovina. Dice sempre che sei tu a occuparti di tutto.»

Nasra scoppiò in una risata forte e rauca e accompagnò Omar Yussef nell'ufficio in fondo alla stanza. La porta si aprì e Charles Halloun comparve.

«Abu Ramiz, non potevi che essere tu. Sei l'unico che riesca a far ridere così Nasra» disse. Prese Omar Yussef per mano e lo tirò dentro l'ufficio. Con un cenno fece capire a Nasra che era il caso di preparare un caffè.

Charles Halloun fece sedere Omar Yussef a un capo del divano e solo quando l'ospite si fu accomodato si sedette a sua volta all'estremità opposta. Aveva i capelli neri tagliati corti, un naso enorme e sformato e sopracciglia folte ed espressive. Indossava una giacca sportiva di tweed, un cardigan marrone e una cravatta di lana della stessa tinta. Sembrava un vecchio e goffo decano di Oxford.

Il padre di Charles Halloun aveva lavorato come commercialista per il padre di Omar Yussef, e la relazione si era tramandata alla prole.

«È appena stato qui tuo figlio, Abu Ramiz. Doveva consegnarmi alcune carte. I suoi conti stanno diventando rapidamente uno dei miei lavori più impegnativi.» Halloun si strofinò la punta gibbosa del naso. «Ramiz ha ereditato la tua intelligenza, devo dire. La telefonia mobile è un settore in crescita vertiginosa.»

«Ramiz è un ragazzo brillante, ma io non posso attribuirmi troppi meriti. Io non so neanche come funzionano, quei telefonini.»

«Purché i soldi non siano falsi, che importa da dove vengono?» Charles Halloun ridacchiò, attorcigliandosi l'estremità appuntita di un sopracciglio.

Nasra portò due tazzine di caffè e un bicchiere d'acqua. Come i Saba, anche Nasra e Halloun erano cristiani e sapevano che Omar Yussef, non osservando il Ramadan, non avrebbe disdegnato qualcosa da bere.

«Che Dio ti benedica» le disse Omar Yussef.

«E che benedica anche te. Come sta Umm Ramiz?» domandò Nasra.

«Bene.»

«E Zuheir e Ala?»

«Zuheir verrà a trovarci il mese prossimo. Tornerà dal Galles per festeggiare con noi l'*Eid*. Ala ha appena cambiato lavoro. Adesso vende computer a New York.»

«Di' loro che avrei piacere di vederli, quando tornano.» Nasra si lisciò la gonna e si richiuse la porta alle spalle.

«Salute e bene» disse Charles Halloun quando Omar Yussef cominciò a sorseggiare il caffè.

Posata la tazzina sul tavolo, Omar Yussef disse: «Ti farò una domanda diretta, Abu Jeriez. Com'è messa la mia famiglia, dal punto di vista economico?».

Charles Halloun si irrigidì, preoccupato, serrando le sopracciglia all'attaccatura del naso. «Hai qualche problema di salute, Abu Ramiz?»

«No, non esattamente.» Non ancora. «Sto pensando di andare in pensione. Se smetto di incassare lo stipendio della scuola riuscirò a mantenere il mio attuale tenore di vita?»

«Be', hai la rendita degli investimenti fatti da tuo padre. Ci sono le azioni della Banca Araba, alcuni titoli egiziani, e poi c'è l'affitto della terra comprata da Abu Omar a Beit Sahour poco prima di morire. Gran parte di questa rendita è stata reinvestita, visto che tu tiri avanti con lo stipendio dell'ONU. Comunque, puoi utilizzare i rendimenti. Non credo che se tu andassi in pensione il tuo tenore di vita ne risentirebbe granché.» Charles Halloun piegò la testa da un lato. «Siamo sicuri che quel che ti passa per la testa sia solo andare in pensione, Abu Ramiz? Sei ancora giovane.»

«Ho cinquantasei anni.»

«Ma sei in ottima salute, grazie a Dio.»

«Forse. Ho smesso di bere alcolici, ma ho bevuto abbastanza, in vita mia: ho smesso soltanto dieci anni fa. E anche se non fumo più da cinque anni a volte mi sento ancora il fiato corto. Non faccio attività fisica, a parte i due passi per andare a scuola la mattina. E poi ci sono altre cose di cui ti dirò soltanto che mi preoccupano e pesano sulla funzionalità del mio cuore.»

«Niente alcol, niente sigarette... La tua vita è un lungo, ininterrotto Ramadan.»

«Per quasi cinquant'anni, però, è stato un *Eid* continuo.» Omar Yussef rise. «Sta pur certo che la pensione mi farà bene. Volevo soltanto avere ben chiara la mia situazione finanziaria prima di prendere una decisione definitiva.»

«Ti preparo un resoconto dettagliato con alcune previsioni sugli introiti su cui potrai contare.»

«Mi bastano i soldi per mangiare e per fare dei regalini ai miei nipoti. Non sono un gran viaggiatore: una volta all'anno vado ad Amman con Maryam a trovare mio fratello, e una volta all'anno mi faccio una vacanzina da solo in Marocco.»

«Non dovrebbero esserci problemi, Abu Ramiz. Potrai continuare a concederti questo genere di viaggi.»

I due bevvero il caffè.

«Stamattina ho parlato con Ramiz di una questione delicata» disse Charles Halloun. «Pensavo che potresti parlarne anche tu, con lui. Vuole ampliare il suo giro d'affari e aprire altri negozi di telefonia mobile nell'area di Betlemme. Il problema, di questi tempi, è che se espandi troppo i tuoi affari finisci per attirare l'attenzione di gente poco raccomandabile. Sono un bel po' le imprese finite improvvisamente nelle mani delle Brigate dei Martiri.»

«Alludi al pagamento di una protezione?»

«No, quella è roba vecchia. Si impadroniscono direttamente dell'impresa. Così.» Charles Halloun schioccò le dita. «Adesso si presentano a casa del proprietario con un contratto e gli dicono: "Firma qui e intestaci la tua impresa, altrimenti ti ammazziamo e ce la prendiamo comunque".»

«Temi che possa accadere qualcosa a Ramiz?»

«Tutti i miliziani usano il telefonino. Lo sanno anche loro che è un business redditizio. E questo li attira. Guarda come si sono impadroniti delle autofficine degli Abdel Rahman...»

Omar Yussef ebbe un sobbalzo. «Come?»

«Dopo che gli israeliani hanno ucciso Louai Abdel Rahman, la famiglia è rimasta senza protezione tra le fazioni della resistenza. Finché c'era Louai, nessuno poteva toccare gli Abdel Rahman, altrimenti dovevano vedersela con quella parte della milizia che gli era fedele. La loro azienda era molto fiorente. Avevano una succursale a Irtas, due a Betlemme e una ad al-Khader. Appena Louai è stato ucciso, però, le Brigate dei Martiri si sono presentate da suo padre e gli hanno imposto di cedergli l'azienda. Ora è tutto in mano al fratello di Hussein Tamari.»

«Sono sconvolto» disse Omar Yussef. «Louai è morto da appena due giorni.»

«Nulla di quel che fa Hussein Tamari può più sconvolgermi.»

Omar Yussef ripensò al giorno del funerale di Louai Abdel Rahman, sotto il tendone. Quando Hussein Tamari si era presentato lungo il vialetto sparacchiando con la sua MAG, non si era trattato di un semplice segno di omaggio, ma di una minaccia. Si ricordò di come il padre di Louai si fosse irrigidito per qualcosa che Hussein Tamari gli aveva bisbigliato all'orecchio quando in teoria avrebbe dovuto fargli le condoglianze.

«No» disse Charles Halloun. «Le sue pose da eroe rivoluzionario non mi impressionano. So bene chi è Hussein Tamari da quando mi ha sbattuto in galera per evasione fiscale.»

Omar Yussef lo guardò perplesso.

«Io, ovviamente, le tasse non le avevo evase, Abu Ramiz» disse Charles Halloun. «Era un'estorsione. Tamari ha fatto lo stesso scherzetto a un'altra dozzina di commercianti, qui e anche a Hebron. Sei anni fa, si è presentato con una squadra di agenti della sicurezza preventiva. Hanno mancato di rispetto a Nasra e mi hanno portato via. Non mi hanno confiscato documenti né altro. Non c'è stata alcuna indagine. Mi hanno semplicemente portato a Gerico e chiuso in carcere. Dopo di che Tamari è venuto a dirmi: "Visto che non hai pagato le tasse, devi darmi trentamila dollari, altrimenti ti faccio accusare di collaborazionismo, e tu resterai a marcire in galera fino alla fine dei tuoi giorni".»

«E tu che cosa hai fatto?»

«L'ho mandato a fare in culo e ho chiesto di parlare con un avvocato. Perdona il linguaggio, Abu Ramiz.»

«Non c'è problema. E poi?»

«Lui mi ha riso in faccia e poi mi ha colpito.» Charles Halloun sbiancò in volto al pensiero. «Mi ha torturato, Abu Ramiz. Non ho neanche voglia di raccontarti tutto quello che mi ha fatto. Ti basti sapere che ogni volta che mi alzo in piedi, un dolore fortissimo alla schiena mi ricorda di quando ero nelle mani di Abu Walid.»

Omar Yussef alzò gli occhi. Abu Walid.

«Sono stato in prigione a Gerico per una settimana» disse Halloun. «Non mi hanno mai fatto mangiare. Mi davano un po' d'acqua, ma quei bastardi ci pisciavano dentro, e io ero così disperato che la bevevo ugualmente. Mi radevano un lato della testa e mi vestivano da donna. Alla fine mi diedero un telefono e io chiamai Nasra, dicendole di andare a ritirare i soldi in banca e di darglieli. Prima di rimandarmi a casa, però, Abu Walid ha trovato il tempo di infliggermi un ultimo pestaggio.»

«Chi è questo Abu Walid?»

«Hussein Tamari. Padre bastardo di un figlio bastardo. Hai mai conosciuto Walid, il primogenito di Hussein Tamari? È anche lui un prepotente schifoso. Chiedi a qualsiasi ragazzino. Non ce n'è uno che non porti i segni di quel piccolo stronzo. È identico a suo padre.»

Omar Yussef sentì il peso della Webley e dei due bossoli nella tasca della giacca. Ecco l'informazione di cui aveva bisogno. Abu Walid! Era dunque Hussein Tamari l'uomo con cui Louai Abdel Rahman aveva parlato poco prima di essere ucciso? Quanti altri miliziani potevano rispondere al nome di Abu Walid? Tanto più che dopo la morte di Louai, Hussein Tamari si era impossessato dell'azienda degli Abdel Rahman. Aveva un motivo per volere la morte di Louai: gliene derivava un vantaggio materiale. Ma era stato proprio lui a ucciderlo?

Omar Yussef si congedò da Charles Halloun e da Nasra. Ridiscese la collina in auto diretto a Dehaisha. Non aveva mai pensato neppure per un istante che George Saba potesse essere colpevole, ma ora pensava di conoscere l'identità del vero collaborazionista. Sentì aumentare il ritmo delle pulsazioni e aveva le nocche bianche tanto serrava il volante. Come poteva dimostrare che George Saba era stato incastrato dal capo della resistenza di Betlemme? Sapeva di non potersi tirare indietro, per George e per il bene di tutta la città, che si stava trasformando in un posto dove i delinquenti facevano il bello e il cattivo tempo. Khamis Zeydan lo aveva avvertito: imboccare quella strada era rischioso. E i rischi potevano solo aumentare.

Omar Yussef parcheggiò la sua auto nel garage di casa. Entrò dalla porta del seminterrato e salì in camera sua. Aprì un cassetto in basso nel suo armadio. Era pieno di calzini, appallottolati a due a due. Si tolse la Webley dalla tasca e ce la infilò sotto. Si guardò intorno con aria furtiva e richiuse il cassetto.

Che cosa me ne faccio di questa pistola? Mi comporto come se fossi davvero un investigatore, pensò. Sto raccogliendo le prove. L'arma è una prova, perciò devo conservarla. Però ho paura. Le cose possono mettersi male quando si ha a che fare con gente come Hussein Tamari. Che cosa farò se Hussein Tamari viene a prendermi? Sono già terrorizzato dalla sola presenza di una pistola vecchia e inutilizzabile tra i miei calzini... Si fece rotolare nel palmo i due bossoli di MAG, grossi e tozzi. Li immaginò pieni di polvere da sparo e dotati di una punta di piombo.

Omar Yussef entrò in sala, sollevò la cornetta del telefono e chiamò Khamis Zeydan.

«Ho bisogno di parlare con George Saba» disse.

Ci fu una pausa. «Vieni da me in mattinata. Alle otto nel mio ufficio.» Khamis Zeydan riagganciò.

Omar Yussef si sedette in silenzio. Ascoltò il sangue che gli pulsava con violenza all'altezza della tempia. Pensò a quel che gli aveva detto Charles Halloun della sua situazione patrimoniale. Non era la pensione ciò di cui Omar Yussef si preoccupava. Voleva essere sicuro che Maryam non avesse problemi nel caso gli capitasse qualcosa. Era determinato. Non doveva succedergli nulla di male finché George Saba aveva bisogno del suo aiuto. Se sgarro, pensò, George Saba non sarà l'ultima vittima di Hussein Tamari.

Quindi, tese una mano davanti a sé. Io non sono una vittima, pensò, e scoppiò a ridere vedendo che, per la prima volta da anni, la mano non tremava.

# 10

Mentre Omar Yussef attraversava la piazza della Mangiatoia diretto alla stazione di polizia, le campane della chiesa della Natività presero a suonare.

Il negozietto per turisti sul lato sud della piazza avrebbe aperto di lì a poco, anche se non erano molti i pellegrini che si avventuravano a Betlemme in quel periodo. Non c'erano clienti per gli angelici Gesù Bambino che riposavano in lunghe file sugli scaffali nelle vetrine del negozio della famiglia Giacomman, fissando con occhi vacui una schiera altrettanto fitta di Madonne. Da dietro le porte chiuse del ristorante adiacente filtrava il profumo casereccio del *foule* del giorno precedente. Omar Yussef non faceva mai la prima colazione, ma il profumo del purè di fave gli mise voglia di assaggiarlo. Per via della fame aveva anche freddo, e si rialzò il bavero della giacca.

Omar Yussef attraversò la spianata di lastre di pietra e piante in vaso ordinatamente disposte nella piazza. Nella luce ancora fioca, gli scuri contrafforti del monastero armeno vicino alla chiesa apparivano carichi di presagi come il suono delle campane. La vivacità che caratterizzava la chiesa nei suoi ricordi infantili era scomparsa, soffocata dai musulmani dei campi e dei villaggi circostanti che, giunti come lui da profughi, e sempre più numerosi, si sentivano in diritto di trattare quella città un tempo cristiana come se fosse loro. La basilica in cui ebbe origine il cristianesimo, luogo simbolo di Betlemme, era malridotta, e le sue massicce mura in pietra erano un inutile bastione contro una religione ostile e contro il declino della comunità dei fedeli. Sembrava un posto più adatto a una sepoltura che a una nascita. La cella di George Saba era all'interno della stazione di polizia, sull'angolo della piazza più vicino alla chiesa. Omar Yussef si immaginò George tormentato dagli inquietanti rintocchi delle campane, che scandivano la sua lenta prigionia e il doloroso conto alla rovescia della progressiva scomparsa dei cristiani dalla città.

All'angolo della piazza si levò una voce. «Salute, *ustaz.*» Omar Yussef si voltò e vide un prete smilzo che attraversava la strada deserta diretto verso di lui a passi ampi ed elastici. Il sacerdote indossava una tonaca da cattolico con il colletto bianco. I suoi sandali lasciavano intravedere dei calzini grigi. Aveva una carnagione olivastra e le guance picchiettate di barba nera, di quella che andrebbe rasata in continuazione. Anche i capelli erano neri, radi e ricci, gonfi sul cranio come la peluria sul petto di un uomo villoso. Nel giro di un paio d'anni sarebbe rimasto completamente calvo. Le lenti da vista spesse facevano sembrare piccolissimi i suoi occhi.

«Elias!» disse Omar Yussef. «Che piacere vederti. George mi aveva detto che eri tornato dal Vaticano. Siamo molto orgogliosi dei tuoi successi.»

«Sì, sono tornato. Da non credersi, eh? Non riesco a tenermi a distanza di sicurezza» disse il prete. «È bello vederti, Abu Ramiz. Ti trovo in forma.»

«Ho sempre diffidato dei preti, e ora capisco perché. Non godo di buona salute, in verità.»

«Forse sono così contento di averti incontrato che tutto mi sembra perfetto.»

«Magari fosse vero, Elias» sospirò Omar Yussef, guardando verso la stazione di polizia. «Stavo andando a trovare George in prigione.»

Elias Bishara si riaggiustò gli occhiali sul naso. «Se George ha bisogno di qualcosa, fammelo sapere» disse. «Di sicuro, per lui non c'è miglior amico di te, Abu Ramiz, ma se dovesse aver bisogno di un prete interverrei volentieri di persona.»

Omar Yussef si domandò se Elias Bishara stesse per caso già pensando all'estrema unzione. Lui non era ancora pronto ad ammettere una prospettiva del genere. «Ti farò sapere.» Si strinsero la mano.

Khamis Zeydan andò ad accogliere Omar Yussef all'ingresso della stazione di polizia e lo condusse giù per gradini impervi fino alle celle. Nel corridoio faceva freddo, anche se Omar Yussef sapeva che quella sensazione era dovuta alla natura del luogo oltre che al rigore del mattino invernale. Khamis Zeydan aprì un cancello di metallo e fece passare l'amico, guardandolo con la testa reclinata. Passarono davanti a due celle vuote, a parte dei vecchi e dozzinali tappetini da preghiera distesi sulle brande.

«Qui ci tenevamo i prigionieri di Hamas quando ancora li arrestavamo» disse Khamis Zeydan. «A un certo punto, però, abbiamo ricevuto l'ordine di liberarli, e adesso qui non c'è più nessuno, a parte il tuo amico.»

In fondo al corridoio, aprì con una chiave un'altra inferriata. Era la cella di George. «Ti aspetto in fondo al corridoio» disse Khamis Zeydan. «Basta che chiami, ma non metterci troppo, mi raccomando.» Omar Yussef sapeva che il tono burbero dell'amico era un modo per nascondere un certo nervosismo, forse perché non voleva essere scoperto mentre consentiva una visita al collaborazionista o forse perché temeva che l'indagine di Omar Yussef provocasse guai in cui, ormai, era coinvolto anche lui.

George Saba si alzò dalla brandina sfondata posta in un angolo della stanza nuda. Aveva la faccia gonfia e sporca. Omar Yussef notò con sorpresa che la barba cresciuta sulle guance dell'amico era molto più grigia dei capelli, dove il bianco compariva appena intorno alle tempie. Aveva i capelli arruffati, che puntavano nelle direzioni più disparate. Sembrava uno che, pur avendo dormito per anni, non fosse riuscito davvero a riposarsi. George Saba lo abbracciò e Omar Yussef non poté fare a meno di arricciare il naso per l'intenso odore emanato dal corpo trascurato dell'amico.

«Abu Ramiz, sono così felice di vederti!»

Omar Yussef non sapeva che cosa fare. La sensazione della camicia di George Saba sulla faccia lo intristiva fino alle lacrime. Il cotone era freddo, così come le mani che trattenevano le sue dita.

«George, qui fa un freddo terribile.»

George fece un cenno verso la finestra della cella, munita di sbarre, ma priva di vetri. Provò a sorridere, ma fu un tentativo penoso.

«Prendi il mio cappotto» disse Omar Yussef, togliendosi il soprabito spigato.

«Non posso, davvero. Avrai freddo, Abu Ramiz.»

«Ho la giacca, sotto. Vedi? Prendilo.»

«Non credo che mi vada bene.»

Omar Yussef gli fece provare il soprabito. Gli stava goffamente stretto sulle braccia, e sulla pancia gli si chiudeva a malapena, ma chiaramente il soprabito gli diede un po' di sollievo da una terribile tortura.

«Che Dio possa ricompensarti» disse.

Omar Yussef, rimasto con la sola giacca, cominciò subito ad avere i brividi. Con un cenno invitò George a sedersi con lui sulla branda.

«Che cos'è successo quella sera sul tetto, George, dopo che ci siamo separati al circolo ortodosso?»

«Ho preso una vecchia pistola inglese che intendevo mettere in vendita al negozio e sono salito sul tetto. C'erano due miliziani che sparavano con un mitra enorme. Gli ho detto di andarsene, ma mi hanno mandato al diavolo. Allora, li ho minacciati con la pistola. Loro non erano convinti, ma al buio dev'essergli comunque sembrata abbastanza pericolosa. Li ho riconosciuti solo mentre se ne stavano andando. Uno aveva un cappello di pelliccia. Si chiama Jihad Awdeh. L'altro era quello che imbracciava il grosso mitra.»

«Hussein Tamari?»

«Proprio lui.»

«I due principali esponenti delle Brigate dei Martiri a Betlemme. Te la sei presa proprio con la coppia più bella, George.»

George sorrise a denti stretti. «A sparare era solo Hussein

Tamari. Pensai che dovevo tenere gli occhi soprattutto su di lui. In fondo era lui quello armato. E invece qualcosa ha attirato la mia attenzione su Jihad Awdeh. Aveva un che di minaccioso che non saprei descrivere. A un certo punto, appena prima che scendessero dal tetto, Jihad Awdeh si è chinato più volte e ha raccolto delle cose che poi si è infilato in tasca. Oggetti metallici, direi, che erano sparsi sul tetto. Mi ha lanciato un'occhiata così feroce che avrei i brividi ancora adesso, a pensarci, se non fossi già così infreddolito. Dopo di che se ne sono andati.»

«Forse, per qualche ragione, Jihad stava raccogliendo i bossoli dei colpi che avevano sparato. Sai, ne ho trovato uno anch'io, ieri sera, sul tetto di casa tua. Dev'essergli sfuggito.»

«Che cosa ci facevi sul tetto di casa mia, Abu Ramiz? Che cosa hai in mente?»

Omar Yussef non rispose. «Hai per caso qualche nemico che potrebbe aver deciso di incastrarti?» domandò.

«Solo quei due, per quel che posso saperne. Non credo che un cliente deluso dal prezzo di un divano arriverebbe a tanto. Tamari e Awdeh hanno detto che me l'avrebbero fatta pagare, ma io credevo che sarebbero semplicemente venuti a picchiarmi o magari a uccidermi per strada. Non immaginavo che mi avrebbero umiliato in questo modo.»

«Ti hanno minacciato di morte?»

«A dire il vero, credo sia stato solo Tamari a dire che me l'avrebbe fatta pagare, ma prima di andarsene Jihad Awdeh, con un gesto, ha minacciato di tagliarmi la gola.»

Omar Yussef guardò le pareti spoglie della cella. L'intonaco color senape era coperto di minuscoli graffiti, scarabocchiati da gente annoiata per dar sfogo alla rabbia o prolungare il sogno di un buon pasto. Il bugliolo, nell'angolo, impregnava la cella di un odore rancido, nonostante la finestra senza vetri. Il muro e il pavimento sotto la finestra erano umidi per la pioggia del giorno prima. Omar Yussef sospirò, e il fiato gli si condensò in una nube davanti alla bocca, nell'aria gelida.

«Perché sei salito sul tetto, George?»

George Saba sorrise. «Ci sono andato perché tu mi avevi detto di farlo, Abu Ramiz.»

Omar Yussef lo guardò perplesso.

«Nelle tue lezioni sulla rivolta araba del 1936 dicesti che i cosiddetti eroi arabi erano, in realtà, dei semplici banditi. Si aggiravano per i villaggi derubando gli abitanti del cibo e ammazzando chi osava ribellarsi, e nessuno poteva opporsi, perché quegli assassini venivano presentati come uomini valorosi che si opponevano ai sionisti e all'esercito. Alla fine causarono più vittime tra i palestinesi che tra i contadini ebrei e tra i soldati britannici. Dicesti che se la gente si fosse opposta per tempo, quei banditi se ne sarebbero andati, e ci sarebbe stata la pace.»

«Ma io non intendevo...»

«Un insegnante carismatico deve essere prudente. Non si può mai sapere quello che può ispirare ai suoi studenti.» George rise e posò la mano su quella di Omar Yussef. «Non preoccuparti, Abu Ramiz. Non è colpa tua. Era un po' che ci pensavo: da quando avevano preso l'abitudine di venire nel nostro quartiere a sparare contro l'altro versante della valle. Dovevo fare qualcosa. Sai, ero convinto di capire la mentalità dei miliziani meglio di te e di mio padre. In Sudamerica ne ho vista, di gente del genere. Quando li affronti si rivelano dei codardi. Tieni presente che ho vissuto in Cile nel periodo in cui la dittatura militare è stata costretta a cedere il potere. Purtroppo, però, qui non c'è nessuno che appoggi il popolo, non c'è legge. I criminali si sono fatti le leggi su misura. Sparano a qualche soldato ed eccoli trasformati in paladini della nazione in lotta. E con ciò diventano inattaccabili e possono permettersi qualsiasi abuso contro chiunque, soprattutto contro i cristiani, che già sono deboli. Questo è stato il mio errore. Non tener conto di questo fatto, però non me ne pento.»

«La nostra città è molto cambiata, e in peggio, da quando sei partito per il Cile, George.»

«La mia vita è stata piena di cambiamenti. Avevo imparato a vedere il cambiamento come un bene. Qui in Palestina, invece, il cambiamento è sempre in peggio. I villaggi cristiani vengono occupati in massa da nuovi residenti musulmani, e invece di diventare esempi di pacifica convivenza, si trasformano in posti pericolosi per i cristiani. Per reagire a una situazione di odio, non fanno che spargere altro odio. L'amore non viene neanche preso in considerazione. L'amore è la scelta dell'idiota che vuole restare con un pugno di mosche, derubato, maltrattato e umiliato. Di conseguenza, tutti credono che l'unico modo per risolvere il problema delle relazioni tra cristiani e musulmani, o tra israeliani e palestinesi, se è per questo, sia eliminare completamente la controparte. Uccidere tutti, proprio come faranno con me tra poco.»

Omar Yussef si aspettava che lo dicesse. «No, George. Non lo faranno. Non possono.»

George Saba piegò la testa di lato, come se provasse lui

compassione per Omar Yussef. «Quando un collaborazionista viene portato in questa cella, per lui è finita. Sarà un'esecuzione pubblica, come quelle che hanno inscenato a Gaza.»

«Io li fermerò, George» disse Omar Yussef. «So che sei stato incastrato da Hussein. Non devo far altro che dimostrarlo, e sta' pur certo che lo farò.»

«Non metterti nei guai, Abu Ramiz.»

«Ho già raccolto delle prove e ne raccoglierò altre. Ti salverò.»

«Non ho alcuna ambizione di finire tra le schiere dei martiri, tanto più che come collaborazionista non potrei neanche aspirare a quel titolo. Non andrò in paradiso, io. Ma se ci dovessi andare, spero di non vederti arrivare per un bel pezzo ancora. Ti scongiuro di non correre rischi. Finiremmo per lasciarci la pelle in due, mentre questi bastardi si accontenterebbero di uno.» George scoppiò a ridere. «Forse, è il caso che io cambi mentalità. Se proprio devo morire, mi converrà atteggiarmi a martire. In fondo, non muoio forse a causa della mia religione?»

«Tu sei un cristiano, e non credi nel valore del martirio.»

«Questo non è vero, Abu Ramiz. Certo, noi non crediamo, diversamente dai musulmani, che chiunque venga ucciso vada immediatamente a godere della beatitudine circondato dalle settantadue bellissime vergini dagli occhi neri che gli spettano, ma anche noi cristiani, pur non aspettandoci quelle adorabili *houris*, abbiamo i nostri martiri. Ho viaggiato in Europa. Le cattedrali, là, traboccano di immagini di martiri cristiani. Il santo da cui ho preso il nome, san Giorgio, è un famoso martire, oltre che un uccisore di draghi. La differenza, direi, è che noi cristiani accettiamo il martirio, ma non lo cerchiamo.» George Saba tacque per un istante. Poi, lentamente, riprese: «Vorrei che tu andassi dai miei famigliari e che tu li convincessi a partire. Subito, anche se sono ancora in prigione. Non voglio che vivano come dei paria e temo che un giorno qualcuno possa far del male anche a loro. Di' loro di raggiungere la famiglia di Sofia in Cile.» Posò una mano sulla spalla di Omar Yussef e si voltò dall'altra parte per nascondere gli occhi pieni di lacrime. «Assicurati che anche mio padre li segua. Lui i tuoi consigli li ascolta.»

«Non credo che se ne andrà. Non senza di te, almeno.»

«Abu Ramiz, ti prego, sono anche loro in pericolo. Tu non sai di che cosa è capace quella gente.»

Udirono dei passi affrettati per il corridoio. Khamis Zeydan raggiunse la porta della cella e la aprì.

«Non ho ancora finito» disse Omar Yussef.

Khamis Zeydan si concentrò sull'ultima chiave. «Devo muovermi immediatamente, e quindi devo chiudere la cella. Se non vuoi trascorrere le prossime ventiquattro ore qui a tremare con George, ti consiglio di uscire alla svelta. Dai! Ho fretta!»

George si alzò dalla brandina. Baciò Omar Yussef sulle guance. «Mi raccomando, *ustaz*, va' a parlare con i miei famigliari.»

«Che Dio ti conservi in salute» disse Omar Yussef, accarezzandogli la guancia ispida.

Dalla porta della cella, Khamis Zeydan lo chiamò di nuovo, e lui uscì. Quando il poliziotto ebbe richiuso la cella, Omar Yussef si voltò a guardare George attraverso le sbarre. Il cappotto che gli aveva lasciato sembrava patetico, scomodo, inadeguato alle ampie spalle dell'amico. Rimpianse di non aver portato del cibo o un libro al prigioniero. Si avviò per il corridoio al seguito di Khamis Zeydan.

«Sbrigati, Abu Ramiz, ti prego. Devo andare.»

«Perché tutta questa fretta?» Omar Yussef era irritato per essersi dovuto congedare così bruscamente da George Saba. E a quel punto fu travolto dall'emozione trattenuta durante l'incontro. «Non hai un minimo di pietà?» gridò all'indirizzo di Khamis Zeydan. «Che diamine! Non potevi farmi restare un altro po' con quel ragazzo, povera vittima innocente?» Abbassò la voce, per evitare di farsi udire da George, ma parlò con voce rabbiosa. «Voialtri bastardi finirete per uccidere il migliore studente che io abbia mai avuto.»

Khamis Zeydan gli si avvicinò. Stava quasi per parlare, ma fu interrotto da un agente di polizia che, comparso in cima alle scale, disse: «Abu Adel, la squadra è pronta».

Khamis Zeydan gli disse che stava arrivando, e il giovane agente corse via. «Come vedi, c'è un'emergenza» disse a Omar Yussef.

«Che cos'è? Gli israeliani hanno di nuovo invaso Betlemme, e voi dovete fuggire come al solito?» Il tono di voce di Omar Yussef era aspro.

Khamis Zeydan lo guardò cupo. «No, Abu Ramiz. Qualcuno ha ucciso Dima Abdel Rahman.»

Omar Yussef restò senza parole. Guardò Khamis Zeydan con aria incredula.

«Nessuno di noi sopravviverà, a parte Dio» disse il poliziotto. «Andiamo.»

# 11

Il vento entrava a folate dalle fiancate aperte della jeep. I poliziotti avevano le spalle ingobbite dentro i giubbotti. Uno batteva i denti per far ridere gli altri. Dal sedile anteriore, Khamis Zeydan si voltò e zittì i suoi uomini con uno schiocco sprezzante della lingua. Omar Yussef rabbrividì nella giacca di tweed. Quasi si pentì di aver dato il cappotto a George Saba, ma poteva anche sopportare un po' di freddo, se serviva a rendere un po' meno penoso il soggiorno dell'amico in quella cella spoglia.

Il gelido viaggio fino a Irtas sembrò durare un'eternità. Nel tempo che la jeep impiegò a lasciare Betlemme per raggiungere, al di là delle colline, la casa degli Abdel Rahman, la mente di Omar Yussef percorse una distanza dieci volte superiore. Chi poteva aver ucciso Dima Abdel Rahman? Di certo la sua morte era legata a quella del marito. Pensò che forse l'assassinio di Louai non aveva a che fare con il ruolo della vittima all'interno della resistenza. Se Louai fosse stato ucciso dagli israeliani a causa delle azioni da lui compiute contro di loro, non ci sarebbe stato motivo di uccidere

Dima subito dopo. Anche se gli israeliani l'avessero preso di mira in quanto terrorista, sua moglie non li avrebbe interessati. Solo se si trattava di criminalità comune la morte di Louai poteva aver comportato anche la morte di Dima.

Omar Yussef si strofinò le mani e ci soffiò dentro. Si aggrappò alla fiancata della jeep quando questa, compiendo una curva particolarmente stretta, rischiò di sbalzarlo fuori. Quella svolta improvvisa ebbe l'effetto di incanalare i suoi pensieri in un'altra direzione. La strada scendeva verso la valle di Irtas, e Omar Yussef vide la casa degli Abdel Rahman, vicino alla pineta dove aveva parlato con Dima. E solo a quel punto lo colpì l'idea che forse era lui stesso la causa della morte di Dima. Qualcuno l'aveva vista parlare con lui. Dovevano averla vista indicare il luogo in cui Louai era morto, mentre gli raccontava com'erano andate le cose. Dima poteva essere morta per aver parlato con Omar Yussef.

Le viscere gli si serrarono così dolorosamente da dargli la nausea. Incastrato tra due poliziotti su un sedile della jeep, avrebbe voluto dondolarsi per dar sfogo alla propria sofferenza. Era stato lui a ucciderla? Il suo stupido progetto di indagare sulla morte di Louai per salvare la vita di George Saba aveva avuto come primo effetto la morte di una ragazza innocente. Omar Yussef chiuse gli occhi e si vide in un'aula scolastica insieme a Dima che rideva per le sue parole scherzose. Era una ragazza molto carina, con una faccia seria che, quando rideva, diventava ancora più bella. In questo, Dima gli ricordava la sua nipotina Nadia. Che cosa avrebbe dato per poter essere di nuovo in quell'aula, ad ascoltare Dima che leggeva la sua ricerca su Solimano il

Magnifico piuttosto che ritrovarsi sballottato nella jeep della polizia per andare a vedere il luogo in cui era morta! Nella sua mente risuonò la voce della ragazza, profonda e gentile già quando era bambina, che gli raccontava della morte del marito, e si domandò quali fossero state le ultime parole che aveva pronunciato con quel suo modo di parlare preciso e intelligente.

Raggiunto il fondovalle la jeep si lanciò a tutta velocità verso il luogo del delitto, Khamis Zeydan si alzò voltandosi verso la sua squadra e diede ordine di isolare la casa degli Abdel Rahman. Mentre tornava a sedersi, il suo sguardo incrociò per un istante quello di Omar Yussef. L'insegnante ne fu spaventato, perché era uno sguardo inflessibile, cupo e severo.

Omar Yussef osservò il capo della polizia. Forse, in realtà, nessuno l'aveva visto con Dima nel giorno del funerale di Louai, e comunque, se anche qualcuno li avesse notati, non c'è nulla di sospetto nel fatto che un vecchio insegnante faccia le condoglianze a un'ex allieva. A chi aveva raccontato, Omar Yussef, di quella conversazione con Dima? Chi poteva sapere che lei gli aveva parlato di quel fantomatico «Abu Walid»? Non ricordava con precisione. Forse, ne aveva parlato con suo figlio e sua moglie. Di certo, l'aveva riferito a Khamis Zeydan.

Il capo della polizia si voltò di nuovo verso di lui, ma questa volta Omar Yussef distolse lo sguardo. Poteva davvero essere stato il suo vecchio amico a tradirlo? Poteva Khamis Zeydan avere avvertito Abu Walid che Dima poteva farlo incriminare? Se così fosse stato, il poliziotto sapeva chi era Abu Walid. Ma per quale ragione lo avrebbe messo in guardia? Khamis Zeydan non era certo nuovo al doppio gioco. Aveva seguito i suoi capi in tutto il mondo arabo e in Europa, assassinando rivali, eliminando innocenti che per caso gli erano stati d'ostacolo. *Per molti anni sono stato uno di quelli che il mondo chiama terroristi.* Questa volta, però, la cosa era più grave. Qui si parlava del tradimento del suo vecchio amico Omar Yussef.

La jeep entrò nel campo antistante la casa degli Abdel Rahman. Gli agenti scesero rumorosamente dall'automezzo pestando i piedi a terra per riattivare la circolazione, dopo lo scomodo tragitto. Khamis Zeydan li fece sparpagliare per la casa con un'indicazione e una pacca sulla spalla per ciascuno. Per aiutare Omar Yussef a scendere dalla jeep, gli porse il braccio con la mano artificiale coperta dal guanto di pelle.

«Ce la faccio da solo» disse Omar Yussef.

Khamis Zeydan si voltò e raggiunse la famiglia radunata presso l'orto. Omar Yussef scese goffamente dalla jeep e atterrò in modo scomposto su un ciuffetto di erba che nascondeva una piccola pietra. Si storse una caviglia e fece una smorfia. Seguì Khamis Zeydan e notò che l'amico si muoveva con molta più autorevolezza, ora che agiva come capo delle operazioni. O forse mi sembra più forte solo perché ho pensato che potrebbe aver avuto una parte nella morte di una ragazza innocente. Dima potrebbe essere morta proprio mentre io ero in sua compagnia, stamattina, pensò.

Uno dei poliziotti si avviò verso la pinetina dove Louai era stato ucciso. Si mise a piantonare una sagoma informe coperta da un lenzuolo bianco. Omar Yussef si fermò. Dev'essere il corpo di Dima, pensò. Soffocò un conato di bile e prese a tossire, boccheggiando. Chinò gli occhi a terra, ma barcollò con la testa che gli girava. Guardò il cielo grigio e divaricò le gambe per non perdere l'equilibrio. Inspirò a fondo più volte prima di sentirsi in grado di seguire Khamis Zeydan.

Il capo della polizia stava ascoltando Muhammad Abdel Rahman che raccontava del ritrovamento del corpo senza vita della nuora. Il vecchio tacque quando vide avvicinarsi Omar Yussef e lo fissò sospettoso con i suoi occhi neri, ma Khamis Zeydan lo incitò a proseguire.

«Mi ero svegliato per la preghiera dell'alba e al piano di sotto ho trovato mio figlio Yunis. Mi ha detto che aveva visto qualcosa fuori dalla finestra. Siamo usciti a vedere e l'abbiamo trovata laggiù proprio dov'è adesso. L'abbiamo coperta con un lenzuolo. A giudicare dalla posizione in cui l'abbiamo trovata, dev'essere stata uccisa da un maniaco sessuale.»

«Avete visto qualcuno?» domandò Khamis Zeydan.

«No, nessuno. Dev'essere accaduto di notte. Ieri sera abbiamo spento tutti la luce alla stessa ora.»

«A che ora?»

«Poco prima di mezzanotte. In questi giorni, con il Ramadan, restiamo svegli fino a tardi. Vengono a trovarci tanti parenti e conoscenti che vogliono farci le condoglianze per la morte di mio figlio Louai.»

«È venuto qualcuno a trovarvi, ieri sera? Avete avuto qualche visitatore inusuale?»

«No, i nostri ospiti sono andati via tutti almeno mezz'ora prima che andassimo a letto. Dima è andata a coricarsi alla stessa ora di tutti gli altri».

C'era qualcosa di preordinato e di poco emotivo nelle risposte di Muhammad Abdel Rahman, e Omar Yussef, infastidito, decise di intervenire. «È venuto anche Abu Walid, ieri sera?»

Muhammad Abdel Rahman lo guardò con rabbia. «Non sei un poliziotto, e io non sono uno scolaretto. Perché dovrei rispondere alle domande di un maestro di scuola? Vaffanculo. Qui non sei in classe. Va' a dare ordini a qualcun altro. Non sono una delle tue piccole profughe.»

Khamis Zeydan diede a Muhammad Abdel Rahman un piccolo colpo di avvertimento sul petto. «Bada a come parli, Abu Louai. L'*ustaz* Omar Yussef è qui come mio amico. Non essere offensivo. È vero, però, che non ha titoli per indagare.» Il poliziotto guardò con severità Omar Yussef.

«Allora, fagliela tu, questa domanda» disse Omar Yussef a Khamis Zeydan. «Domandaglielo tu se è venuto anche Abu Walid.»

Khamis Zeydan prese Omar Yussef da parte. «Direi che ha già risposto piuttosto chiaramente, non credi?» gli sussurrò deciso. Dopo di che, rivolto alla famiglia, disse: «Andiamo a vedere il corpo. Non c'è bisogno che tu venga, Abu Louai. Ti prego, aspettaci qui».

Sotto i pini, Khamis Zeydan fissò Omar Yussef con uno sguardo inquisitore. Omar Yussef annuì, e il poliziotto sollevò il lenzuolo.

Il cadavere giaceva su un fianco. I capelli erano sparsi intorno alla testa, come se il corpo galleggiasse nell'acqua ferma. Alcune ciocche le coprivano il viso. Khamis Zeydan le sollevò, e Omar Yussef riconobbe Dima Abdel Rahman.

Era pallida, le labbra livide. Gli occhi erano socchiusi, come se si stesse risvegliando da un lungo sonno. La sua posizione scomposta gli ricordò la copia della statuetta di Rodin che aveva visto a casa di George Saba. Aveva tenuto tra le mani con tenerezza quel piccolo bronzo, temendo che potesse cadere a terra. Avrebbe voluto sollevare il corpo di Dima Abdel Rahman e cullarlo come aveva fatto con la statuetta per scoprire che la ragazza stava solo posando per qualche scultore. Omar Yussef maledì se stesso. L'aveva tenuta saldamente tra le mani come aveva fatto con quel nudo *objet d'art*. Era stata sua allieva, e il padre di lei era un suo ottimo amico. Era stato lui, Omar Yussef, a convincerlo a lasciar venire sua figlia a casa degli Abdel Rahman, perché era certo che lei vi avrebbe trovato l'amore. E invece aveva trovato la morte. Si era lasciato cadere di mano qualcosa di ben più prezioso di una statuetta di bronzo. Con una mano chiusa a pugno si colpì l'altro palmo spalancato.

«Le hanno tagliato la gola» disse Khamis Zeydan. «E le hanno infilato qualcosa in bocca.» Cominciò a tirare un brandello di tessuto umido fino a farlo sporgere di qualche centimetro dai denti della ragazza. «È stata imbavagliata.»

Solo allora Omar Yussef notò la giugulare squarciata e il sangue rappreso sulla spalla di Dima e sul suo braccio teso. Si sentì nuovamente sul punto di soffocare. Il freddo provato al mattino svanì, e all'improvviso Omar Yussef sentì un gran caldo. Si tolse la coppola per lasciare che il vento gli rinfrescasse la testa sudata. Fu percorso da un brivido.

Khamis Zeydan sollevò ulteriormente il lenzuolo. La

camicia da notte di Dima era strappata dall'orlo fino all'altezza delle scapole. Sui glutei nudi si notavano dei graffi.

«L'hanno violentata?» domandò Omar Yussef.

Khamis Zeydan lasciò ricadere il lenzuolo. «Sembrerebbe di sì, ma ci vorrà un esame più accurato per stabilirlo.»

Omar Yussef si avvicinò a Khamis Zeydan. «Sono stati loro, vero?»

«Alludi al suocero e al cognato? Sì, lo credo anch'io.»

Omar Yussef, che in realtà si riferiva alle Brigate dei Martiri, si rabbuiò.

«Nessuno può venir qui a portar via una donna da casa sua senza che i famigliari se ne accorgano» riprese Khamis Zeydan. «Devono essere stati il suocero e il cognato. Potrebbe essere un delitto d'onore, o magari lei sapeva qualcosa e hanno voluto metterla a tacere.»

«Muhammad Abdel Rahman, però, ha praticamente ammesso che Abu Walid è stato qui ieri sera. Per questo si è arrabbiato tanto, alla mia domanda. Magari è stato di nuovo lui, Abu Walid.»

Khamis Zeydan tornò a fissare Omar Yussef. «Noi non sappiamo chi sia questo Abu Walid.»

«Io dico di sì, invece.»

«No, non ne abbiamo la certezza.» Nello sguardo di Khamis Zeydan c'era un che di minaccioso. «C'è un mucchio di gente che risponde al nome di Abu Walid.»

«Sì, ma un solo Abu Walid potrebbe aver lasciato dietro di sé un bossolo come quello che ti ho mostrato.»

«Quello è il bossolo di un grosso mitra, troppo grosso per un'imboscata in un posto come questo.»

«Tu hai detto che Abu Walid porta con sé quell'arma

dappertutto, come una specie di status symbol o di emblema. Hai detto addirittura che probabilmente se la porta dietro anche quando va in bagno... Niente di strano se se la fosse portata anche qui.»

«L'Abu Walid a cui tu alludi è un assassino, d'accordo, ma non ha mai ucciso nessuno senza quella che, almeno per lui, può essere una buona ragione.»

«Non ci resta che scoprire qual è la buona ragione per cui ha ucciso Dima.»

«Sì, e devi scoprire anche perché Muhammad e Yunis lo proteggono.» Khamis Zeydan fece schioccare la lingua. «Non avrei dovuto portarti qui. Speravo che servisse a curarti dalla tua ossessione. Credevo che vedendo un cadavere ti saresti reso conto di non essere un poliziotto. Sei un insegnante. Continua a fare il tuo mestiere.»

«Hai ragione, sono un insegnante. Ho insegnato a questa ragazza, che ora è qui senza vita. Ho insegnato a George Saba, che morirà presto se non lo aiuterò io, perché nessuno muoverà un dito. E ti dirò anche che cosa insegnavo. Insegnavo che il mondo è un bel posto, e che dovevano usare cuore e cervello per contribuire a migliorarlo. Lo capisci che, se io accettassi questi eventi senza far nulla, sarebbe come se, per decenni, non avessi insegnato che menzogne? E soprattutto avrei mentito a me stesso.»

«Non farne una questione personale. Non tutto ruota intorno a te.»

«Senti, a volte ho la sensazione di non essere troppo in buona salute. Alla mia età, tra i cinquanta e i sessanta, già mi muovo con lentezza, mi tremano le mani, sento dolori dappertutto. Ho l'impressione che la morte stia allungando le sue grinfie su di me.»

«Non sei vecchio. È semplicemente una reazione eccessiva alla vista di un cadavere.»

«No, non è solo questo.»

«Perché sei così ossessionato dalla morte?»

«Sto aspettando il mio assassino.»

Khamis Zeydan allargò le braccia e fissò l'amico. «Tutto questo è assurdo» disse, allontanandosi. «Ho un'indagine da svolgere. Devo interrogare un bel po' di potenziali testimoni, qui. Dirò a uno dei miei uomini di riaccompagnarti a Dehaisha.»

La testa di Omar Yussef, fino a poco prima così calda, si era raffreddata. Lo shock iniziale alla vista del cadavere di Dima fu sostituito dalla determinazione a non mollare la presa su Khamis Zeydan ora che lo aveva fatto innervosire. Si rimise la coppola e lo seguì sull'erba.

«Ma questa non è una vera indagine, o sbaglio? Sai qualcosa, ma non vuoi dirmelo. È una messinscena, quella degli interrogatori. Loro sanno qualcosa che anche tu sai. Che cosa c'è sotto?»

Khamis Zeydan si voltò. «Ho saputo che ti sei licenziato dalla scuola. Secondo me, dovresti ripensarci. Dovresti tornare al lavoro, per non avere più tutto questo tempo a disposizione. Il pensionamento anticipato ti sta dando alla testa. Non avrei dovuto permetterti di incontrare George Saba, ma è stato un gesto di umanità nei confronti di un vecchio amico che mi pareva avesse bisogno di aiuto. Be', mi pento di averti fatto entrare in carcere. Ora tornatene a scuola e lascia questo lavoro ai professionisti.»

Omar Yussef prese Khamis Zeydan per una spalla. «Sei stato tu a dirglielo, vero? Sei stato tu a dirlo a Hussein Tamari.»

«Di che diavolo parli?»

«Tu sei la sola persona a cui io abbia riferito quel che mi aveva detto Dima. Tu eri l'unico a sapere che mi aveva parlato di questo Abu Walid. Tu ne hai parlato con Hussein Tamari, e lui è venuto ad ammazzarla. Tu sei in combutta con loro.»

«Adesso sto per arrabbiarmi, Abu Ramiz.»

«La cosa non dovrebbe sorprendermi. È da quando abbiamo finito l'università che tu sbarchi il lunario facendo il terrorista. L'hai detto tu stesso.»

Khamis Zeydan spinse via la mano che Omar Yussef gli aveva posato sulla spalla. Aveva la mascella serrata, e le parole gli uscirono ringhiose. «Credimi, pensavo di aver chiuso con quella storia, ma forse non è possibile. La vita è terrorismo, perciò risparmiami il tuo sdegno. La vita è tutta una continua infiltrazione dei nostri sistemi di sicurezza. C'è gente che mette le bombe sugli autobus per farli saltare in aria: quelli sono i terroristi. Altri si limitano a parlarti, e le loro parole ti uccidono: come li chiami, questi? La vita è una prigione. Se il tuo amico George Saba si ritrova rinchiuso nel braccio della morte, è solo perché non è abbastanza furbo da capire che ci ha sempre vissuto. Questo è l'unico modo di difendersi, Abu Ramiz: sapere di essere sempre condannati a morte e cercare di ottenere un condono temporaneo.»

Omar Yussef era sbalordito. «Non posso credere che la pensi così» disse a bassa voce.

«Be', non agivo certo in base a elevati principi morali, ma

questo – voglio sperarlo, almeno – tu lo sapevi. Mi conosci troppo bene.»

«Un tempo non ragionavi così.»

«Le cose sono cambiate. Ho scoperto che la lotta del nostro popolo è gestita come un casinò di quart'ordine, e dopo quarant'anni di azzardi non mi è rimasto che risentimento.» Con un ampio movimento del braccio guantato, indicò il cadavere di Dima sotto il lenzuolo, i poliziotti armati, lo sguardo ostile di Muhammad Abdel Rahman e di suo figlio Yunis. «Ho puntato e ho perso, come puoi vedere. Ho perso, e basta.»

Khamis Zeydan si alzò il berretto e si passò una mano sulla fronte. La sua rabbia sembrava sbollita, e a Omar Yussef l'amico parve afflitto, triste, solo.

«In questa storia degli Abdel Rahman è in gioco più di quanto immagini, Abu Ramiz» disse Khamis Zeydan. «Ora, scusami.» Si avviò deciso verso la famiglia Abdel Rahman. Fece cenno a Muhammad di seguirlo nella sala all'interno e disse alle donne di tornare dentro casa e di attendere il loro turno per essere interrogate.

Quando la famiglia fu rientrata, vicino all'orto dei cavoli non restò più nessuno, a parte i poliziotti e Yunis Abdel Rahman. Omar Yussef sentì male alla caviglia nel punto in cui se l'era distorta scendendo dalla jeep. Raggiunse Yunis zoppicando.

«Che Dio la benedica» disse Omar Yussef.

Yunis rispose con un cenno del capo appena percettibile. È un bell'uomo, pensò Omar Yussef. Un bel ragazzo, per meglio dire. Aveva una mascella delicata, quasi femminea, gli occhi color castano chiaro e il collo sottile, magro, da adolescente. Omar Yussef notò in lui un'arroganza che da qualche tempo era diventata tipica tra i giovani, spesso convinti che i loro padri non si fossero impegnati abbastanza nella lotta per la libertà della Palestina, sicuri che toccherà a loro compiere i grandi sacrifici necessari per liberare la loro terra. Era la pena nei confronti dei loro padri umiliati, insieme alla certezza di doverli superare, ciò che rendeva insopportabili agli occhi di Omar Yussef i giovanotti come Yunis Abdel Rahman. Quante volte, alla scuola dell'ONU o per le strade di Dehaisha, si era trovato di fronte quell'espressione proterva di sfida che coglieva ora sul viso di quel ragazzo? In Yunis, però, c'era qualcos'altro, una maggiore ostilità, più cattiveria, un senso di colpa più intenso. Ecco cosa era, pensò Omar Yussef, guardando meglio il ragazzo. Non credo di aver mai incontrato qualcuno che si vergognasse tanto, e che desiderasse tanto non darlo a vedere.

«Che questa tristezza possa essere l'ultima» disse Omar Yussef, con una tradizionale formula di cordoglio. «Chi avrebbe mai immaginato di dover tornare qui così presto dopo la morte di tuo fratello?»

Yunis guardò il cadavere e poi il campo dei cavoli. Dava l'impressione di avere davanti agli occhi anche quell'altro cadavere, quello di suo fratello, vestito di jeans e riverso sul terreno tra il fogliame.

Omar Yussef decise di metterlo alla prova. «Dove lavorerai adesso?»

Yunis sembrava non capire.

«Ora che le Brigate dei Martiri si sono impadronite della vostra azienda» chiarì Omar Yussef «dove lavorerai?»

«Non sono affari tuoi.»

«Il tuo lavoro? No, certo. Forse è solo che, da vecchio insegnante, mi preoccupo sempre per il futuro dei giovani.»

«Non era questo che intendevo. La nostra azienda non è affar tuo.»

«Neanche tuo, ormai.»

«Ce la caveremo.»

«Perché ve l'hanno portata via?»

Yunis restò in silenzio.

«Credevo che fossero amici di Louai» disse Omar Yussef. «Appartengono alla stessa fazione. Dovrebbero preoccuparsi del bene della sua famiglia, e non privarla del sostentamento. Perché sono venuti a uccidere Dima?»

«Chi te l'ha detto?»

Omar Yussef si finse sorpreso. «È la conclusione cui è giunta la polizia.»

«La polizia, qui, è appena arrivata.»

«Sai bene che la polizia utilizza anche informazioni riservate, non gli indizi raccolti sul luogo del delitto. La scena del delitto può essere disturbata, manomessa, persino falsata. Le informazioni, le rivelazioni dei confidenti sono affidabili.»

Omar Yussef scrutò in viso il ragazzo. L'occhio sinistro di Yunis aveva un tremito nervoso. Omar Yussef decise di metterlo ancora più sotto pressione. Parlò a voce più alta con disinvolta sicurezza. «Be', comunque, sono venuti a uccidere Dima perché temevano che sapesse qualcosa dell'assassinio di Louai, qualcosa che doveva restare segreto. Sono stati loro a uccidere Louai, non gli israeliani. Quel cristiano che hanno arrestato non ha niente a che fare con questa storia. Lo sai anche tu.»

«Perché mai dovrei saperlo?»

«E se a uccidere Louai fossero state le Brigate dei Martiri, che poi hanno incolpato gli israeliani, per togliere a tuo padre l'azienda di famiglia? Voi non potevate impedirlo, ma le Brigate dei Martiri hanno scoperto che Dima sapeva qualcosa di compromettente sul loro conto. Magari, qualcosa che lei aveva visto o sentito quella notte, mentre aspettava che Louai tornasse a casa. E per questo l'hanno uccisa. Hanno fatto in modo che sembrasse un crimine a sfondo sessuale, affinché la colpa ricadesse su un maniaco qualsiasi.»

«Gli uomini delle Brigate dei Martiri sono combattenti, gente che lotta per il nostro popolo.»

«Come tuo fratello?»

«Sì, come mio fratello.»

«Fino a che punto lo conoscevi? Sapevi proprio tutto quel che faceva?» Omar Yussef guardò il lenzuolo bianco che ricopriva il corpo di Dima. «Adesso si possono fare test di ogni tipo. Test del DNA, per esempio. Hai visto quei graffi sul fondoschiena di Dima? Be', la polizia può esaminare le unghie di tutti i sospetti alla ricerca di brandelli della pelle di Dima.» Si voltò a guardare le mani di Yunis. Il ragazzo serrò le dita a pugno. «Probabilmente, controlleranno anche te.»

«Come avrei potuto fare una cosa simile a mia cognata? Tu sei pazzo.»

«Mai sentito parlare di delitti d'onore?»

«E in che modo lei avrebbe offeso l'onore della nostra famiglia?»

«Sei tu che devi dirmelo.»

«Non devo dirti un bel niente. Non sei neanche un poliziotto. Sei un insegnante.» Si allontanò alla svelta da Omar Yussef, ma poi si fermò. «A Dima, comunque, avresti dovuto insegnare qualcosa di meglio. Se l'avessi fatto, le cose non sarebbero finite così. Era uscita per un incontro segreto con un uomo, e quello l'ha uccisa.»

«Mi sembra una spiegazione davvero improbabile. Sono sicuro che neanche tu ci credi.»

«Se tu fossi stato un miglior maestro, lei sarebbe ancora viva. Sei stato tu a ucciderla, brutto figlio di puttana. Dovrebbero controllare le tue, di unghie.» Il ragazzo, con le mani affondate nelle tasche, sparì velocemente dietro la casa, in direzione del garage. Omar Yussef sentì il cupo rombo di un motore su di giri, come se Yunis stesse dando gas per fare un baccano pari all'urlo che non poteva permettersi di lanciare.

Omar Yussef avanzò claudicante verso il lenzuolo bianco. Il poliziotto che piantonava il cadavere gli fece un cenno. Omar Yussef si inginocchiò con fatica sull'erba umida. Sollevò un lembo del lenzuolo e guardò il viso di Dima. Le guance erano rigonfie dove il tessuto del bavaglio ancora premeva all'interno della bocca. I suoi occhi spenti erano fissi sul terreno.

Omar Yussef si guardò le mani. Che cosa aveva sotto le unghie? Chi mai aveva graffiato nel corso dei suoi lunghi anni di insegnamento? Aveva forse insegnato ai suoi scolari a essere scontenti e incapaci di adattarsi alla realtà della loro società? Aveva inculcato loro dei principi destinati a essere calpestati dal mondo in cui vivevano, condannandoli al cinismo e alla disillusione? Se, come diceva Yunis, guardassero sotto le mie unghie, pensò Omar Yussef, ci troverebbero senz'altro qualcosa di compromettente. Tracce della pelle di Dima Abdel Rahman, di George Saba e di chissà quanti altri. Posò piano le dita sugli occhi di Dima e le chiuse le palpebre.

## 12

Omar Yussef aspettò tra i pini che Khamis Zeydan finisse di interrogare gli Abdel Rahman. Arrivò un fotografo a documentare tutti i particolari della morte di Dima, per il rapporto della Scientifica. Tolse il lenzuolo che copriva Dima Abdel Rahman, fece un primo piano del viso e poi le girò intorno per riprendere la sua posizione rispetto alla casa distante una ventina di metri. Con il poliziotto che piantonava il cadavere fece alcune crude battute sul sedere graffiato della ragazza. Omar Yussef distolse lo sguardo e appoggiò la faccia al tronco di un albero.

Aveva passato la vita a insegnare storia, i fatti e il significato degli eventi reali. Aveva sempre cercato, però, di conservarsi immune agli effetti corrosivi delle circostanze storiche in cui si ritrovava a vivere. Non aveva mai fatto la vita nomade del combattente, diversamente da Khamis Zeydan. Non era diventato un seminatore di odio o un propagandista bugiardo, a differenza di molti altri. Non era insensibile alle sofferenze del suo popolo, ma si sentiva puro al massimo grado possibile, secondo lui, per un uomo in possesso delle proprie facoltà. Viveva nella casa che suo padre, un tempo, aveva affittato, e insegnava in una scuola che, per individui ragionevolmente intelligenti, diventava un luogo da cui partire verso altre epoche, al sicuro dalla distruzione e dal pregiudizio da cui erano circondati. Appoggiato a un pino, si domandò se non stesse sacrificando la propria purezza e la propria salute mentale a quell'indagine che si era preso la briga di condurre. Forse era rimasto un uomo dignitoso e fiero solo perché si era isolato dal mondo corrotto in cui vivevano i suoi compatrioti. Sentiva di non esser già più interamente padrone di se stesso, ed erano passati solo cinque giorni da quando aveva cenato con George Saba: giorni in cui morte, sospetto e paura si erano installati come mai prima nella sua vita. Provava un desiderio di vendetta per la morte di Dima. Non gli importava se qualcuno doveva soffrire o morire per questo, ma soltanto che il colpevole pagasse, purché fosse ragionevolmente certo il suo coinvolgimento nell'assassinio della ragazza. Era questo pensiero, più di ogni altra cosa, a spaventarlo: l'idea di poter essere, in fondo, come tutti gli altri, debole e vendicativo e di un'intransigenza feroce.

C'era, evidentemente, una sola via d'uscita. Doveva abbandonare l'indagine. Era un insegnante. George Saba aveva bisogno di aiuto, e Dima chiedeva vendetta, ma Omar Yussef non era l'uomo giusto per soddisfarli. Doveva proteggere se stesso dal buio che si annidava nel fondo della sua anima. Ripensò alla sera in cui si era separato da George Saba in quel ristorante di Beit Jala, a come se n'era tornato a casa e a come, nei vicoli bui, le sagome intraviste avevano assunto la forma incorporea di uomini e animali da incubo.

E così gli pareva che fosse diventata la sua mente, piena di ombre che si addensavano fino a trasformarsi in fantasmi parassiti che – quant'era vero che lui era vivo – respiravano dentro di lui. Ricordò di aver avuto la sensazione, quella sera, che le figure paurose intraviste volessero spingerlo ad andare da George. Chissà... Se l'avesse fatto, forse sarebbe riuscito a impedire il disastroso confronto tra l'amico e i miliziani sul tetto. Omar Yussef, invece, se n'era tornato velocemente a casa, quella sera, proprio come – ed era un pensiero insopportabile – stava per fare in quel momento.

Khamis Zeydan uscì dalla casa e raggiunse stancamente la jeep. Anche Omar Yussef si avvicinò al veicolo.

«Non potresti lasciarmi alla scuola?» domandò, a bassa voce.

Khamis Zeydan sbadigliò. «Mi pareva di aver capito che tu avessi chiuso, con la scuola.»

«Me l'hai già detto. Non capisco dove tu possa averlo sentito» disse Omar Yussef, alzando la voce.

«Vuoi dire che non è vero?»

«Dove l'hai sentito?»

«È una voce che gira. Conosco gente che ha le figlie in classe tua. Hanno parlato con l'americano che dirige la tua scuola, Steadman, e quello ha detto che te ne sei andato in pensione.»

«Qualcuno che è andato a lamentarsi per il mio scarso sostegno all'*intifada* e per le critiche che rivolgo ai martiri?»

«Per quale altro motivo ci si dà la pena di andare a parlare con il direttore di una scuola, al giorno d'oggi? E comunque per quale altro motivo potrebbe saltare fuori il tuo nome?»

Omar Yussef salì sul retro della jeep. Sentì una fitta quando appoggiò il peso sulla caviglia distorta. «Ho deciso di tornare a scuola.»

Khamis Zeydan lo guardò. I suoi occhi esprimevano un sospetto, una forza e una consapevolezza tali che Omar Yussef distolse lo sguardo. Khamis Zeydan richiuse con forza lo sportello posteriore della jeep.

Mentre risalivano lungo la strada per Dehaisha, Omar Yussef si voltò a guardare il profilo di Khamis Zeydan. Il poliziotto teneva gli occhi fissi davanti a sé. Starà pensando all'assassinio di Dima? si domandò. O sta riflettendo sul ruolo che lui stesso ha avuto nella vicenda? È davvero possibile che abbia riferito a Hussein Tamari quel che Dima mi aveva rivelato? Sono stato davvero così cieco sul vero carattere di quest'uomo che consideravo mio amico? Omar Yussef si rese conto di avere molti amici colpevoli di cose terribili, ma nessuno si sarebbe mai lasciato coinvolgere in un omicidio. Lo turbava la facilità con cui riusciva a considerare plausibile il coinvolgimento di Khamis Zeydan in un assassinio.

Omar Yussef scese in silenzio dalla jeep davanti alla scuola dell'ONU. L'automezzo si allontanò lungo la strada irregolare e disseminata di buche, lasciando il puzzo inebriante e velenoso dei suoi gas di scarico nell'aria fredda. Omar Yussef trattenne il respiro finché il vento non ebbe ripulito l'aria. Si fermò davanti alla finestra di una classe ad ascoltare i bambini che snocciolavano le tabelline. Gli sfuggì un sorriso quando li sentì inciampare sul nove per otto: su quella incespicano tutti. All'ingresso salutò il custode e notò che quello, sorpreso di vederlo, si raddrizzò a sedere in tutta fretta, come se stesse passando un anziano generale o un parente arcigno.

O un fantasma.

Attraverso il vetro della porta della sua classe, Omar Yussef vide una giovane donna seduta in silenzio dietro la cattedra, mentre le allieve lavoravano sui quaderni. Non riusciva a vederla in viso, perché era china su un libro. La supplente portava un velo bianco e una larga tunica color senape, ma dalla pelle chiara delle mani dedusse che doveva avere poco più di vent'anni. Si fermò e rifletté sull'opportunità di entrare, ma la classe era silenziosa e concentrata. Decise di non disturbare.

Omar Yussef arrivò in fondo al corridoio e sorrise all'indirizzo di Wafa.

«Buongiorno, Abu Ramiz» gli disse la segretaria della scuola.

Omar Yussef notò che Wafa, vedendolo, aveva sorriso con un accenno di maligna soddisfazione. «Buongiorno anche a te, Umm Khaled» disse. Omar Yussef annuì verso l'ufficio di Christopher Steadman, e Wafa si strinse nelle spalle come a dirgli di accomodarsi pure. Entrò.

Nell'ufficio di Steadman sentì un caldo soffocante e sgradevole, nonostante tutto il freddo patito, senza cappotto, al ritorno da Irtas. L'aria sembrava densa di polvere. L'americano alzò gli occhi dalle carte. Avvampò, ma non disse nulla. Inclinò la testa a sinistra con espressione interrogativa, come se faticasse a ricordare l'identità di quell'uomo con i baffi grigi e la coppola beige.

«Ho cambiato idea» disse Omar Yussef. Pronunciò la frase in inglese, scandendo con chiarezza le parole.

Christopher Steadman non fece che inclinare ulteriormente la testa. Serrò le labbra. Sembrava arrabbiato.

«Non intendo andare in pensione.»

«C'è tempo fino alla fine del mese per decidere» disse Steadman.

«Non ne ho bisogno. Ho già deciso.»

«Preferirei che lei si prendesse tutto il tempo a disposizione. In ogni caso, ho già assunto una supplente, che è stata pagata per tutto il mese, e dunque, per il momento, lei, professore, non è in servizio.» Steadman raddrizzò la testa e sporse la mascella. «Almeno fino alla fine del mese.»

Omar Yussef pensò alle settimane che dovevano passare prima di poter riprendere le lezioni. Decise di adottare una tattica dilatoria. «Esigo che lei non dica a nessuno che io sono andato in pensione. Lo considero un danno alla mia reputazione.»

«Io non l'ho detto a nessuno.»

«Credo di sì, invece.»

«Si sbaglia.»

«Magari se n'è dimenticato.» Omar Yussef tacque e scrutò in viso Steadman con durezza. Si sforzò di affrontare l'americano in modo costruttivo, con quel genere di argomenti che avevano qualche probabilità di aggirare la profonda disistima di Steadman per il suo insegnante di storia. «C'è un aspetto della cultura araba che lei deve capire, Christopher. Se lei mi consentirà di andare in pensione alle mie condizioni, è anche possibile che io alla fine decida di andarci. Se invece, malgrado le sue migliori intenzioni, dovesse sembrare che io sia stato costretto a dimettermi, dovrò rimanere al mio posto per smentire questa impressione.»

Steadman lo guardò pensieroso, muovendo la lingua nella bocca chiusa. Omar Yussef vide che il direttore si era accorto di aver commesso un errore tattico.

«È una questione di cultura, Christopher. La mia reputazione ne soffrirebbe. Comunque, non mi aspetto certo che lei si dia pena per questo. No, il suo problema è che un comportamento del genere la farebbe apparire culturalmente insensibile, e ci sarà altra gente che troverà difficile fidarsi di lei. Sa, io ho molti amici, e il mio clan è uno dei più in vista al campo di Dehaisha.»

«Mi sta dicendo, insomma, che lei vorrebbe andare in pensione?»

«Io propenderei per questa soluzione» rispose Omar Yussef in inglese, godendo del suono di ogni singola parola. Lo divertiva il fatto di prendersi gioco di Steadman parlando la sua lingua. «Non posso dire nulla di definitivo. Le chiedo soltanto di valutare le implicazioni culturali della mia posizione. So che lei è sensibile a certe questioni. La sua reputazione qui al campo è dovuta proprio a questo suo tipo di sensibilità. E io vorrei contribuire a preservare il suo buon nome.»

Steadman si tolse gli occhiali. Omar Yussef l'aveva disorientato, ma non ancora battuto. Era il momento di calare l'asso.

«Dare l'impressione di volermi cacciare nel mese sacro del Ramadan... be', sarebbe un insulto per tutti i musulmani di Dehaisha.»

Steadman alzò gli occhi con la fronte appena corrugata. Fregato, pensò Omar Yussef.

«D'accordo, Abu Ramiz. Aspetterò la fine del mese»

disse Steadman. «Fino a quel momento continuerò a dire a tutti che lei è sempre nel nostro organico.»

«A dire il vero sarebbe meglio aspettare la fine del Ramadan.»

«Altre tre settimane, insomma.»

«E poi ci sarebbe l'*Eid*. L'*Eid al-Fitr*.»

«La festa dopo il Ramadan?»

«Sì. Segna l'inizio della nuova luna.»

«Lo so.» Steadman, irritato, alzò gli occhi al cielo. «Lei, dunque, non prenderà una decisione prima della nuova luna?» Nel suo tono di voce era evidente il sarcasmo.

«Non è corretto, per un musulmano, prendere una decisione del genere nel mese sacro. Questo è il momento che va dedicato alla comunione con il Signore dell'Universo; non a cose così banali e terrene come il lavoro o la pensione.»

Puoi consultare, al riguardo, l'*hadith* del Profeta che si intitola *Vaffanculo, Steadman*, pensò Omar Yussef.

Wafa gli lanciò un'occhiata d'intesa, quando lui, uscendo, passò davanti alla sua scrivania. Omar Yussef si lasciò la scuola alle spalle. Era entrato solo pochi istanti prima e già provava nostalgia per le voci dei bambini che recitavano in coro. Era giunto deciso a riprendersi il suo posto di lavoro, ma l'assunzione della supplente lo costringeva a riconsiderare tutto. Mancavano tre settimane al giorno in cui avrebbe informato Steadman di quel che intendeva fare.

Omar Yussef, sulla strada fangosa, aggirò la mappa della Palestina in granito nero e si avviò verso casa. Non era certo di riuscire a starsene in pantofole a meditare sul da farsi. Lasciare o continuare a lavorare? Al momento giusto, la decisione sarebbe arrivata da sé. Nell'attesa, c'erano altre decisioni da prendere. Gli tornò alla mente il corpo straziato di Dima Abdel Rahman. Non riusciva ancora a capire se ciò che provava così intensamente era la determinazione a smascherare gli assassini della ragazza o la paura di essersi già esposto troppo, con la sua indagine, alla vita reale della sua città e al pericolo.

Il vento soffiava più freddo sulla via deserta. Gli saltellò incontro Nayif, con indosso una maglietta bianca sudicia. Teneva le braccia nude strette intorno al corpo, ma sorrise a Omar Yussef. «Continua a piovere, eh, *ustaz*?» gli disse, saltando dentro una pozzanghera.

Omar Yussef tese l'orecchio. Sentì un rumore di elicottero che arrivava da sopra le nuvole immobili. Si domandò se quello fosse l'unico rumore che quel ragazzo riusciva a sentire nella sua testa balzana. Omar Yussef ricambiò il sorriso e alzò gli occhi verso il cielo minaccioso. Tirò su il bavero della giacca per proteggersi il collo dal freddo e si domandò se il suo cappotto sarebbe bastato a impedire che George Saba morisse di freddo in quella cella.

# 13

Camminando verso casa Omar Yussef si sentiva sporco. Ricordò di aver toccato con le dita le palpebre di Dima Abdel Rahman, delicate come le ali di una farfalla, ma immobili, morte. Il fango della strada gli chiazzava i mocassini e i risvolti dei pantaloni marrone scuro. Aveva la sensazione che la gente lo osservasse e si domandò se non fossero, per caso, genitori furiosi e risentiti perché aveva trasformato i loro figli in liberi pensatori emarginati. Forse già sapevano quel che la morte di Dima e l'arresto di George avevano indotto anche lui a pensare, e cioè che studiare con lui equivaleva a diventare così pericoloso che la società doveva eliminarti. Quando arrivò davanti alla porta di casa era ormai così a disagio che aveva deciso di non fare più nulla per George Saba, almeno per quel giorno, e forse per sempre.

«Nonno, sembri molto infreddolito.» Nadia andò incontro a Omar Yussef all'ingresso. Gli prese le mani e cominciò a strofinarle e a soffiarci sopra per scherzo.

Omar Yussef si diede un'occhiata nello specchio appeso

al muro. Da sotto la coppola gli spuntavano capelli scompigliati. Aveva la pelle di un colorito malsano e, pur patendo un gran freddo, aveva l'impressione di sudare. Gli occhi erano iniettati di sangue. Ebbe il dubbio di essersi ammalato. Riuscì a sorridere alla nipote e le chiese di portargli un tè. Andò in sala e si sedette davanti alla stufa a gas. Fu come immergersi in una vasca d'acqua calda.

Sulla soglia della sala si presentò Maryam. Omar Yussef la guardò, immaginando che gli stesse portando il tè che aveva chiesto alla nipotina. Nelle mani di lei, però, c'era qualcos'altro, che lo indusse a distogliere una seconda volta lo sguardo dal piacevole bagliore arancione della stufa.

«Omar, sei pazzo?»

Maryam brandiva la vecchia Webley che Omar Yussef aveva nascosto nell'armadio della camera da letto.

«Ci sono dei bambini, in questa casa. Non puoi tenere qui una pistola» gli disse. «A che cosa diavolo ti serve?»

Omar Yussef allungò una mano. Tremava, come al solito, o forse anche più del solito a causa del freddo e dello shock alla vista della vecchia pistola di George Saba nelle piccole mani di sua moglie. «Dammi quell'aggeggio, Maryam.»

«No, la butterò via. Spiegami perché hai portato a casa questa pistola. Pensa se arrivassero gli israeliani e la trovassero... Ti porterebbero via. O porterebbero via Ramiz, nostro figlio.»

«Smettila, Maryam. Stai esagerando.»

Maryam, a quel punto, lo guardò davvero infuriata. «Omar, tu non hai idea di come vanno veramente le cose in questa città, al giorno d'oggi. Ti alzi la mattina e te ne vai a scuola. Insegni a quelle bambine le storie del passato. Ti fermi a bere il caffè nell'ufficio di qualche tuo amico e poi te ne torni a casa e te ne stai a leggere tutta la sera. Sono io quella che va al mercato, parla con le persone e vede quel che succede tutti i giorni. E Ramiz mi racconta di tutto quello che tu non vuoi sapere.»

«Cos'è che mi nasconde?»

«Non vuole turbarti.»

«Turbare me? E come?»

«Con la realtà!» gridò Maryam. Agitò la pistola davanti agli occhi di Omar Yussef. «Questa pistola è reale, e l'ho trovata nel nostro armadio. E adesso devi dirmi che cosa ci fa qui.»

Omar Yussef fece segno a Maryam di sedersi accanto a lui sul divano. Lei, sia pur con riluttanza, accondiscese.

«Era di George Saba. Anzi, è di George Saba.» Omar Yussef valutò la possibilità di raccontarle dell'indagine. Era bastato il nome di George Saba per far sfumare la rabbia della moglie. Per dirle tutta la verità, però, avrebbe dovuto parlarle della sua decisione di indagare e delle preoccupazioni per i pericoli cui quell'indagine poteva esporlo. Decise, perciò, di rivelarle una mezza verità. «Me l'ha data Habib Saba ieri sera, quando sono andato a trovarlo. È una pistola antica che George intendeva vendere nel suo negozio. Habib me l'ha data in regalo. L'ho infilata nel cassetto dell'armadio perché non volevo che i bambini la vedessero, anche se non funziona. Scusami, Maryam, avrei dovuto avvertirti.»

«E tu scusami se mi sono arrabbiata.» In Maryam, la rabbia lasciò subito il posto alle premure per il marito. «Omar, hai preso freddo. Dov'è il tuo cappotto?»

Lui liquidò la domanda con un cenno della mano.

«Devi scaldarti. Ti preparo del tè.»

Giunta alla porta si fermò e mostrò la pistola al marito. «Per il momento, la rimetto nell'armadio.»

Omar Yussef annuì fiaccamente.

Quando Maryam si voltò per andarsene, sentì aprirsi la porta d'ingresso. Vide la moglie che nascondeva la pistola dietro la schiena. Era Ramiz, che rientrava.

«Ciao, mamma.»

Maryam ricambiò il saluto e si allontanò in corridoio per andare a rimettere via l'arma. Omar si sentì in colpa udendo la voce tremante con cui la moglie aveva risposto al figlio.

Ramiz restò sulla porta, a guardare con un'espressione di gioia quieta il punto vuoto fino a poco prima occupato da sua madre. Diede un'occhiata in sala, e quando vide suo padre si fece serio in volto. Si aprì la cerniera del giubbotto e andò a sedersi sul divano accanto a Omar Yussef.

«Papà, devo parlarti.»

Omar Yussef colse un certo allarme nel suo tono di voce. Forse sa di quel che ho fatto, pensò. L'investigatore dovrei essere io, e invece tutti indagano su di me. Cercò di distrarlo. «Halloun, il commercialista, mi ha detto che vuoi allargare la tua attività. Mi fa piacere che gli affari ti vadano bene.»

Ramiz restò per un attimo in silenzio, come se volesse commentare la frase del padre, ma poi scosse la testa e la ignorò. «Al mio negozio, stamattina, sono venuti degli uomini delle Brigate dei Martiri.»

Omar Yussef si raddrizzò bruscamente.

Ramiz si avvide del sussulto. «Vedo che sai già di cosa si tratta. Dicono che stai cercando di scagionare George Saba. Da una parte, se vogliono fermarti è perché sono coinvolti nell'omicidio di cui è accusato George Saba. Dall'altra, se dei ceffi del genere non vogliono che tu faccia una certa cosa, ti conviene non farla.» Posò una mano sull'avambraccio di Omar Yussef. «Papà, quella è gente pronta a tutto.»

Omar Yussef voleva ribattere, ma dovette prima schiarirsi la voce. Quel che Ramiz gli aveva appena riferito lo agitava più del previsto. Tossicchiò. «Che cosa ti hanno detto?»

«È venuto Hussein Tamari in persona, il gran capo. Mi ha minacciato, papà. Ha detto che mi avrebbe bruciato il negozio e ha minacciato la famiglia.» Dopo una breve pausa aggiunse: «Non l'ha detto in modo esplicito, ma mi è parso intenzionato ad aggredirti fisicamente».

«Ti ha detto che mi avrebbe ucciso?»

«No, ma ha fatto capire che potrebbe farti picchiare. E se quella gente viene a picchiarti, papà, ci impiegherai un bel pezzo a rimetterti in sesto, ammesso che tu ci riesca.»

«Alla mia età, vuoi dire?»

«Non ho detto questo. Il fatto, però, è che non sei esattamente in forma perfetta, o sbaglio? Sono soltanto preoccupato per te.»

«Se sei così preoccupato per me, come mai per prima cosa hai parlato delle minacce al tuo negozio?»

«Perché ti conosco e so quanto sei testardo. Se ti avessi detto solo delle minacce contro di te, te ne saresti fregato. Dicendoti invece che le minacce riguardano tutta la famiglia, speravo di farti riflettere.»

«Tu, insomma, sei dalla loro parte.»

«No, papà.» Ramiz sembrava esasperato.

«Sì, invece. Fai di tutto perché mi pieghi alle loro minacce. È questo il modo in cui amministrano la città, vero? Si presentano al tuo negozio. Fanno la faccia cattiva e la voce grossa, e tu corri a chiedermi di smettere di indagare.»

«Non farmi così codardo. Le cose non stanno così. Sto solo cercando di essere realista.»

«Realista?»

«Sì, realista e responsabile. Noi apparteniamo a un grande clan. Abbastanza grande da fornirci più protezione di quanta ne abbiano tanti altri. Tamari non può venire da te a ucciderti alla luce del sole, perché scatenerebbe una guerra con i Sirhan che ci sono in Hamas e Fatah e con tutti noialtri. Il nostro clan può proteggerti fino a un certo punto. Ma se continui con questa assurdità dell'indagine, alla fine Tamari entrerà in azione.»

Omar Yussef si guardò le mani e le premette una contro l'altra. Le sentiva forti. Forse non sembrava forte; forse dava persino l'impressione di essere più fragile dei suoi coetanei, ma sapeva di avere in sé una forza che nessun altro era in grado di vedere, neppure suo figlio, il quale era di certo la persona che lo conosceva meglio in assoluto. Raddrizzò la schiena. «Sono stato a trovare George Saba, stamattina.»

«In prigione? Come hai fatto a entrare?»

«Non ha importanza. In ogni caso, a George non è permesso di essere realista come te.»

«A noi, però, sì che è permesso. Io ho un problema, e sono venuto da te. Un problema che minaccia tutto quello che abbiamo e che, soprattutto, minaccia di portarmi via mio padre.» La voce di Ramiz si ruppe. «Non so come potrei andare avanti senza di te, papà.»

Omar Yussef gli posò una mano sulla spalla. Ramiz, scosso da un lieve tremito, si portò una mano al viso. Si passò la punta di un dito sotto gli occhi e si sforzò di sorridere. Era più paffuto del padre. I tratti del viso erano simili a quelli della madre di Omar Yussef. Aveva gli zigomi ampi e alti, e la pigra opacità degli occhi celava un'intelligenza acuta. Ramiz aveva parlato da persona normale, ragionevole. Si preoccupa per i suoi figli, per il suo lavoro, per suo padre, pensò Omar Yussef. Pensa al futuro e sta progettando di aprire altri negozi, e non di rischiare la vita in nome di una fantomatica eredità morale, del ricordo che la gente conserverà di lui. Io sto cercando di scoprire chi ha ucciso Dima Abdel Rahman, per la quale non c'è più nulla da fare, e di salvare George Saba, che ormai è praticamente morto. Tutto questo perché la gente, guardando indietro, riconosca che ero il tipo d'insegnante che fa dei propri allievi degli adulti pieni di dignità. Che cosa diranno, però, se il prezzo sarà la rovina della mia famiglia?

Non serviva a nulla, lui era sempre stato così, e non sarebbe cambiato, neanche se avesse potuto. Gli bastava guardare le auto costose in cui i più stupidi tra i suoi ex alunni giravano in città, per capire che il sapere e la dignità non avevano alcun valore per il mondo. Eppure per lui erano cose preziose. Se aveva un'anima, il suo nucleo intimo traeva consolazione dall'amore dei figli, di sua moglie e dei nipotini, ma le sue appendici più esterne erano protette dalla melma di Betlemme solo grazie alla sua moralità e ai suoi principi. Se Ramiz faticava ad accettarlo, l'avrebbe capito con il tempo.

Omar Yussef andò all'attaccapanni accanto alla porta d'ingresso. Indossò un parka beige.

«Papà, dove stai andando?»

Omar Yussef aprì la porta e sentì sul volto l'aria fredda. «Vado a parlarne con una persona.» E, detto questo, uscì.

## 14

Omar Yussef si incamminò lungo la salita per il *suk*. Si sentiva, insieme, furibondo e calmissimo. Quelle canaglie delle Brigate dei Martiri lo minacciavano, ma non avevano il coraggio di affrontarlo a viso aperto. Preferivano far pressione su suo figlio. Perché agivano tutti alle sue spalle? I miliziani erano andati da Ramiz; Steadman congiurava con l'ispettore scolastico. Omar Yussef aveva l'impressione che la verità sarebbe venuta alla luce solo se si fosse impegnato lui a svelarla. E ovviamente avrebbe dovuto farlo da solo.

Malgrado la rabbia, però, Omar Yussef sentiva anche una tranquillità interiore, forte del suo senso di appartenenza a quella città, più sua che di quei banditi. Il clan di Hussein Tamari viveva ancora in luride tende ai margini del deserto quando il padre di Omar Yussef era già una persona stimata le cui opinioni erano accolte con rispetto dalle famiglie più in vista di Gerusalemme. Nel mondo di suo padre c'erano legge e civiltà. Nel deserto, le tradizioni che regolavano la vita erano dure e spietate come il sole. Tamari e la sua gente vivevano ora, perlopiù, nel villaggio di Teqoa, alla periferia sud di Betlemme, ma erano rimasti rozzi e brutali come i loro progenitori nomadi.

«Le pace sia con lei, *ustaz*.»

Omar Yussef si fermò. «E anche con te.»

«Come va?» Era un ex allievo di Omar Yussef, che ora faceva l'architetto. Omar Yussef non ricordava il nome di quello che, oramai, era un giovane uomo sui venticinque anni.

«Né meglio né peggio del previsto» rispose Omar Yussef. «E il tuo lavoro come va?»

«Be', non tanto bene. Con tutti questi combattimenti, di edifici se ne distruggono tanti, ma se ne ricostruiscono pochi.» Il giovane scoppiò a ridere. «Tempi duri per gli architetti. Tanto più che non riesco più neppure ad andare al mio studio a Gerusalemme, perché tutti i checkpoint sono chiusi, e non ho il permesso per attraversarli.»

Omar Yussef si congedò da quell'uomo apprezzando la cordiale semplicità di quello scambio di battute. Gli tornò alla mente anche il nome: Khaled Shukri. Due anni prima, suo padre si era trovato in mezzo a una sparatoria davanti all'ospedale ed era rimasto ucciso. Gli dispiacque di non essersi ricordato prima chi era e di non avergli chiesto notizie della madre. Omar Yussef aveva saputo che la donna, dopo la morte improvvisa del marito, era sprofondata in una depressione cronica.

Il senso di calma che Omar Yussef provava, il senso di appartenenza a Betlemme, fu sopraffatto dalla rabbia nei confronti dei miliziani. Quel ragazzo aveva lavorato sodo all'istituto lassalliano ed era diventato un professionista. Khaled ambiva a trasformare la sua città natale in un luogo vivibile, costruendo case nuove e funzionali al posto dei tuguri dei profughi e ristrutturando palazzi ottomani cadenti per farne alberghi e ristoranti. Il coprifuoco e le sparatorie gli avevano distrutto la carriera, suo padre era stato ucciso e la madre era sull'orlo del suicidio. Ecco la ricompensa che aveva avuto per i suoi meriti. A prosperare erano, invece, i miliziani, quelli il cui talento e i cui risultati erano sempre stati al livello più infimo, quelli che se la sarebbero vista brutta se in città ci fosse stato ancora un minimo di legalità, di ordine, di senso dell'onore. Forse Betlemme era la loro città, e l'intruso fuorilegge era Omar Yussef, che spacciava dignità di contrabbando e gestiva un traffico illegale di moralità.

Nei pressi della piazza della Mangiatoia, le donne affollavano le vie del *suk* per acquistare il cibo per l'*iftar* serale. Le donne dei villaggi sedevano all'ombra, sul ciglio della strada, con bacinelle di plastica piene di coriandolo e di pomodori. Avevano il seno imponente e cadente, gli abiti neri con ricami rossi sul davanti, secondo il costume tradizionale della zona di Betlemme, e il viso martoriato dal sole e dalla polvere, con le guance che ricadevano come le pieghe sul muso dei bulldog. Quella era la tradizione, l'aspetto autentico della sua città che Omar Yussef amava. Eppure, quelle donne sedevano nella polvere, disperatamente bisognose di un po' d'ombra, a vendere i loro poveri prodotti per pochi *shekel*. Dopo avrebbero passato di nuovo il checkpoint e attraversato le colline pietrose per tornare ai loro villaggi. La prosperità era riservata a quelli che si facevano beffe della tradizione e del lavoro. Per Hussein Tamari e i suoi uomini, quella città non era tanto diversa dalle desolate distese del deserto da cui provenivano. Un posto che apparteneva a chi era abbastanza forte da impossessarsene, e se c'era un'oasi al suo interno solo a loro ne sarebbe spettato il godimento.

Omar Yussef attraversò la piazza della Mangiatoia. Mentre passava davanti alla stazione di polizia di cui Khamis Zeydan era a capo, una donna gli sfilò accanto con un bambino in braccio. Solo in quel momento ricordò di aver sentito Maryam dire che Khaled Shukri era diventato padre. Ecco perché era così allegro. Omar Yussef si domandò come mai il suo ex allievo non avesse fatto parola del lieto evento. Maryam gliene aveva parlato più di un mese prima, e dunque per Shukri poteva anche non essere più una novità. Omar Yussef discese i gradini sul lato della chiesa della Natività, appoggiando una mano alle pietre brune e corrose della basilica, perché quella ripida scalinata gli dava le vertigini, e proseguì il suo cammino. Si ripromise di passare a trovare Khaled Shukri per fargli capire che lui, Omar Yussef, non si era dimenticato della nascita del bambino. Avrebbe sicuramente trovato un giovane alle prese con rigurgiti e ruttini, ancora troppo emozionato dall'arrivo del nuovo erede per preoccuparsi di come l'avrebbe mantenuto in una città distrutta che non aveva più bisogno di architetti.

Omar Yussef vide la fila di auto costose parcheggiate lungo la strada. Appartenevano tutte agli uomini delle Brigate dei Martiri. Si avvicinò all'edificio accanto alle auto.

Gli venne in mente che, essendo al suo primo figlio, Khaled Shukri era sicuramente ancora in quella fase in cui si ride per ogni più piccolo rigurgito. I neonati sono felici quando risputano fuori tutto, sorridono con un'espressione di sollievo. Forse è la nostra reazione naturale e istintiva al mondo che ci circonda, pensò Omar Yussef. Impariamo a trattenerci perché ci insegnano che il vomito è disgustoso. Ah, se penso a tutta la bile che avrei dovuto sputar fuori, invece di tenermela dentro, e che attraverso il sangue mi è arrivata fino al cervello e al cuore... Ora, però, il mio organismo non ce la fa più. Devo sputarla fuori, purificarmi dall'odio, dalla frustrazione e dal disgusto che provo. Pensò di nuovo al piccolo di Shukri che vomitava e strillava. Erano entrambe reazioni naturali e autentiche. Sì, pensò, è ora che anche io mi metta a strillare.

Omar Yussef si infilò nel portone. Due miliziani lo guardarono dal pianerottolo rialzato. L'insegna sul muro, che recava impresso un emblema ufficiale con un'aquila e una bandiera nazionale, diceva che quello era l'ufficio di un ministro del governo. Come tutti, a Betlemme, anche Omar Yussef sapeva che quello era il luogo in cui i capi delle Brigate dei Martiri spendevano le loro pigre giornate.

«Chi sei?» disse il più anziano dei due uomini di guardia, poco più che trentenne, sollevando il Kalashnikov e mettendoselo in spalla.

«Sono venuto per parlare con Abu Walid.»

Il più giovane dei miliziani si appoggiò alla ringhiera e si sporse verso il basso. Guardò Omar Yussef con aria torva. Omar Yussef lo riconobbe: era il giovane che la mattina del giorno precedente aveva cercato di impedirgli di parcheggiare la sua auto davanti a casa di George Saba.

«Ah, tu sei l'investigatore» fece quello. «Sei venuto a indagare su Abu Walid?»

Omar Yussef si domandò se il miliziano non avesse per caso chiesto notizie sul suo conto scoprendo che era soltanto un insegnante. Non capiva se il sarcasmo del ragazzo fosse rivolto a lui in particolare o se quello fosse il trattamento insolente che riservava a tutti quanti.

«Di certo non sono venuto per controllare i registri del ministero per la Pianificazione e la Cooperazione internazionale» rispose Omar Yussef, indicando la targa appesa al muro. Si avviò su per la scala.

L'altro miliziano, che sembrava sconcertato dalla villania del suo compagno nei confronti di un uomo anziano, fermò educatamente Omar Yussef. «Favorisca i documenti, signore.»

Omar Yussef fece una delle sue risate rauche e sputacchianti. «Cos'è questo? Un checkpoint israeliano? Abu Walid mi riconoscerà.»

Il miliziano si fece da parte, e Omar Yussef entrò in quello che era stato l'atrio di un ministero. C'era una serie di divani neri e bassi occupati da una decina di uomini. Era solo l'una del pomeriggio, ma quelli sedevano sprofondati scompostamente sui cuscini come avessero trascorso in piedi gran parte della notte. C'era freddo in quella stanza non riscaldata, e tutti tenevano chiusi fino al collo i giubbotti verdi o mimetici. Le loro armi erano posate sui lucidi tavolini da caffè sistemati accanto ai divani o a terra. L'aria sapeva di fumo, l'odore che impregnava perennemente gli abiti dei miliziani.

Omar Yussef notò, in un angolo, Hussein Tamari. Era comodamente appoggiato al bracciolo di un divano e parlava a bassa voce con Jihad Awdeh, il cui viso era in ombra per via del copricapo grigio di astrakan. Si stava guardando le mani e sfregava le unghie sulle nocche.

Mentre Omar Yussef avanzava scavalcando le gambe

allungate degli uomini appisolati, facendo attenzione a non inciampare sui loro fucili, Hussein Tamari alzò gli occhi.

«Salute» disse.

«Salute anche a te» rispose Omar Yussef.

«Chi sei?»

«Mi chiamo Omar Yussef, insegno storia alla scuola femminile dell'UNRWA e sono il padre di Ramiz Sirhan, che voi siete andati a trovare oggi al negozio di cellulari.»

Hussein Tamari inarcò un sopracciglio e il viso largo e abbronzato sussultò mentre spalancava la bocca per la sorpresa. Si raddrizzò sul divano e si strofinò incredulo la stretta sommità del capo

Omar Yussef notò il grosso mitra. Era appoggiato accanto al divano ed era rimasto nascosto dal corpo semidisteso del suo proprietario, finché l'arrivo di Omar Yussef non aveva indotto il miliziano a ricomporsi. Aveva la bocca completamente asciutta, ma questo non gli avrebbe di certo impedito di parlare.

«Sono venuto a cercarti perché volevo avvertirti che sono sempre disponibile se hai qualcosa da dirmi. Non c'è bisogno che tu vada da mio figlio. Puoi venire direttamente da me, a casa mia o a scuola.»

Il cappello di astrakan si rialzò. Diversamente da Hussein Tamari, Jihad Awdeh non sembrava sorpreso dall'arrivo di Omar Yussef. «A scuola? Credevo che te ne fossi andato in pensione.»

Maledetto Steadman, pensò Omar Yussef. «Le notizie sul mio congedo sono infondate come la storia che hai raccontato a mio figlio oggi.»

Hussein Tamari posò una mano sulla spalla di Jihad

Awdeh e si rivolse a Omar Yussef. «Non ti arrabbiare, fratello. Volevamo solo assicurarci che tutti comprendessero bene la situazione. Prego, siediti, Abu Ramiz. Vorrei poterti offrire del caffè, ma visto che è il mese santo... Spero tu sia venuto a parlare in amicizia.» Si alzò in piedi e gli tese la mano.

È chiaro che quest'uomo mi vuole morto, ma non può aggredirmi davanti a tutta questa gente, anche se sono tutti suoi tirapiedi, pensò Omar Yussef. La voce si spargerebbe, e lui si ritroverebbe in guerra con tutti i miei parenti Sirhan. Quanto è sincera, allora, questa stretta di mano? Che cosa significa? È forse solo un gesto di ospitalità, di accoglienza dovuta a un nemico venuto a parlargli nel suo territorio? O sta piuttosto cercando di tirarmi dalla sua parte? Omar Yussef si convinse che quel suo approccio diretto a Hussein Tamari avesse disinnescato il pericolo più immediato. Era stato più facile del previsto.

Poi, però, gli venne in mente che proprio quella mano poteva aver ucciso Dima Abdel Rahman. Potevano esserci tracce della pelle della ragazza sotto quelle unghie luride se era stato lui a graffiarle le natiche. D'altra parte, non poteva rifiutarsi di stringergli la mano senza peggiorare ulteriormente la situazione che era già piuttosto grave prima che lui decidesse di metter piede nel quartier generale di Tamari. Gliela strinse. Era grossa, e il palmo era ruvido e sporco, ma la stretta di Tamari fu gentile. Nessuna dimostrazione di forza, nessun tentativo di intimidazione. Invitò Omar Yussef a sedersi accanto a lui sul divano e continuò a tenergli la mano, interrogandolo, nel frattempo, sugli effetti del coprifuoco sulla scuola.

Mentre parlavano, Omar Yussef si rese conto che Jihad Awdeh lo stava osservando con attenzione. Awdeh era sparanzato sulla sua poltrona, il bacino sulla punta del sedile e le spalle sprofondate nello schienale. Teneva i gomiti posati sui braccioli e si reggeva la testa con le mani, le dita infilate tra i riccioli del copricapo di astrakan, al punto che era difficile scorgere il volto.

Omar Yussef finì quasi per dimenticarsi della tensione che lo aveva attanagliato al suo arrivo in quel posto. Gli riusciva difficile tenere viva la rabbia provata nei confronti di Hussein Tamari. Quell'uomo era stupido e violento, ma aveva modi rispettosi ed educati che Omar Yussef apprezzava. Era come se Omar Yussef fosse entrato nella tenda di Tamari in un'altra epoca, nel deserto, chiedendo l'ospitalità che le tribù sempre offrivano, seguendo l'esempio di generosità verso lo straniero dato dal Profeta.

Tamari ripeté di aver sentito dire che Omar Yussef aveva deciso di andare in pensione. Con un sorriso cortese aggiunse che sperava che la notizia non fosse vera, perché la Palestina aveva bisogno di una valida istruzione per i suoi figli, e di insegnanti capaci ce n'erano in giro pochi.

«In realtà ho soltanto detto al direttore della scuola, quell'americano, che forse sarei andato in pensione, ma ancora non ho deciso» rispose Omar Yussef.

«Allora perché gliel'hai detto?» gli domandò Jihad Awdeh a bassa voce. Aveva parlato senza togliere le mani da davanti alla faccia, e le parole sembravano uscite dagli occhi scuri e severi che sbirciavano tra le dita.

Omar Yussef si rese conto di non avere pronta una risposta valida. Si era lasciato distrarre dalla accoglienza formalmente corretta di Hussein Tamari. Di certo non poteva rispondere la verità, cioè che aveva bisogno di tempo per scagionare George Saba dall'accusa di collaborazionismo e concorso in omicidio. «Non ha alcuna importanza» disse. «Quando uno è stato insegnante tanto a lungo, continua a esserlo fino alla fine dei suoi giorni.»

«Quindi, se hai intenzione di ritirarti dall'insegnamento, in realtà ti stai preparando a morire» ribatté Jihad Awdeh.

Hussein Tamari si voltò di scatto verso il suo compare.

«Intendevo dire solo che, una volta diventati insegnanti, si resta tali per sempre» precisò Omar Yussef. Poi, con voce più secca, aggiunse: «Così come, dopo aver ucciso una volta, si resta assassini per sempre».

Jihad Awdeh si tolse le mani dalla faccia. Sorrise, ma teneva gli occhi socchiusi. «Intendi dire che insegnare e ammazzare sono solo due modi diversi per guadagnarsi da vivere? Cose che si fanno per denaro?»

«Tu uccidi per denaro?» gli domandò Omar Yussef.

Hussein Tamari si irrigidì, facendosi leggermente avanti, come per interrompere, ma Jihad Awdeh sembrava apprezzare l'opportunità di sfoggiare la propria cattiveria. «Io uccido per denaro solo quando di mezzo ci sono degli stranieri.» Awdeh abbandonò di scatto la sua posizione scomposta e puntò un dito contro Omar Yussef. «Tu, però, sei un fratello: dovrò ucciderti gratis.»

Hussein Tamari gli spostò la mano e lo guardò infastidito.

Omar Yussef capì che non doveva permettere a Jihad Awdeh di intimidirlo. Se avessero notato in lui la minima debolezza, gli si sarebbero avventati contro, malgrado l'accoglienza cordiale che al momento, nel rispetto della tradizione, Hussein Tamari gli stava riservando. Doveva controbattere.

«Voglio che tu dia disposizione di liberare George Saba» disse Omar Yussef, rivolto a Tamari. «Lo sai anche tu, ne sono sicuro, che non è un collaborazionista. È un mio amico, e sono venuto a chiederti di liberarlo.»

«È una decisione che spetta al tribunale» disse Hussein Tamari.

«Parliamoci chiaro, Abu Walid» insistette Omar Yussef. «George Saba ha osato affrontare te e Jihad Awdeh sul tetto di casa sua. Due giorni dopo è stato arrestato. C'è un nesso che preferirei non sottolineare. Chiedo solo che tu usi, per tirarlo fuori di prigione, la stessa influenza di cui ti sei servito per farlo incarcerare.»

Omar Yussef fu sorpreso dall'assoluta mancanza di reazioni da parte di Hussein Tamari, che non pareva minimamente turbato da quell'accusa. Forse considerava l'incarcerazione ingiusta di George Saba un'infrazione di poco conto in confronto alle altre sue attività, una cosa per cui non valeva la pena arrabbiarsi.

«Come fai, tu, a sapere che non è un collaborazionista? Lavori forse per gli israeliani?» domandò Awdeh.

«E allora come hai fatto, tu, a scoprire che è un collaborazionista? Non è che magari sei tu quello che lavora per gli israeliani?» rispose Omar Yussef. Sentì crescere dentro di sé la forza che aveva avvertito già durante il colloquio con Ramiz. Congiunse le mani, premendole una contro l'altra. «C'è in ballo la vita di un uomo innocente. Non ho tempo da perdere con le tue volgari accuse.»

«Non ci saranno più perdite di tempo per nessuno» disse Jihad Awdeh. «Anzi, tutto verrà risolto entro stanotte.»

«In che senso?»

«Il processo al tuo amico George Saba è fissato per le undici di questa sera.»

«E quando è stato deciso?»

«Devi chiederlo al giudice. Evidentemente, ha ritenuto opportuno muoversi con rapidità.»

Hussein Tamari posò una mano sul braccio di Omar Yussef, ma questa volta fu una presa stretta, imperiosa. «Come vedi, non posso farci niente.»

Omar Yussef si alzò in piedi. A che cosa gli era servita la forza che aveva sentito? Non aveva alcun potere di fronte al mondo. Il rigore morale interiore che credeva di avere era del tutto inutile per il suo amico. Avviandosi alla porta, si sentì trafiggere la schiena dallo sguardo bruciante dei miliziani.

## 15

L'avvocato Marwan Natsha aveva decorato l'anticamera del suo studio con esemplari di calligrafia coranica e copie dei suoi diplomi sfarzosamente incorniciate. Omar Yussef si fermò a dare un'occhiata, approfittandone per tirare il fiato dopo i tre piani di scale. I diplomi erano scritti a caratteri gotici neri e spessi. Erano stati conseguiti all'università di Hebron a metà degli anni Ottanta. I passi del Corano erano invece trascritti negli allungati caratteri cufici, con grazie rigogliose come le volute di un ricamo su un cuscino a ornare il nome del Profeta e dei suoi seguaci. Le parole del libro sacro dei musulmani indussero Omar Yussef a supporre che l'avvocato fosse religioso o, magari, addirittura un sostenitore di Hamas. L'ipotesi gli diede qualche speranza. Omar Yussef non era un credente, ma aveva notato che i suoi compatrioti quanto più erano religiosi tanto meno erano inclini ad accettare la corruzione delle leggi. Magari quell'avvocato era disposto a fornire a George Saba una difesa degna di questo nome.

Il crepuscolo incombeva, e l'anticamera era silenziosa,

buia e fredda. Omar Yussef premette l'interruttore della luce. C'erano altre pagine del Corano incorniciate e un divano di pelle marrone liso come se qualcuno ci avesse trascorso sopra una notte da incubo con addosso un pigiama di carta vetrata. Una lampada da tavolo proiettava un fioco bagliore dall'interno dell'ufficio contro una porta di vetro smerigliato. Omar Yussef aprì la porta.

Un uomo magro alzò gli occhi da alcuni fogli in una nube di fumo di sigaretta. Il suo viso grigio era improntato a una vaga espressione di colpa. Le opere di calligrafia religiosa sono puramente ornamentali, si disse Omar Yussef. I sostenitori di Hamas non fumano Rothmans durante il Ramadan. Omar Yussef lasciò aperta la porta di vetro per rinfrescare quell'aria azzurrina e respirare meglio.

Marwan Natsha si alzò dalla sedia. Si mosse come se stesse trascinandosi giù dal letto con i postumi di una sbronza. Guardando la sigaretta annuì come per domandare se dava fastidio. Omar Yussef, con un cenno, rispose di no. Negli occhi umidi e tristi dell'avvocato comparve un certo sollievo. Tornò ad accasciarsi sulla sedia e, con una mano ossuta, allontanò le carte che stava consultando.

«Mi chiamo Omar Yussef. Sono amico di George Saba.»

Marwan Natsha incurvò di colpo le spalle ossute. Il mento si posò sul nodo della cravatta grigia, e la faccia malinconica assunse un'espressione ancora più desolata.

«Ho saputo che lei difenderà George Saba nell'udienza di stasera. Sono in possesso di alcune informazioni che potrebbero esserle utili.»

«Oh, povero me.»

Omar Yussef tacque.

Marwan Natsha alzò gli occhi al cielo e sospirò. Sembrava che a parlare gli facesse male la gola, come quando, dopo una lunga camminata, le gambe dolgono a ogni movimento. «Signore, lei non capisce.»

«Che cosa c'è da capire? È un processo che può chiudersi con la condanna alla pena capitale. Io voglio salvare George Saba.»

«Nulla può salvarlo, signore.»

Omar Yussef si avvicinò con la sedia alla scrivania di Marwan Natsha. L'avvocato si ritrasse come se si sentisse minacciato da quell'uomo che si sporgeva sul ripiano di ciliegio.

«Conosco George da quand'era bambino. Era insieme a me qualche sera fa, prima che andasse a casa ad affrontare alcuni esponenti delle Brigate dei Martiri. Li ha cacciati via, e loro lo hanno minacciato dicendo che sarebbero tornati. E al loro ritorno si sono presentati con l'accusa di collaborazionismo. Si tratta chiaramente di una vendetta.»

Dal volto grigio di Marwan Natsha non trapelò il minimo segno di interesse per quel che Omar Yussef aveva detto. Semmai, pareva profondamente scoraggiato.

«Inoltre, nel luogo in cui Louai Abdel Rahman è stato ucciso, ho scoperto alcuni indizi che fanno pensare a un coinvolgimento di Hussein Tamari nell'omicidio. E ritengo che sempre lui sia tornato a uccidere anche la moglie di Louai, dopo aver saputo che lei mi aveva informato della sua partecipazione all'agguato. Tamari è anche l'uomo che ha incastrato George Saba.» Omar Yussef attese che Marwan Natsha gli domandasse qualcosa. «Non le interessa? Non abbiamo molto tempo.»

«Fino a stasera alle undici.»

«Mancano solo sei ore.»

«Sei ore o sei giorni, non fa alcuna differenza. Temo che lo condanneranno.»

Omar Yussef si arrabbiò. «Ho trovato un bossolo dell'arma di Hussein Tamari nel luogo in cui Louai è stato assassinato.»

Marwan Natsha si accese un'altra Rothmans con mano tremante e restò in silenzio.

«Questo significa che Tamari era presente» disse Omar Yussef.

«Ma non è detto che sia stato lui a uccidere Louai Abdel Rahman.» Marwan Natsha protese lentamente la spina dorsale in avanti, sporgendosi sulla scrivania come se stesse provando le vertebre una alla volta, e prelevò una fotocopia dalle carte che stava consultando all'arrivo di Omar Yussef. «Questa è la perizia balistica sulla morte di Louai Abdel Rahman. I colpi che lo hanno ucciso sono stati sparati da una specie di fucile di precisione americano in uso all'esercito israeliano. Si chiama M24, a quanto pare. Io non ne so granché, a dire il vero, ma se vuole può leggersi il rapporto. È un po' specialistico. In ogni caso, non credo che Tamari sia in possesso di un'arma di quel tipo.»

«No, infatti.»

«Be', allora il discorso è chiuso.»

«No, niente affatto. Che ragione aveva George Saba di partecipare all'omicidio di Louai Abdel Rahman? Nessuna. Tamari, invece, una ragione l'aveva. Voleva eliminare Louai in modo che la famiglia della vittima perdesse ogni protezione tra le fazioni della resistenza. Subito dopo la morte di

Louai, il fratello di Hussein Tamari è diventato padrone delle autofficine degli Abdel Rahman.»

«E gli israeliani? Non avevano forse interesse a uccidere Louai? Di recente aveva ammazzato un colono, stando a quel che si dice in giro.»

«Certo che gli israeliani avevano interesse, ma che motivo aveva George Saba di collaborare con loro? Hussein Tamari sì che aveva un motivo per collaborare. George no.»

Marwan Natsha si schiarì la voce con un fragore di rullante. «Se spera che io entri in aula e mi rivolga alla corte dicendo che il capo della resistenza a Betlemme è un collaborazionista, le dico subito che si sbaglia, Abu...?»

«Ramiz.»

«Abu Ramiz.»

Omar Yussef si sentì avvampare. «Poi c'è la morte della moglie di Louai. È stata uccisa dopo l'arresto di George Saba. Almeno in questo omicidio lui non può essere implicato.»

«Chi l'ha mai accusato?»

«Nessuno. Intendo dire che è probabile che Louai e sua moglie siano stati uccisi dalla stessa persona.»

«E perché sarebbe probabile?»

«Lei crede davvero che siano state due persone diverse a uccidere due membri della famiglia Abdel Rahman? Due persone non in contatto tra loro? Questi due omicidi sono chiaramente collegati. Se è vero che George Saba ha collaborato al primo, deve essere implicato anche nell'altro, sennonché era già in galera. Non è lui il collaborazionista. È qualcun altro. In ogni caso, George non ha niente a che fare con l'omicidio di Louai.»

«Se non sbaglio, la donna assassinata è stata stuprata. È chiaro, per parlare crudamente, che più di un uomo, in città, potrebbe essersi sentito incentivato a farlo, anche perché ormai non c'era più il marito a proteggerla. Comunque sia, questo è un caso diverso, e io non sono autorizzato a parlarne questa sera con i giudici. Non sarebbe ammesso.» Marwan Natsha sfogliò le carte che aveva davanti a sé sulla scrivania. «Sa leggere l'ebraico, Abu Ramiz?»

«No.»

Marwan Natsha rivolse a Omar Yussef un'occhiata di compatimento. «Questo è un servizio pubblicato sullo *Yedioth Ahronoth*. Di due giorni dopo la morte di Louai Abdel Rahman. Racconta di come lo Shin Bet abbia usato un collaborazionista palestinese per arrivare a Louai. Si parla ampiamente delle attività di Louai come esponente della resistenza. Viene definito come "uno dei più pericolosi terroristi dell'area di Betlemme". Parole testuali. Dopo di che l'articolo spiega nei dettagli il ruolo fondamentale del collaborazionista ai fini della precisa identificazione dell'obiettivo. A quanto pare, è essenziale in questo genere di operazioni. In mancanza di un informatore sul campo, non riescono a colpire i membri della resistenza. Il giornale conclude dicendo che doveva esserci una persona molto vicina a Louai Abdel Rahman che ha dato l'okay al cecchino israeliano. Capito?»

«Sì, questo mi è chiaro.»

«Io non credo. Un colpevole c'è! Dev'esserci un collaborazionista! Persino gli israeliani lo ammettono su un loro giornale. Ora, a quanto pare, la nostra polizia non è in grado di condurre indagini approfondite come le sue. Di certo, però, se anche eventuali indagini avessero portato all'accertamento delle responsabilità dell'uomo più pericoloso della città, cioè di Hussein Tamari, la polizia non muoverebbe un dito per salvare il capro espiatorio.» Marwan Natsha aprì le sue mani ossute. «Cioè George Saba.»

«Mi sta dicendo che neanche lei crede alla colpevolezza di George Saba?»

«Non ci sono molte prove a suo carico. Questo è vero.»

«Questo le semplifica il compito.»

«Be', anche questo è vero, ma non nel senso che lei intende. Il mio compito sarà semplice indipendentemente dalla colpevolezza o dall'innocenza di George Saba. Il mio lavoro consiste nel tenere un basso profilo. Al Tribunale per la sicurezza dello stato, gli avvocati della difesa sono, per definizione, tenuti a far prevalere lo stato e la sua sicurezza. Se un collaborazionista la fa franca, gli israeliani faranno meno fatica a trovarne degli altri. Se invece si vede che i collaborazionisti vengono puniti, per gli israeliani diventerà più difficile reclutare qualcuno disposto a tradire i propri compagni.»

«E se il condannato non è un collaborazionista? Deve morire in rappresentanza di tutti i veri collaborazionisti in circolazione che le forze di sicurezza non riescono a individuare? Lei sta scherzando...»

Marwan Natsha si strinse nelle spalle.

Omar Yussef si tolse la coppola e si passò una mano tra i capelli. «Lei non è di Betlemme, vero, signor Natsha?»

«No, sono di Hebron.» Natsha sorrise nominando la sua città natale. Pareva risollevato, come se la conversazione si fosse spostata dalle tediose questioni del processo a più gradevoli formalità.

«Provi a immaginare, allora, la sua città nelle mani di banditi. Non farebbe anche lei quel che ha fatto George Saba?»

«Abu Ramiz, fratello mio, la mia città è nelle loro mani. Per questo non sono turbato se accade anche a Betlemme. È così dappertutto, in Palestina. È una cosa troppo grossa per poterla combattere.»

«Allora, abbiamo tutti lo stesso problema. Questo dovrebbe unirci. Abbiamo una causa comune: palestinesi contro questi banditi.»

«Noi palestinesi riusciamo a essere uniti solo in modo superficiale, anche contro gli israeliani. Crede davvero che siamo capaci di unità? Siamo di un'altra pasta. Io sono fuggito da Hebron per non vedere quel che quei banditi facevano alla mia città. Perché mai dovrei combatterli a Betlemme?»

Omar Yussef provò pena per quell'uomo. Si domandò che cosa mai potesse averlo indotto ad andarsene. Con quale angheria erano riuscite, le Brigate dei Martiri, a prosciugare ogni sua volontà?

«Mi dispiace molto, signore» disse Marwan Natsha «ma io ora devo chiudere per andare a un *iftar*.»

«Pregherà per George Saba prima di rompere il digiuno?»

«No, mi concentrerò sul cibo, perché ho fame, e cercherò di non pensare al fatto che più tardi devo presentarmi in tribunale. Preghi lei per George Saba.»

«Io pregherò per lei, avvocato.»

Marwan Natsha fissò per alcuni istanti Omar Yussef, quasi stesse considerando se lui meritasse le sue preghiere più o meno di un condannato a morte. Tossicchiando si alzò e raccolse i fogli sparsi sulla scrivania. Spense la sigaretta e raccolse la borsa. E, su quelle sue lunghe gambe, arrivò in fondo alle scale così rapidamente da lasciare Omar Yussef indietro al buio.

Nell'anticamera, Omar Yussef staccò dal muro uno dei diplomi di Marwan Natsha. La cornice gli tremò tra le mani. La scagliò giù dalla rampa di scale, e il vetro si infranse contro la parete. Tre piani più in basso, Marwan Natsha si fermò per un attimo, ma poi proseguì.

Omar Yussef sentì i colpi di tosse allontanarsi per la strada deserta. Scese le scale e, dopo aver raccolto il diploma dell'avvocato con la sua cornice rotta, andò a rimetterlo davanti alla porta dello studio. Lo appoggiò alla porta a vetri. La pergamena si era sporcata, e Omar Yussef se ne dispiacque. Lentamente, ridiscese le scale.

Sull'altro lato della strada, la collina scendeva ripida. Omar Yussef guardò oltre i dintorni agricoli di Betlemme, verso il deserto di Giudea. Le basse pendici delle sterili colline scendevano susseguendosi come onde fino al Mar Morto. Nella luce che precede la sera, il deserto era illuminato di un azzurro lattiginoso e brillante. Somigliava alla tormentata superficie lunare con i suoi crateri. Omar Yussef sentì che la sua esistenza aveva percorso un'orbita più ampia di quella seguita da quel satellite inanimato, veleggiando silenziosa al di sopra della realtà troppo frenetica e cinica del resto del pianeta. Si domandò se esistesse, sulla Terra, un luogo più spoglio di quello.

# 16

Nell'aula del Tribunale per la sicurezza dello stato, dalla folla si levava il vivace brusio di una platea teatrale in attesa della prima. Mentre cercava un posto a sedere, Omar Yussef ebbe in effetti l'impressione che si trattasse di una messinscena scritta e organizzata, una tragedia che si sarebbe ripetuta all'infinito nella sua mente angosciata. L'aula, ampia e dal soffitto basso, era intonacata ma non verniciata. Era illuminata da tubi al neon che tremolavano dietro uno strato di fumo di sigaretta, proiettando una luce azzurrina intermittente e malata sulla folla che occupava le file di sedie. Omar Yussef stimò che vi fossero all'incirca mille spettatori, ammassati sulle sedie di plastica e lungo le pareti dell'aula. Una decina di poliziotti formavano un cordone a protezione della corte. Alle loro spalle Khamis Zeydan andava avanti e indietro, mormorando ordini. Alcuni conoscenti di Omar Yussef gli sorrisero e gli fecero dei cenni di saluto dietro una schiera di teste eccitate e irrequiete.

Le sole persone tranquille in tutta l'aula erano Muhammad e Yunis Abdel Rahman. Il padre e il fratello dell'uomo nel cui assassinio George Saba era accusato di essere implicato erano appoggiati a un pilastro quadrato su un lato dell'aula. Il padre aveva un'aria triste. Il viso spigoloso di Yunis Abdel Rahman, invece, era congestionato mentre il ragazzo scrutava sdegnato gli scranni ancora vuoti destinati ai giudici. Il padre guardò Yunis, ma il giovane si rifiutò di prendere atto della sua presenza. Omar Yussef colse un'ombra di disperazione, di sgomento e di vergogna nel modo in cui Muhammad Abdel Rahman tentava di incrociare lo sguardo del figlio.

Benché le finestre dell'aula fossero chiuse, Omar Yussef sentiva freddo. Era come se tutti quei corpi emanassero un'animosità tale nei confronti dell'imputato, da risultare incapaci di generare calore. Consultò l'orologio: mancavano cinque minuti all'inizio dell'udienza, ed era stato molto fortunato a trovare un posto a sedere. Accomodandosi, vide gli spettatori nei corridoi che litigavano con gli ultimi arrivati, decisi a entrare a forza nell'aula. Era sera tardi, e tutti erano eccitati e nervosi come bambini rimasti svegli più a lungo del solito.

Omar Yussef sentì che tra la folla circolavano stupide dicerie sulla perfidia di George Saba. Non poté far altro che tacere. Non avrebbe avuto senso difendere il suo amico con quella gente. Lo nauseava l'idea che tanti fra i suoi concittadini fossero ansiosi di assistere a una condanna a morte, dato che certo quella folla non si era radunata per assistere a un'assoluzione. Lo rattristava scoprire che i suoi concittadini erano sprofondati a un tale livello di avvilimento e di odio che il loro massimo piacere consisteva nella punizione di colui che era visto come un singolo ingranaggio del meccanismo dell'oppressione. Si guardò intorno alla ricerca di Habib Saba, ma tra tutta quella gente non gli riuscì di scorgerlo.

Gli avvocati presero posto ai loro banchi di fronte alla corte. Alcuni tra quelli seduti nelle prime file infilavano il braccio tra i poliziotti per stringere la mano al pubblico ministero. Erano gesti di congratulazione, e il pubblico ministero sorrideva a tutti, come se il processo si fosse già concluso con il trionfo delle sue tesi. Omar Yussef sapeva che a Gaza i collaborazionisti non potevano contare su un processo equo, ma aveva sempre pensato che a Betlemme ci fosse un minimo di decenza in più. Marwan Natsha era seduto da solo al suo banco. Nella luce fluorescente sembrava ancora più grigio di quanto non fosse parso a Omar Yussef nel pomeriggio, quando era stato nel suo studio. La sua statura, che avrebbe dovuto dargli una certa autorevolezza, serviva solo a dar risalto alla sua magrezza eccessiva e malsana. Sembrava bastasse poco a spezzarlo in due, come un fiore dallo stelo lungo e avvizzito che avesse da tempo gettato i suoi scarsi e malinconici germogli. Natsha, per quel che Omar Yussef riusciva a vedere, non aveva carte con sé, neanche la cartelletta che stava consultando quel pomeriggio. I soli oggetti posati davanti a lui sul tavolo erano un pacchetto di Rothmans e un piccolo portacenere, che l'avvocato sembrava determinato a riempire.

Khamis Zeydan, muovendosi alle spalle dei suoi uomini, mise fine alle strette di mano. Con una frase secca trasformò il sorriso del pubblico ministero in uno sguardo offeso e leggermente imbarazzato. Omar Yussef osservò il suo vecchio amico che scrutava severo la folla oltre il pubblico ministero. Almeno il capo della polizia si prendeva la briga di ricordare alla gente che quello non era uno spettacolo, e che sulla bilancia della giustizia, quale che fosse la sua affidabilità, c'era la vita di un uomo. La mascella serrata di Khamis Zeydan e il suo sguardo intenso esprimevano sofferenza. A quell'ora di sera, in genere, era già più che sbronzo, e l'espressione rigida poteva anche essere dovuta semplicemente allo sforzo di mantenersi sobrio. Omar Yussef sperava, però, che anche per Khamis Zeydan, come rappresentante della legge, fosse semplicemente insopportabile vedere la giustizia trasformata in un circo. Poi, però, ebbe un'illuminazione: in realtà il capo della polizia sapeva la verità sulla morte di Louai Abdel Rahman, conosceva l'identità del vero collaborazionista, sulla quale Omar Yussef poteva solo avere dei sospetti.

Omar Yussef ripensò alla possibilità che Khamis Zeydan avesse informato l'assassino di Louai che Dima Abdel Rahman sapeva di «Abu Walid». A parte Khamis Zeydan, nessuno al di fuori della cerchia famigliare più ristretta di Omar Yussef poteva essere a conoscenza di quel che Dima gli aveva detto. Ma se sapeva chi informare dell'indizio, era perché di certo conosceva anche i particolari dell'assassinio di Louai. Per come andavano le cose, Omar Yussef non era così ingenuo da aspettarsi che la polizia andasse automaticamente ad arrestare l'assassino, tanto più se si trattava del capo delle Brigate dei Martiri, ma mai avrebbe pensato che il capo della polizia potesse proteggere il colpevole anche a costo di mettere in pericolo un innocente. Forse Khamis Zeydan non aveva previsto che Hussein Tamari potesse uccidere anche Dima. Magari aveva immaginato che l'avrebbe minacciata, spaventata, magari picchiata. D'altra parte, Zeydan sapeva con chi aveva a che fare e avrebbe dovuto immaginare che, passando informazioni pericolose a Hussein Tamari, avrebbe esposto Dima a un rischio mortale.

Omar Yussef si domandò che cosa esattamente potesse aver detto Khamis Zeydan a Hussein Tamari. Il capo delle Brigate dei Martiri aveva mandato il suo avvertimento a Omar Yussef quella mattina, tramite suo figlio Ramiz, perché i miliziani temevano di irritare l'intero clan. Un approccio diretto o un'aggressione fisica avrebbero innescato una piccola guerra. Forse, però, Zeydan non aveva detto a Tamari che era stato Omar Yussef a ricevere personalmente da Dima Abdel Rahman l'informazione su Abu Walid. Tamari, forse, credeva che Omar Yussef stesse dandosi da fare per George Saba senza essere in possesso di informazioni fondate, e in tal caso il capo delle Brigate dei Martiri non doveva sentirsi particolarmente minacciato. Khamis Zeydan poteva aver detto a Tamari che Dima Abdel Rahman aveva parlato con qualcuno, ma senza fare il nome di Omar Yussef. Forse proprio questo – il silenzio di Khamis circa l'identità dell'interlocutore di Dima – spiegava perché Tamari avesse scelto di avvertirlo in modo indiretto, attraverso Ramiz. In tal caso, Omar Yussef non doveva sembrargli una minaccia tale da meritare la morte. Non ancora, almeno.

Omar Yussef non voleva credere che Khamis Zeydan avesse tradito Dima, e comunque non poteva non considerare l'ipotesi che fosse stata uccisa per altre ragioni. Forse non era neppure stato Abu Walid. Poteva essere uscita per incontrare qualcuno, un amante segreto, per quel che ne sapeva Omar Yussef. Oppure, come aveva suggerito Khamis Zeydan, i suoi parenti acquisiti la consideravano un'adultera e l'avevano uccisa per difendere l'onore della famiglia. Forse, però, Omar Yussef era soltanto in cerca di giustificazioni per il suo vecchio amico. La compostezza che pure gli era parso di scorgere nel comportamento di Khamis Zeydan in quell'aula di tribunale era controbilanciata dal fatto che il capo della polizia stava presidiando una terribile parodia di legalità. Di che cosa non sarebbe stato capace un uomo disposto ad assecondare quel gioco, a comandare i suoi sottoposti mentre una giuria si preparava a legittimare l'assassinio di un innocente?

Cinque minuti dopo le undici, Hussein Tamari fece il suo ingresso in aula con una falange di uomini armati. La folla si aprì, e le persone sedute nelle prime file si alzarono in fretta per cedere il posto. Le guardie di Tamari spintonavano chi non sgomberava abbastanza alla svelta. Tamari sorrideva, accogliendo i saluti come un monarca benevolo. Quando Tamari era ormai seduto, arrivò anche Jihad Awdeh sgattaiolando lungo un lato dell'aula. Portava sempre il suo cappello alla Saddam Hussein e non rispondeva ai saluti della gente. Si concesse un sorriso di scherno quando passò accanto a Muhammad Abdel Rahman. Il padre del defunto abbassò gli occhi, ma suo figlio sostenne lo sguardo di Awdeh, che parve ancor più divertito dall'occhiata di sfida del ragazzo. Come se per iniziare avesse atteso l'arrivo di Tamari e della sua banda, un poliziotto ordinò alla folla di alzarsi in piedi, e dalla porta dietro gli scranni entrarono tre giudici.

Sul migliaio di persone riunite nell'aula calò un fragile silenzio, quando il giudice batté il martello sul banco. Era un uomo piuttosto in carne, con la pelle del colore e della morbidezza di una torta al caffè e i capelli grigi gonfi e pettinati all'indietro come un attempato e romantico cantante da night club. La sua bocca formava una piega severa, ma i suoi occhi guizzavano guardinghi. Omar Yussef sapeva che quell'uomo non gradiva il modo in cui funzionava la macchina politica del governo. L'aveva conosciuto a un'iniziativa dell'ONU pochi mesi prima. Il giudice si era divertito a rivelare un'infinità di storie scandalose sull'impotenza del potere giudiziario di fronte ai banditi delle Brigate dei Martiri e ai loro referenti politici nel governo. Omar Yussef pensò che forse il giudice poteva approfittare dell'occasione per mettere in chiaro che lui non si sarebbe più fatto strumentalizzare. Quando però vide che evitava con cura di guardare gli uomini delle Brigate dei Martiri sistemati in prima fila si rese conto che la sua speranza era infondata.

Il giudice dichiarò aperta l'udienza del Tribunale per la sicurezza dello stato del distretto di Betlemme. Ordinò che fosse condotto in aula l'imputato. George Saba entrò dalla stessa porta per la quale erano passati i giudici. La folla proclamò all'istante la propria sentenza, chiedendo in nome di Dio la morte di quell'uomo. George Saba, in realtà, sembrava già un po' morto e non parve accorgersi dell'esplosione di odio che aveva accompagnato il suo ingresso. Aveva addosso il cappotto di Omar Yussef, che sembrava persino più piccolo rispetto a quella mattina, in prigione. Teneva le mani davanti al corpo, ammanettate, e aveva i capelli terribilmente spettinati. Omar Yussef non riusciva a credere che fossero passate solo quindici ore dalla loro ultima conversazione. Pur trovandosi più o meno al centro di quella grande aula, Omar Yussef notò chiaramente che l'amico aveva un occhio nero e un livido su una guancia. George fu accompagnato dietro un tavolo e restò in piedi, affiancato da due poliziotti. Incurvò le spalle e lasciò ricadere la testa sul petto.

Omar Yussef si avvide di avere lo sguardo appannato dalle lacrime. Si asciugò gli occhi con le dita. Cercò di non far caso al senso delle parole pronunciate dalle persone che, intorno a lui, inveivano contro George Saba. Sentiva solo la ferocia e la sete di sangue del tono. Si sedette e si chinò in avanti, con la fronte appoggiata alle mani, mentre il pubblico continuava a rumoreggiare.

Il giudice zittì la folla con ripetuti colpi di martello che sembravano riverberarsi sulla sua faccia paffuta e liscia. Lesse il titolo della causa che opponeva il governo all'uomo solitario e prostrato che indossava il cappotto di Omar Yussef. Chiese al pubblico ministero di illustrare la sua tesi.

Il rappresentante della pubblica accusa si voltò di lato, in modo che la sua voce potesse diffondersi meglio tra la folla immobile. Fece volteggiare platealmente la toga finché atterrò sul suo braccio, sventolandola, agli occhi di Omar Yussef, come il tetro mantello di un perfido stregone. Quando si fosse posata, forse la fragile carcassa di George Saba sarebbe magicamente scomparsa dal banco degli imputati.

«Vostro Onore, il caso è banale. L'imputato, al corrente del fatto che le forze di occupazione ricercavano l'ufficiale di polizia Louai Abdel Rahman, ha condotto da quest'ultimo un'unità speciale israeliana e, identificandolo, ha cinicamente permesso che fosse assassinato. L'imputato ha più volte ammesso le proprie responsabilità. La pubblica accusa chiede pertanto la pena capitale, che va comminata a tutti i collaborazionisti e in particolare a chi contribuisce all'uccisione dei martiri che lottano per la libertà della Palestina. Vi ringrazio, Vostro Onore.»

Il pubblico ministero abbassò il braccio. George Saba era ancora lì, immune alla magia. Stava in piedi, ma meglio sarebbe stato, per lui, sprofondare in una botola da illusionista. La folla riprese a urlare e applaudì le tesi del pubblico ministero, che si voltò annuendo con aria grave, in segno di ringraziamento.

Il giudice chiamò Marwan Natsha, che spense la sigaretta, si alzò dalla sua sedia e prese a parlare rapidamente, con voce strozzata e stridula. «L'imputato si dichiara colpevole, Vostro Onore.» Ciò detto, prima ancora di essersi alzato del tutto, l'avvocato difensore tornò a sedersi e si accese un'altra sigaretta.

Persino la folla restò sorpresa da quella totale mancanza di qualsiasi difesa. Il giudice squadrò Marwan Natsha per alcuni istanti. Era uno di quei momenti, dedusse Omar Yussef, in cui la moralità di un uomo doveva prendere fiato il più possibile prima di immergersi nel mare di iniquità su cui Betlemme galleggiava. Il giudice non disse nulla. Era già in apnea. Si voltò verso George Saba.

«Questa corte giudica George Habib Saba colpevole di tutti i capi d'accusa...»

Si levò un applauso, accompagnato da un'acclamazione.

«... e lo condanna alla pena capitale mediante fucilazione che verrà eseguita in data da destinarsi, secondo le decisioni del presidente.»

Il boato si levò dalla folla con una forza tale da spingerla in piedi. Omar Yussef si alzò con gli altri e vide George Saba, inerte, che veniva trascinato fuori dalle due guardie. I magistrati attesero con imbarazzo che passasse nell'angusto spazio dietro i loro scranni, come se fosse un invalido o un vecchio cui cedere il passo su un autobus affollato. Sulla porta, le gambe di George Saba cedettero, e il giudice si scansò per evitare ogni contatto con il condannato. Eppure diventò altrettanto pallido. È ancora in apnea, pensò Omar Yussef. Tirerà il fiato quando incontrerà qualcuno come me alla prossima iniziativa dell'ONU, qualcuno abbastanza sensibile da comprendere quanto lo disgusti l'obbligo di presenziare a certe pagliacciate. Incolperà il sistema e rifiuterà qualsiasi responsabilità per quello che è successo in quest'aula. Spero solo che ci riprovi con me. Gli dirò che ero presente a questo processo e che, per me, lui ha le mani sporche di sangue almeno quanto il plotone di esecuzione incaricato di giustiziare George Saba.

Omar Yussef si sedette, sfinito. Erano le undici e un quarto. Il processo era durato un'inezia. La gente si spintonava tra le file di sedie per uscire, discutendo dello spettacolo come quando si va alla partita. I più avevano sperato in una difesa più energica, che desse al pubblico ministero l'opportunità di rivelare dettagli scabrosi dell'attività da collaborazionista di George Saba e di giustificare appieno la sentenza. D'altra parte, avevano quanto meno la certezza che l'imputato sarebbe stato ucciso.

Quando il grosso della folla se ne fu andato, Omar Yussef si alzò e si preparò a fare altrettanto. Si voltò verso la porta. Nell'ultima fila di sedie, un uomo piangeva sulla spalla di un prete. Era Habib Saba, che posava la testa tremante sulla tonaca nera di Elias Bishara. Omar Yussef avanzò lentamente tra le file di sedie e andò a sedersi accanto al vecchio.

«Ho dovuto aspettare che se ne andassero tutti, Abu Ramiz» disse Habib Saba. «Ho dovuto aspettare per evitare che mi riconoscessero.»

«Avrebbero dovuto vederti. Avrebbero dovuto costringerli a vedere che George ha un padre che lo piange. Lo hanno trattato come se neanche fosse un essere umano, Abu George.»

«Per lui è finita, Abu Ramiz. Ora lo uccideranno.»

«Ci vorrà del tempo prima che il presidente firmi la condanna a morte. Prima di allora, riusciremo a scagionare George. Non ti preoccupare.» Omar Yussef estrasse un fazzoletto con monogramma dalla tasca dei pantaloni e lo porse a Habib Saba. «La consapevolezza della scadenza non farà che rendere più efficaci i nostri sforzi.»

«È impossibile, Abu Ramiz. Non si può fare niente. A loro non servono prove per condannarlo. Come puoi provare che le accuse contro di lui sono false se non hanno nessun bisogno di dimostrarle? La sua colpevolezza è automatica, perché è cristiano e non è uno di loro.»

«Mi rifiuto di accettarlo.»

Habib Saba rialzò la testa. I suoi occhi rossi parvero improvvisamente sorpresi e spaventati. Il suo sguardo implorante passò più volte da Omar Yussef a Elias Bishara. «Abu Ramiz, hai forse intenzione di crearci altri guai?»

«Altri guai? Io voglio aiutarti a salvare tuo figlio.» Omar Yussef poteva indignarsi, ma i lunghi anni di amicizia lo indussero a comprendere la disperazione di Habib Saba.

«Non ci provare. Ora uccideranno George e poi verranno a uccidere me e tutta la sua famiglia e a distruggere la nostra casa. Vedrai. Se li costringerai a cancellare le tracce, ci elimineranno tutti.»

«Dunque, tu lasceresti morire George? Dovrà diventare un martire per salvare la tua casa?»

«Abu Ramiz...» Elias Bishara sollevò un sopracciglio per invitare alla prudenza il suo vecchio professore. «Siamo tutti molto scossi.»

Omar Yussef si pentì immediatamente della propria durezza. Pensò al corpo di Dima Abdel Rahman riverso tra i pini con le natiche graffiate. Habib Saba aveva ragione. Dima era probabilmente la vittima dei suoi tentativi di scoprire la verità sull'assassinio di Louai e di scagionare George dall'accusa di collaborazionismo. Provò una paura fulminea, come se le Brigate dei Martiri potessero essere fuori ad attenderlo, per aggiungere il suo nome all'elenco dei morti. Guardò l'aula del tribunale, e vide che era completamente vuota, fatta eccezione per un poliziotto presso la porta.

Habib Saba si aggrappò alla manica di Omar Yussef. «Lo so che gli vuoi bene, Abu Ramiz. Sei stato per lui una guida migliore di suo padre. Io sono stato egoista e debole, e continuo a esserlo. Non merito un figlio come lui.» In lacrime, si mise a gridare: «Uccidete me al suo posto! Uccidete me!».

Omar Yussef cinse la schiena di Habib Saba infilandogli una mano sotto il braccio. Lo sollevò a fatica, anche se il peso era per la maggior parte sostenuto da Elias Bishara. I tre si avviarono lentamente all'uscita.

Il poliziotto di piantone si fece avanti titubante. «Abu Ramiz» disse timidamente, quasi non osasse disturbarlo. «Mia figlia è una sua allieva. Si chiama Khadija Zubeida.»

Omar Yussef ci pensò su un istante. «Tu devi essere Mahmoud. Khadija mi ha parlato di te.» Si ricordò di come la bambina aveva riferito, in classe, le odiose smargiassate con cui il padre aveva riferito dell'arresto di George Saba. Gli venne voglia di dire al poliziotto che era complice di una disgustosa messinscena e che aveva impiantato in sua figlia il seme di quella malvagità che era attecchita nel suo popolo. Poi, però, sentì il peso di Habib Saba sulla propria spalla e i singhiozzi del vecchio. Pensò al dolore di Habib per le mancanze nei confronti del figlio. Omar Yussef annuì al poliziotto. «Khadija è una ragazza intelligente» disse.

Il poliziotto gli sorrise con riconoscenza. «Grazie, *ustaz*» rispose. Quando Omar Yussef e il prete ebbero portato Habib Saba fuori dall'aula, il poliziotto spense la luce.

## 17

La condanna a morte di George Saba era stata pronunciata da cinque ore quando a casa di Omar Yussef si presentò una ruspa. L'aveva udita arrivare, nell'ora più silenziosa della notte, mentre era in sala, seduto insonne con lo sguardo fisso sul mobiletto che conteneva la bottiglia di Johnny Walker per le occasionali visite di Khamis Zeydan. Desiderava sentire in gola il gusto ruvido e bruciante del whisky, subito. Perché era proibito. Perché gli avrebbe fatto male, e perché non gliene importava nulla. Perché lo avrebbe anestetizzato. E così era rimasto seduto per quelle cinque ore, da solo, soffocato e irrigidito dall'assoluto silenzio che regnava all'esterno e dalla caotica agitazione provocata dalla sua frustrazione. Guardò la finestra scura e si domandò come mai le strade non fossero piene di gente arrabbiata quanto lui, alla quale unirsi per gridare che un innocente era stato condannato a morte.

Alle quattro del mattino andò via l'elettricità, ma Omar Yussef rimase seduto nella sua poltrona. Accolse con sollievo il buio che gli consentiva di dimenticare quella stanza, la sua città, la terra in cui viveva. Quando l'ora più buia della notte raggelò la casa, Omar Yussef si mise la giacca sulle spalle. Sfiorò i bossoli di MAG che aveva in tasca. Si erano scaldati per la pressione del suo fianco. Come potevano i pezzi di quello strumento di morte riscaldarsi al contatto con il suo corpo, se lui sentiva così freddo? Si alzò in piedi e si avvicinò al mobiletto. Doveva bere.

Nel buio, andò a sbattere uno stinco contro il tavolino e imprecò sottovoce. Raggiunse il mobiletto, ma il dolore gli aveva fatto passare la voglia di whisky. Le fitte inviate dai nervi della sua gamba lo portarono a più miti consigli. Doveva stare all'erta in quel momento, non intorpidirsi con l'alcol. Doveva rimanere cosciente, in tutto e per tutto. Era troppo importante non perdersi d'animo e non distrarsi. Doveva fare il contrario di quello che faceva Habib Saba. Non doveva essere debole ed egoista. Se lui era solo e disperato nella sala buia e fredda di casa sua, quanto più triste e raggelato doveva essere George Saba nella sua cella, stretto dentro il cappotto troppo piccolo di Omar Yussef? Quanto più fredda era la terra in cui Dima era sepolta? Il pensiero della fine umiliante toccata alla ragazza, del suo corpo denudato e violato, lo riempì di un desiderio di vendetta per lei e di dignità per sé. Si allontanò dal mobiletto.

Omar Yussef si massaggiò lo stinco e si sedette, ancora dolorante. Già nelle giornate migliori si preoccupava per la propria forma fisica; ora aveva un livido su uno stinco che per una settimana o due gli avrebbe ricordato la sua presenza a ogni passo. Malgrado tutto, però, era riconoscente a quel dolore, perché finché soffriva aveva la certezza di essere vivo.

Fu a quel punto che arrivarono gli israeliani. Dalla cima della collina sopra Dehaisha giunse un cupo rimbombo. Omar Yussef lo captò e comprese all'istante che i soldati avevano tolto l'elettricità per agire col favore delle tenebre. Si domandò se non fosse il caso di svegliare Maryam o Ramiz e la sua famiglia, al piano di sotto, nel seminterrato. Si avvicinò alla finestra e scrutò nell'ombra.

Lungo la strada stavano avanzando un carro armato e un blindato da trasporto truppe, sferragliando sull'asfalto con i cingoli di metallo. Dietro di essi procedeva un'enorme escavatrice. Era alta come due carri armati messi uno sopra l'altro. Il carro armato e il blindato si disposero ciascuno su un lato della via, sull'angolo, a una decina di metri dalla casa di Omar Yussef. La ruspa si infilò tra gli altri due veicoli, abbassò il suo braccio per mordere l'asfalto e cominciò a scavare una trincea trasversale sulla via principale. Il suo impatto sulla pavimentazione e sul suolo pietroso sottostante fece un rumore simile a quello che si sente dentro la testa quando si mastica una manciata di noccioline con la bocca chiusa.

«Omar!» chiamò Maryam, con voce assonnata, dalla camera da letto nella parte posteriore della casa. Si presentò in sala stringendosi nella vestaglia di lana.

«Non avvicinarti alla finestra» disse Omar Yussef. «Fuori ci sono i carri armati.»

«Che cosa stanno facendo?» Maryam si mosse verso di lui seguendo la sua voce. Omar Yussef sapeva che lei non riusciva a capire con precisione dove lui fosse.

«Ti ho detto di non avvicinarti alla finestra. Fermati lì. Torna a letto.»

«Sei impazzito? Come faccio a tornare a letto con l'esercito alla porta?»

«Allora resta lì.»

«Che cosa stanno facendo?»

Omar Yussef tornò a guardare la ruspa. Lo scavo aveva raggiunto il centro della carreggiata, creando una trincea profonda un metro e mezzo e larga due. «Stanno scavando un buco nella strada.»

«Perché?»

«Per impedire alla gente di andare da Betlemme a Dehaisha, immagino.»

«Ma perché?»

Quell'iniziativa dell'esercito aveva sicuramente lo scopo di frammentare il territorio per rendere più difficoltose le operazioni di trasporto di armi e di esplosivi delle Brigate dei Martiri e di Hamas. Per spostarsi i miliziani avrebbero dovuto trasportare a mano le armi e gli esplosivi da una parte all'altra della trincea. Se fossero stati costretti a portare le loro armi alla luce del sole, c'erano maggiori probabilità di individuarli e intercettarli. E in quel caso particolare l'individuazione e l'intercettazione sarebbero avvenute davanti a casa di Omar Yussef, forse con l'impiego di cecchini, di elicotteri o carri armati, magari proprio mentre i suoi nipotini stavano attraversando la strada. Non voleva che Maryam pensasse a quella eventualità. «Solo perché sanno di poterlo fare, quei bastardi» disse.

Nonostante il buio, Omar Yussef si rese chiaramente conto che la moglie non gli aveva creduto. Lui le aveva sempre ripetuto che l'odio cieco nei confronti dei soldati rendeva incomprensibili le loro tattiche. La gente, spesso, vedeva i soldati semplicemente come bestie feroci, e quello era il primo passo per diventare feroci a propria volta.

«Tu, di solito, non parli così, Omar.»

«Va bene, la verità è che non so rispondere. Non so proprio che cosa stiano facendo. Vorrei solo che se ne andassero, per poter riempire alla svelta quel maledetto buco che hanno scavato nella strada.»

Maryam si mosse nella sala. I suoi occhi si erano abituati all'oscurità, ormai. Inoltre, sapeva meglio di Omar Yussef dove si trovavano i mobili, perché a lei toccava spolverarli ogni giorno. Omar Yussef sollevò la mano per stringere quella di Maryam, posata sulla sua spalla.

«Magari sono venuti a prendere Jihad Awdeh» disse lei.

Quel nome fece trasalire Omar Yussef. Si immaginò che quell'uomo si materializzasse con il suo truce sorriso di scherno negli angoli bui della stanza. Perché, poi, Maryam lo aveva nominato? Ebbe l'improvviso sospetto che alludesse alla possibilità che gli israeliani sapessero della sua indagine sulle Brigate dei Martiri; e che i soldati fossero lì convinti di sorprendere Awdeh, appostato per eliminare il suo nemico.

«Perché mai dovrebbero venire proprio qui a casa nostra a cercare Jihad Awdeh?»

«Non a casa nostra. Dall'altro lato della strada. Ha appena traslocato in quel palazzo lì di fronte.»

«Quale?»

«Quello in cui abitano Amjad e Leila.»

Omar Yussef guardò l'edificio. Una palazzina squadrata su quattro piani con una decina di appartamenti e un'antenna televisiva molto alta a forma di Torre Eiffel sul tetto. Scrutò le finestre buie in cerca di un volto malintenzionato, di una traccia del cappello di astrakan alla Saddam Hussein. «Io non l'ho mai visto, lì.»

«Ci si è trasferito da un paio di giorni. Leila me l'ha detto ieri. Ha paura che arrivino i soldati e facciano saltare tutto in aria o che ci sia uno scontro a fuoco. Ha già detto a Jihad di non farle trovare uomini armati nell'atrio quando ci sono in giro i suoi figli.»

«E lui che cosa le ha detto?»

«Leila ha detto che è stato molto cortese e ha promesso di tenere le armi dentro il suo appartamento.»

«Gentile da parte sua.»

«Anche la sua famiglia abita lì. Leila ha detto che ha portato con sé la moglie e due bambini.»

Omar Yussef non aveva mai pensato a Jihad Awdeh nei panni di marito o di padre. Gli parve strano immaginarselo in pose affettuose con la moglie o intento a cullare i figli. Hussein Tamari, massiccio e impetuoso, riusciva ancora a figurarselo mentre faceva la lotta con il suo giovane figlio. Jihad Awdeh, impegnato in certi innocui piaceri domestici, non ce lo vedeva proprio.

Omar Yussef si domandò se Awdeh sapesse di abitare di fronte all'insegnante della scuola dell'ONU che il giorno prima aveva affrontato il suo capo Hussein Tamari. Chissà perché, il pensiero della vicinanza con Awdeh lo inquietava più che se il loro nuovo dirimpettaio fosse stato Hussein Tamari. C'era qualcosa di assolutamente imprevedibile in Jihad Awdeh, e Omar Yussef, pur sapendo del coinvolgimento di Tamari nell'assassinio di Louai, riteneva che il capo delle Brigate dei Martiri fosse vincolato a codici di onore tribale di cui Awdeh si sarebbe fatto beffe. C'era qualcosa di primitivo e di ferino in lui. Omar Yussef era entrato nel quartier generale di Hussein Tamari convinto di non correre alcun pericolo fisico immediato. Tamari non avrebbe mai disonorato se stesso e la sua famiglia uccidendo un ospite. Omar Yussef si domandò quale sarebbe stato il suo comportamento, se il comandante in capo supremo fosse stato Jihad Awdeh. Concluse che avrebbe comunque dovuto affrontarlo, ma che in quel caso difficilmente ne sarebbe uscito vivo.

La ruspa raggiunse il ciglio della strada. Omar Yussef si allontanò un po' dalla finestra e si chiese se il manovratore intendesse continuare a scavare fin dentro casa sua.

«Omar, la tua pistola. L'esercito potrebbe entrare e trovarla» disse Maryam.

«Non è mia, quella pistola. In ogni caso, non sembrano intenzionati a perquisire la casa. Non con una pala meccanica, almeno.»

Quando l'escavatrice sollevò il braccio, dalla trincea sgorgò un fiotto di acqua.

«Hanno rotto le condutture» disse Maryam.

L'acqua si proiettò in alto, intercettando la luce fioca e plumbea della luna che filtrava da dietro le nuvole, e poi scomparve nella trincea. La ruspa levitò pronta a un ulteriore affondo nella terra, ma improvvisamente ruotò su se stessa e si allontanò. Il blindato la seguì. Il carro armato fu l'ultimo ad andarsene, girandosi con gran fragore per risalire la collina oltre la quale, alle spalle di Dehaisha, c'erano Beit Sahour e l'accampamento dell'esercito.

La stretta di Maryam sulla mano del marito si allentò solo quando il rumore del carro armato fu praticamente svanito, e allora Omar Yussef le accarezzò delicatamente il palmo, in silenzio. Per un momento provò quasi una sensazione di calma, lì al buio, in silenzio, in compagnia di sua moglie. Poi, però, la stretta di Maryam tornò a farsi sentire, e la sua fantasia di benessere si interruppe.

«Che cos'è questa puzza?» domandò la donna.

C'era un fetore umido nell'aria fredda. Si sentivano anche giungere dei rumori dal piano di sotto. I bambini di Ramiz cominciarono a piangere e gridare, e Omar Yussef sentì la voce concitata del figlio che si rivolgeva alla moglie. La porta in fondo alle scale si aprì, e i bambini salirono di corsa i gradini. Omar Yussef si alzò e andò in corridoio. La nipote più piccola stava piangendo. Nadia, la maggiore, cingeva le spalle della sorellina. Omar Yussef notò che Nadia era calma e silenziosa. Le sorrise e le accarezzò una guancia. Ramiz salì dal seminterrato con il piccolo Omar in braccio, che bofonchiava ma non era ancora completamente sveglio. Posò il bambino su una poltrona e diede una rapida occhiata ai genitori.

«Il seminterrato si sta allagando» disse tornando di corsa giù per le scale.

Omar Yussef seguì il figlio. Ai piedi delle scale, gli ultimi due gradini erano già sommersi. L'acqua era nera anche perché era buio, ma Omar Yussef capì subito dal fetore che quella era acqua di fogna. La tubatura rotta dalla ruspa stava riversando il suo contenuto dentro la casa. Omar Yussef si tolse i mocassini e le calze, appallottolò i calzini e li infilò dentro le scarpe, sul quinto gradino, e si avventurò in quel liquame. Ramiz e Sara gli passarono accanto in fretta e furia con i materassi di gommapiuma dei bambini e con il computer portatile di Ramiz.

Omar Yussef raggiunse la porta sul retro, la aprì e cominciò a buttar fuori il liquame nella notte con una casseruola. Gli faceva male la schiena a furia di piegarsi a terra per raccogliere acqua con la pentola e gettarla fuori dal seminterrato. Quei gelidi reflui gli arrivavano ormai alle ginocchia. Il freddo gli leniva il dolore del livido sullo stinco, ma l'odore gli dava il vomito. Gli sembrava logico trovarsi a dover travasare schifezze fuori da casa sua con strumenti inadeguati. Era quello che aveva cercato di fare sin dal momento dell'arresto di George Saba. La sua mente traboccava di rabbia e di paura, di frustrazione e di intensa determinazione da quando la figlia di Zubeida, in classe, aveva raccontato del raid a casa di George. Ora il lerciume della sua città era arrivato fin lì, concreto e nauseabondo, e gli saliva poco a poco lungo le gambe, riempiendolo di disgusto.

Smise di travasare e raddrizzò lentamente la schiena. Scrutò nella notte. L'indomani avrebbero rappezzato le tubature. Avrebbero ripulito il seminterrato, e i suoi nipotini sarebbero tornati presto a dormirci. L'odore, però, non se ne sarebbe andato. Gli sarebbe rimasto nelle narici, e lui sapeva che nei sogni si sarebbe sentito sommergere poco a poco da quel liquame viscido.

# 18

Omar Yussef si buscò un'influenza. Cominciò dalle gambe, dopo l'immersione notturna nella gelida acqua di fogna nel seminterrato. Quando finalmente il comune ebbe bloccato il flusso di liquami dai tubi, e il seminterrato fu svuotato quasi per intero, Omar Yussef si rese conto di avere le ginocchia rigide e caldissime. Gli doleva la schiena. Aveva il viso sudato e la pulsazione accelerata.

Maryam mandò il marito di sopra a riposare e chiese l'aiuto dei vicini per asciugare la poca acqua sporca rimasta e ripulire le piastrelle così da far andar via almeno in parte la puzza di fogna. Omar Yussef si stese a letto. La schiena gli pulsava forte come se un bambino la prendesse a calci seguendo il battito del suo cuore. Avrebbe dovuto sospendere per un giorno o due la sua indagine, per organizzare la riparazione dei tubi e rimediare agli altri danni. Avrebbe avuto bisogno di un po' di tempo per riprendersi dallo strapazzo di quella notte. Tempo che non poteva permettersi, come non poteva permetterselo George Saba. Provò a mettersi seduto, ma la schiena si ribellò, così ricadde sdraiato, terribilmente infreddolito, nonostante Maryam avesse acceso la stufa. In quella stanza, in realtà, faceva caldo, e Omar Yussef si sbottonò la camicia fin sulla pancia. Si sentiva il ventre sudato, eppure aveva freddo. Aveva freddo, mentre nella stanza faceva caldo, era debole e febbricitante, mentre avrebbe avuto bisogno di essere forte per opporsi all'ingiustizia perpetrata ai danni di George. Pensò all'amico nella cella gelida alla stazione di polizia. Pensò a quel che avrebbe detto se lo avesse visto disteso a letto, con la camicia sbottonata sullo stomaco flaccido e sudato con accanto la stufa accesa al massimo.

Bussarono alla porta. La sua vicina Leila Salman fece capolino. Era una donna molto cordiale che lavorava come segretaria per il rettore dell'università locale. Omar Yussef apprezzava la sua compagnia perché era una delle poche persone di sua conoscenza che fosse più interessata alla storia dell'arte, alle ricette dei ripieni di ragù per preparare il *kubbeh* e all'archeologia che all'*intifada*. Non aveva ancora quarant'anni ed era ingrassata dopo aver dato alla luce il suo ultimo figlio, quattro anni prima. Aveva una figura piena, dalle rotondità materne, e Omar Yussef si domandava che sensazione si provasse a toccarla, ad abbracciarla. Indugiava spesso in fantasie dove lei gli entrava in camera da letto, ma lui, in quelle fantasie, non era fuori combattimento per la febbre e il mal di schiena. Leila entrò nella stanza come un turbine, con indosso una vecchia tuta grigia e guanti di gomma rosa, porgendogli una tazzina di caffè.

«Te l'ho fatto *sa'ada*, Abu Ramiz, come piace a te» disse.

Omar Yussef cercò di rialzarsi a sedere, ma la schiena lo bloccò costringendolo a rimettersi giù. Leila posò il caffè sul tavolino e appoggiò un ginocchio sul letto. Afferrò Omar Yussef sotto le ascelle e lo tirò su. L'urlo di dolore che lui lanciò fu comicamente attutito dal seno prosperoso di Leila. Omar Yussef si vergognò della brutta figura che stava facendo con quella donna da cui si sentiva attratto. Lei si sedette sul bordo del letto e gli passò il caffè.

«Umm Ramiz mi ha chiesto di venire a dare una mano» disse. «Di sotto è un tale disastro.»

Udendo Leila nominare sua moglie Omar Yussef si sentì sciocco per le proprie fantasie. Bevve il caffè e sospirò rumorosamente.

«Grazie di tutto, Leila.»

«A che altro servono i vicini di questi tempi, Abu Ramiz?»

Il caffè aveva quella granulosità che Omar Yussef trovava deliziosa. Finì di bere e restituì la tazzina a Leila sul piattino decorato a foglia d'oro. «A proposito di vicini, ho saputo che ci sono stati dei nuovi arrivi nel tuo palazzo» disse.

«Non solo nel nostro palazzo, ma proprio nell'appartamento accanto al nostro. Mi vengono i brividi al pensiero che al di là della parete della stanza dove dormono i miei bambini ci sono quegli uomini con le loro armi.»

«Non c'è solo Jihad Awdeh con la sua famiglia?»

«La famiglia, sì. C'è la moglie con i due figli, credo, ma ci sono uomini che girano a tutte le ore con armi di ogni tipo e chissà cos'altro. La notte scorsa, quando ho sentito i carri armati che dissestavano la strada, pensavo che fossero venuti a prendere lui o a distruggere tutto il nostro palazzo. Ogni notte mi aspetto che accada, e di certo prima o poi succederà.»

«Non accadrà, vedrai, Leila.»

«Sappi che sei l'unico a pensarla così. Persino quelli delle Brigate dei Martiri si stanno preparando.»

«Che cosa vuoi dire? Stanno fortificando l'appartamento?»

«No, stanno studiando dove fuggire a nascondersi. Sono andata da Jihad Awdeh a dirgli di tenere le armi all'interno del loro appartamento, per evitare che i miei figli incontrino gente armata per le scale quando vanno fuori a giocare. È stato molto gentile. Mi ha detto che non avrei mai visto armi in giro. Avevo la sensazione di essergli simpatica, e allora gli ho domandato se non teme che gli israeliani vengano a catturarlo.»

«E lui cosa ha risposto?»

«Ha detto: "Capisco la tua paura che ti porti gli ebrei in casa, sorella. Non devi preoccuparti. Se entrano in città, io me ne vado subito di qui. In fondo, qui c'è anche la mia famiglia, e tengo alla loro sicurezza. Andrò a rifugiarmi nella chiesa della Natività. Gli ebrei non oseranno entrarci, e io sarò al sicuro".»

«Vuole nascondersi nella chiesa? Non ha nessun rispetto!»

«Non credo che il rispetto sia il problema principale, per lui, Abu Ramiz. Vuole combattere all'ultimo sangue, a giudicare da tutte le armi che ha nel suo appartamento. Farebbe qualsiasi cosa per sfuggire agli israeliani, quand'anche dovesse nascondersi fin nella cripta dove Gesù ha visto la luce.»

«E i frati lo lasceranno entrare?»

«Dipende. Credo di sì, se chiederà ospitalità con un'arma in pugno, non pensi? Non tutti hanno la vocazione al martirio. I frati devono anche considerare che se impediscono ai miliziani di rifugiarsi nella chiesa, qualcuno potrebbe pensare che l'intera comunità cristiana della città sia schierata contro la resistenza. Già tutti dicono che i cristiani sono collaborazionisti. Quella sarebbe la prova, giusto?» Leila si alzò e portò via la tazzina.

Omar Yussef seguì il rumore dei passi di Leila che si allontanavano verso la cucina. La tazzina del caffè tintinnò mentre la posava per tornare di sotto ad aiutare.

Dunque, se gli israeliani fossero andati a prenderlo, Jihad Awdeh intendeva rifugiarsi nella chiesa della Natività. Sarebbero bastati pochi minuti di preavviso e il miliziano non avrebbe avuto difficoltà a infilarsi nelle viuzze del *suk* e, da lì, attraversare la piazza della Mangiatoia fino alla chiesa. Una delle chiese più importanti del mondo. Se i frati non avessero chiuso la porta dell'Umiltà prima del suo arrivo, Awdeh sarebbe stato al sicuro. I soldati non avrebbero osato seguirlo all'interno, nella bruna penombra della chiesa. Omar Yussef pensò alla reazione sdegnata del mondo se i soldati israeliani si fossero messi a sparare all'interno della basilica bizantina o se avessero ucciso Awdeh sulla scalinata a ventaglio che portava alla grotta in cui è nato Gesù.

Quel piano poteva significare la salvezza per Jihad Awdeh, ma sarebbe stato un disastro per Betlemme. Magari, alla fine, gli israeliani avrebbero attaccato la chiesa. Magari sarebbero morti anche dei frati, o magari avrebbero cacciato Jihad Awdeh dalla chiesa, e i musulmani di Betlemme si sarebbero scagliati contro i cristiani. Omar Yussef si domandò se non fosse il caso di riferire la notizia a qualche rappresentante della gerarchia ecclesiastica. Se avvertiti, sarebbero magari riusciti a chiudere le porte e a impedire l'ingresso ai miliziani. Sarebbe andato a dirlo a Elias Bishara, non appena il mal di schiena gli avesse dato un po' di tregua.

Omar Yussef si sarebbe volentieri disteso, ma si ritrovò bloccato nella posizione seduta in cui l'aveva lasciato Leila. Cercò di scivolare giù poco alla volta, ma riuscì solo a curvare la schiena in una posizione dolorosa. Con uno sforzo immane, ricadde su un fianco, ansimante, con il respiro affannoso che pareva sincronizzato al pulsare dei suoi lombi.

Fu in quella posizione che lo trovò Khamis Zeydan, quando ormai era sera. Omar Yussef udì la voce del capo della polizia al piano di sotto e la risata con cui gli rispose Maryam. Quell'emergenza aveva avuto su di lei un effetto corroborante, e la sua rabbia per quel che avevano fatto gli israeliani era stata mitigata dalla generosità con cui gli amici e i vicini erano accorsi in suo aiuto. Omar Yussef sapeva che Khamis Zeydan sarebbe salito a trovarlo. Si sforzò di rigirarsi sulla schiena, ma non riusciva a muoversi. Grondava sudore quando il capo della polizia entrò nella stanza.

«Abu Ramiz, hai un aspetto terribile.» Khamis Zeydan avvicinò una sedia al letto e stava quasi per sedersi quando pensò bene di aiutare Omar Yussef a sistemarsi in una posizione più comoda. «Adesso ti raddrizzo.»

«Ce la faccio da me» disse Omar Yussef.

«Fa niente. Ti aiuto.» Khamis Zeydan sollevò il vecchio amico e lo mise seduto, con un cuscino dietro la schiena, appoggiato alla testiera.

Omar Yussef lo allontanò. «Lasciami in pace.»

Khamis Zeydan non perse il buon umore che aveva condiviso con Maryam e gli altri al piano di sotto. Agitò scherzosamente la mano finta guantata di nero. «Mi fai venire in mente quando mi spararono alla schiena, a Damasco, dopo la mia fuga dalla Giordania durante il Settembre Nero. Te l'ho mai raccontato? Ero stato quasi arrestato da re Hussein e avevo dovuto lasciare la Giordania passando per il confine con la Siria. Ero insieme ad Abu Bakr, hai presente? Quel mio amico di Majdal che adesso lavora nell'intelligence a Gaza. Be', noi sapevamo che qualcuno ci stava seguendo. Alla fine, mi hanno beccato quando stavo per arrivare in Libano. I dottori dicevano che ero stato molto fortunato: la pallottola era passata accanto alla spina dorsale, altrimenti ora sarei in condizioni ben peggiori delle tue. Tutto questo per dire che peggio di come stai tu adesso può stare solo chi si è preso una pallottola nella spina dorsale.»

«C'è per caso qualcuno che ha intenzione di spararmi alla spina dorsale?»

Khamis Zeydan abbandonò il modo di fare allegro. «Direi che è possibile.»

«Sei venuto a portarmi il loro messaggio?»

«Non sono un postino.» Il capo della polizia si stava arrabbiando.

«Mi sei sembrato abbastanza soddisfatto dopo aver portato loro il messaggio che è costato la vita a Dima Abdel Rahman.»

«La pensi ancora così? Non riesco a crederci. Mi credi davvero capace di passare le informazioni che mi dai a gente pronta a uccidere? Se anche sapessi con certezza chi ha ammazzato Dima Abdel Rahman, questo non significa che l'ho consegnata io ai suoi assassini.»

«Tu sai chi sono.»

«No. Se avessi delle prove, avrei fatto qualche arresto. Come ti ho detto, sospetto che si tratti di un delitto d'onore. Il suocero o il cognato forse credevano che lei se la intendesse con qualcuno e l'hanno uccisa per evitare che disonorasse il marito morto. O forse lei si è incontrata con qualcuno nel bosco, quella notte; qualcuno che non è riuscito a tenere a freno la libidine. Io però non ho prove. Non ancora, almeno.»

«Quando eravamo accanto al cadavere di Dima, tu hai detto che c'è sotto qualcosa che non so. Che cosa mi nascondi?»

«Solo ciò che è meglio per te ignorare.»

«Vattene, allora. Se non puoi essere sincero con me, non ti voglio in casa mia.»

Khamis Zeydan guardò l'amico costretto a letto. Con calma gli disse: «Ero venuto a dirti che il presidente ha firmato l'ordine per l'esecuzione di George Saba. Hanno fissato la data».

Omar Yussef restò in silenzio, immobile.

«George verrà fucilato dopodomani a mezzogiorno.»

«No, è troppo presto!»

«Troppo presto per che cosa? Perché tu possa scagionarlo? Non puoi far nulla per lui, Abu Ramiz.» Khamis Zeydan posò la mano sana sulla gamba di Omar Yussef. « Nessuno può salvare George. Devi pensare a te stesso, proteggere te stesso e la tua famiglia.»

È quello che sto facendo, pensò Omar Yussef. Se George muore in questo modo vergognoso, tanto varrebbe che mi bendassero, mi legassero allo stesso palo e giustiziassero anche me, perché tanto la parte migliore di me morirebbe comunque.

«Devi rimetterti in sesto e tornare a scuola.»

Omar Yussef guardò Khamis Zeydan con un'espressione incuriosita. «Non te l'hanno detto che sto per andare in pensione?»

Khamis Zeydan scosse la testa. «Il tuo capo, quell'americano, Steadman, va dicendo a tutti che non si sogna neppure di lasciarti andare. Dico sul serio: ne parla con chiunque gli arrivi a tiro. È persino venuto alla stazione di polizia, stamattina, per annunciarlo. Non so che cosa tu gli abbia detto, ma se prima voleva che te ne andassi, ora sembra proprio disposto a tutto pur di tenerti con sé.»

Un appello alla sensibilità culturale può avere effetti straordinari su un *liberal* insulso e con la puzza sotto il naso, pensò Omar Yussef. Se non fosse stato per le sue condizioni penose e per i suoi sospetti, avrebbe volentieri condiviso la battuta con Khamis Zeydan, ma la febbre e l'esecuzione incombente gli fermarono le rughe del sorriso intorno agli occhi.

«Steadman ha detto anche che la supplente non è più in servizio e che, in attesa del tuo ritorno, si occupa lui personalmente delle tue classi.» Khamis Zeydan si alzò in piedi dando un buffetto su una gamba a Omar Yussef. «Be', ora devo andare. Che Dio ti aiuti a stare meglio. E torna presto a scuola!»

«Grazie, lo farò» rispose Omar Yussef. «Domattina sarò senz'altro in cattedra.»

Khamis Zeydan gli sorrise e se ne andò.

Omar Yussef non vedeva l'ora che la schiena smettesse di

fargli male. Aveva meno di due giorni a disposizione per salvare George Saba. Forse era ancora in tempo per indurre il giudice a modificare il verdetto. Gli avrebbe consegnato la vecchia Webley e i due bossoli della MAG. Contava sulla vaga conoscenza risalente a quell'iniziativa dell'ONU di alcuni mesi prima: magari il giudice si ricordava di lui.

Il presidente aveva già firmato l'ordine. Nessuno, a parte Omar Yussef, sembrava desideroso di fermare l'esecuzione. Lui però doveva provarci.

Era buio e faceva freddo. L'orologio digitale sul comodino riluceva a cifre rosse nell'oscurità. Erano le sette di sera, in punto. Mancavano quarantuno ore all'esecuzione di George Saba. Gli parevano una manciata di secondi, un tempo troppo esiguo per fare alcunché. Si stropicciò la faccia e tornò a guardare l'orologio, che segnava le sette e un minuto, eppure era come se i boia stessero già preparandosi per giustiziare George. Alle sette e due, si era già radunata la folla, mentre alle sette e tre risuonarono i tamburi, e alle sette e quattro minuti Omar Yussef sentì che per l'amico non c'era più niente da fare. Capì che ogni minuto dei due giorni successivi avrebbe vissuto e rivissuto l'assassinio di George per via giudiziaria. Quelli sarebbero stati gli ultimi minuti di vita di George Saba. A meno che Omar Yussef non fosse riuscito a fermare quell'orologio.

Si domandò come poteva proseguire l'indagine. Magari nelle modalità dell'arresto di George c'era un dettaglio, un indizio che dimostrava come fosse stato Tamari a incastrarlo. Aveva sentito ripetere più volte che George aveva confessato, ma gli pareva impossibile. Fino a quel momento, l'unica versione dell'arresto giunta a sua conoscenza era quella, un po' distorta, fornita in classe dalla piccola Khadija Zubeida, all'indomani del fatto. Che cosa era realmente ac caduto quando i poliziotti si erano presentati a casa di George? Della squadra mandata ad arrestarlo faceva parte il padre di Khadija Zubeida. Omar Yussef decise che l'indomani mattina sarebbe andato a scuola e avrebbe chiesto alla bambina come poteva mettersi in contatto con il padre. Dopo di che sarebbe andato da Mahmoud Zubeida e gli a vrebbe fatto raccontare la sua versione dell'arresto di George. Doveva assolutamente ricostruire l'accaduto in ogni minimo dettaglio, e scoprire chi c'era dietro quell'operazione.

## 19

La pioggia incombeva rabbuiando l'alba e gettando schizzi gelidi sulla faccia di Omar Yussef, che avanzava curvo per la via principale di Dehaisha diretto alla scuola. Si era addormentato presto e senza cena, sfinito dalla fatica e dalla notte insonne. Si era svegliato presto e si era fatto la doccia, spruzzandosi acqua bollente sulla schiena irrigidita. Si stupì di sentirsi assai meglio di quando era a letto la sera precedente. Neanche il vento freddo e la semioscurità del primo mattino riuscirono a smorzare la sua determinazione. C'era poco tempo a disposizione per salvare George Saba, e per la prima volta da diversi giorni si sentiva fisicamente all'altezza del compito. Avrebbe quasi potuto dire di sentirsi più giovane, dopo quella lunga nottata di sonno.

Mancava poco alle sette del mattino. Nel giro di un quarto d'ora sarebbero arrivate le bambine. Se quel che aveva detto Khamis Zeydan era vero, a quell'ora Steadman era sicuramente già in aula a consultare il dizionario inglese-arabo in cerca delle parole che non conosceva e a preparare la lezione di storia che avrebbe tenuto nel suo strano *pidgin*.

Quel povero idiota era pronto a sottoporsi all'improbo compito di parlare in arabo alle ragazze e, peggio ancora, di interpretare il loro gergo biascicato, solo per non dar l'impressione di avere una scarsa sensibilità culturale. In ogni caso, alla fine del mese, avrebbe scoperto che era stata fatica sprecata. Omar Yussef sarebbe tornato in cattedra, pronto a insegnare per un altro decennio. E sarebbe stato lì a insegnare alle ragazze di Dehaisha il significato della loro storia e della loro cultura ben oltre il giorno in cui Steadman sarebbe stato spedito nel remoto avamposto dell'ONU in cui Omar Yussef se lo immaginava: a sudarsi lo stipendio in qualche collegio in Somalia o a insegnare arabo ai musulmani di Bosnia. Omar Yussef sorrise. Steadman, a quel punto, si considerava probabilmente un esperto di questioni arabe.

Omar Yussef attraversò la strada diretto verso la scuola. L'alta colonna che reggeva la scultura della mappa della Palestina si confondeva con il cielo opprimente sullo sfondo, al punto che di primo acchito si era domandato se non fosse stata abbattuta da un raid notturno degli israeliani. Quando nella semioscurità riuscì a individuarla, restò vagamente deluso. Si fermò a guardarla. Non poteva farci niente: ogni volta che vedeva quella scultura lo sguardo gli cadeva sul punto in cui lui era nato, sul villaggio di suo padre. Lo scopo dell'opera, ovviamente, era proprio quello: perpetuare il desiderio del ritorno a luoghi e a comunità che ormai non esistevano più, idealizzati nella memoria collettiva degli anziani e legati intorno al collo dei più giovani come un pietra. Omar Yussef detestava quella scultura.

L'esplosione lo colpì al petto con la forza di un pugno da peso massimo. Lo scaraventò all'indietro nel fango davanti alla scuola. Per un attimo restò intontito, seduto sulla terra fredda. Dall'ingresso della scuola sbuffò fuori una voluta di fumo nero che puzzava di carbone. Omar Yussef cercò di calmarsi. In un primo momento aveva creduto di trovarsi vicinissimo al punto in cui era avvenuta l'esplosione, tanto forte era stato il colpo: si sentiva come se gli avessero sfondato la cassa toracica. Il suo cuore, però, continuava a battere. Capì che la detonazione era avvenuta all'interno della scuola. Chi poteva esserci, a quell'ora? Per Wafa era troppo presto. Forse il custode stava già facendo le pulizie: accanto all'entrata c'era la sua sedia vuota.

Omar Yussef scrutò il fumo. Guardò la sedia di plastica. Poi sentì qualcuno che avanzava tossendo lungo il corridoio, diretto verso l'uscita. Dalla nube di fumo nero emerse il custode della scuola che avanzava carponi. Omar Yussef si alzò e lo raggiunse. Chino su di lui, sentì di avere la schiena indolenzita nel punto che il giorno prima gli pulsava di dolore, ma non ci badò. Il custode aveva la faccia annerita dalla fuliggine e perdeva sangue dal naso.

«Abu Ramiz, che cosa ci fa lei qui?» disse il custode, sorpreso.

«Che cosa è successo?»

Il custode tossì e sputò. «È stato nella sua classe, Abu Ramiz. Dentro c'è il signor Christopher.»

Omar Yussef trascinò il custode in strada e lo lasciò con due ragazze che erano arrivate a scuola in anticipo. «Va' dal fornaio, laggiù» disse a una delle due giovani sgomente. «Digli di chiamare un'ambulanza.» Dopo di che si infilò nel corridoio invaso dal fumo.

Le finestre dell'aula di Omar Yussef, sul lato sinistro del

corridoio, si erano disintegrate. Schegge di vetro gli scricchiolavano sotto le scarpe. Prese il fazzoletto dalla tasca della giacca e si coprì la bocca e il naso. A ogni nuovo respiro la puzza di legno bruciato prevaleva sull'acqua di colonia che ogni mattino si versava sul fazzoletto. Tossì.

La porta dell'aula di storia penzolava da un solo cardine, inclinata di quarantacinque gradi. Omar Yussef la scostò per guardare all'interno della classe. Gli scaffali con i libri erano in fiamme, e alcuni banchi della prima fila erano rovesciati. La sua cattedra era così sventrata che se ne intravedeva a malapena l'intelaiatura. Poco oltre Omar Yussef vide una mano. Le dita erano piegate, come in un estremo tentativo di aggrapparsi al terreno, di conficcare le unghie nel linoleum. Omar Yussef lasciò cadere le braccia lungo i fianchi sciocca-to e, inalata involontariamente quell'aria velenosa, si sentì soffocare. Si riportò il fazzoletto davanti alla bocca e inspirò a fondo. C'era una mano, tranciata sul pavimento della sua aula. Doveva essere di Steadman. Il custode aveva detto che il direttore era in classe, e anche Omar Yussef se l'era immaginato lì seduto a preparare la lezione.

Aggirò quel che rimaneva della cattedra. Al di là della mano, il fumo si diradò, e Omar Yussef vide quel che rimaneva di Christopher Steadman. La camicia dell'americano era completamente bruciata sul davanti. La pelle chiara del petto e dello stomaco era sporca di nero e scorticata a sangue dallo scoppio. Aveva la schiena per metà appoggiata alla base della libreria in fiamme, con la testa rovesciata all'indietro, come se si fosse appisolato e stesse russando piano con la bocca leggermente aperta. Omar Yussef pensò che forse era ancora vivo. Corse da lui e gli si inginocchiò accanto. Doveva portarlo via di lì, prima che la libreria bruciasse fino al punto in cui era appoggiata la sua testa o che il fumo lo soffocasse. Cinse il torace di Steadman e lo trascinò verso la porta. L'americano era pesante. Compiendo quello sforzo Omar Yussef cercava di distogliere lo sguardo. Steadman aveva il cuoio capelluto ustionato sul lato sinistro, il lato della mano mozzata, e gli occhi sbarrati, azzurri e vitrei. Omar Yussef per poco non lo lasciò cadere quando la testa ruotò verso di lui, e gli occhi da vitello addormentato lo fissarono vacui. Capì, a quel punto, che l'americano era morto, ma continuò ugualmente a trascinarlo verso il corridoio. Gli occhi gli bruciavano per il sudore che colava misto al fumo.

Tre giovanotti entrarono di corsa nell'aula e lo aiutarono a trasportare il corpo in corridoio e verso l'uscita.

«Che cosa è successo, *ustaz*?» gli domandò uno dei ragazzi. «È morto?»

Distesero Christopher Steadman supino sul gradino dell'ingresso. Omar Yussef cercò disperatamente qualche segno di vita tastandogli il collo. Si tolse il cappotto e lo adagiò sul torso nudo, sulla testa ferita e sul braccio senza mano, per nasconderli agli occhi delle ragazzine. Era il secondo cappotto di cui si privava nel giro di due giorni. Il primo l'aveva ceduto a un uomo che era praticamente già morto. Questa volta, invece, lo dava a un cadavere vero e proprio. Il sudore di Omar Yussef cominciò a gelare, ora che lui non era più sotto sforzo ed era ormai lontano dal calore del fuoco. Aveva vestito troppi morti per i suoi gusti. Era come se i suoi soprabiti fossero diventati sudari. Si domandò se il suo ultimo cappotto, rimasto appeso all'attaccapanni dietro la porta di casa, non sarebbe diventato per caso il suo sudario. Era un impermeabile nero: il colore giusto per l'occasione.

L'ambulanza del campo arrivò davanti alla scuola a sirene spiegate. Tre medici si fecero largo tra la folla di bambine che si stava radunando. Stavano per sollevare il cappotto di Omar Yussef, ma lui li fermò. «Lo guardate dentro l'ambulanza» disse. «È una questione di rispetto.»

I medici annuirono e spostarono il corpo di Steadman su una leggera lettiga arancione. Due di loro lo portarono all'ambulanza, mentre il terzo esaminò le ferite riportate dal custode. Omar Yussef si domandò se fosse stata la morte di Steadman a indurlo a difendere la sua dignità. Da vivo l'americano se ne attribuiva fin troppa da sé, perciò Omar Yussef non aveva mai sentito quell'impulso. In quella circostanza estrema, però, era l'unico che potesse difenderlo.

Arrivò anche l'autopompa dei vigili del fuoco. I pompieri trascinarono un idrante nel corridoio e cominciarono a gettare acqua nell'aula in fiamme.

Alcune bambine piangevano, ma la maggioranza era preda di un orrore silenzioso. Omar Yussef si fermò sulla scala che portava all'ingresso. «Il direttore Steadman è stato ucciso. Non siamo ancora in grado di dire con precisione che cosa sia successo, ma come potete immaginare oggi non ci saranno lezioni. Tornate a casa e dite a chi frequenta il turno pomeridiano di non venire.»

Mentre la folla poco a poco si disperdeva, Khamis Zeydan arrivò con due jeep della polizia. Omar Yussef lo guardò mentre avanzava verso di lui. A giudicare dalla sua espressione, Khamis Zeydan era sorpreso di trovare il suo vecchio compagno di università che dava disposizioni alle allieve. E

Omar Yussef finalmente capì: qualcuno aveva tentato di uccidere l'insegnante di storia nella sua aula. Nessuno poteva avere interesse a uccidere Steadman. La bomba – perché di bomba si era certamente trattato – era destinata a lui.

«Abu Ramiz, che cosa è successo?» gli domandò Khamis Zeydan.

«È esplosa una bomba. Nell'aula di storia. E Steadman è morto. Si stava preparando a dare lezione al posto mio. L'ambulanza l'ha portato via un attimo fa.»

«Perché l'americano faceva lezione al posto tuo?»

A Omar Yussef parve di cogliere nel tono di Khamis Zeydan una vaga traccia di delusione. Ricordò di aver informato il capo della polizia, il giorno prima, della sua intenzione di tornare in classe quella mattina. Non poteva essere stato Khamis Zeydan a mettere la bomba? O almeno a spifferare l'informazione a chi di dovere, come Omar Yussef già sospettava che avesse fatto nel caso di Dima Abdel Rahman? Omar Yussef sentì nuovamente in gola il sapore del fumo e tossì finché non gli lacrimarono gli occhi. Khamis Zeydan allungò un braccio verso di lui, ma lui si scansò.

«Mi stava sostituendo» bofonchiò Omar Yussef «perché gli avevo detto che sarebbe stato offensivo, per me, se lui avesse continuato a ricorrere a una supplente.»

«Era in quella classe su tua esplicita richiesta?»

«No, non esplicita, però mi ero fatto capire.»

«Dunque, è così.» Khamis Zeydan lo squadrò con durezza, la testa leggermente inclinata a sinistra, lo sguardo piantato negli occhi di Omar Yussef.

«Credi forse che sia stato io a farlo uccidere?» Omar Yussef era fuori di sé dallo sdegno.

«Stava cercando di sbarazzarsi di te, giusto? Nonostante le sue recenti smentite pubbliche, aveva ancora intenzione di costringerti alla pensione.»

«Tu sei pazzo.»

«Ascolta, Abu Ramiz. Sei rimasto coinvolto in una serie di vicende piuttosto pesanti, ultimamente. Non so con chi tu abbia preso accordi né se tu abbia chiesto a qualcuno di fare qualcosa per te, ma so che due giorni fa sei stato al quartier generale di Hussein Tamari.»

«Mi fai pedinare?»

«Tengo d'occhio chi entra ed esce dalla tana di Tamari. Che cosa ci sei andato a fare, tu?»

«Sai benissimo che stavo cercando di aiutare George Saba. Credi davvero che io sia andato da Hussein Tamari per chiedergli di uccidere l'americano? Perché invece non arresti quelli che hanno ucciso Louai e Dima Abdel Rahman? Sono loro che hanno incastrato George Saba e che hanno piazzato questa bomba. Non capisci che hanno tentato di uccidere me? Credevano che ci fossi io, in quell'aula. Tu, in particolare, ne eri convinto.»

«Che cosa intendi dire?»

«Te l'avevo detto ieri sera che stamattina sarei venuto a tenere la mia lezione.»

«Non ti ho creduto neanche per un attimo. Pensavo che non saresti neanche riuscito ad alzarti dal letto. Sei più forte di quel che pensavo.» Khamis Zeydan si spostò per far passare i pompieri che stavano uscendo dalla scuola. Ne fermò uno. «L'incendio è sotto controllo?»

«Sì, ora potete entrare.»

«Ascolta, Abu Ramiz, non dovremmo sospettare l'uno

dell'altro» disse pacatamente Khamis Zeydan. «Dovremmo mantenere la calma. Perché non organizzi il personale, in modo che diano una ripulita alla scuola? Io vado a dare un'occhiata sul luogo dell'esplosione.»

Khamis Zeydan entrò nella scuola con metà dei suoi uomini, mentre gli altri si disposero a semicerchio davanti all'ingresso, pressati da una decina di ragazzini curiosi rimasti nei paraggi. Omar Yussef notò che, tra i poliziotti fermi nel fango con i loro Kalashnikov, c'era il padre di Khadija Zubeida. Omar Yussef era venuto a scuola, quella mattina, con l'intenzione di chiedere alla bambina di metterlo in contatto con il padre, ed eccolo lì. Tese la mano per salutarlo.

Il poliziotto rispose cordialmente. «Buongiorno, *ustaz*» disse.

«Buongiorno anche a te» disse Omar Yussef. «Avrei bisogno di parlarti, Mahmoud.»

Omar Yussef imboccò il corridoio, e Mahmoud Zubeida lo seguì. Il poliziotto lanciò un'occhiata distratta all'interno della classe devastata dove i suoi colleghi stavano eseguendo le loro stime sulla potenza e sull'epicentro dell'esplosione. Ne ha viste parecchie di scene del genere, pensò Omar Yussef. Non lo turba neppure il pensiero che era l'aula in cui studiava sua figlia.

I due uomini entrarono nell'ufficio di Steadman. Omar Yussef chiuse la porta e con un cenno invitò Mahmoud Zubeida a sedersi. Il poliziotto cercò di sistemarsi il Kalashnikov sulle gambe ma, visto che i braccioli della sedia lo intralciavano, finì per posarlo a terra. Si passò nervosamente un dito sui baffi neri. Si tolse il berretto e lo tenne stretto tra le mani davanti al petto, come un contadino medievale di fronte al suo signore. Omar Yussef rimase in piedi dietro la scrivania.

«Per prima cosa, Mahmoud, ti ringrazio per avermi permesso, l'altra sera, di trattenermi un po' più a lungo degli altri nell'aula del tribunale» disse.

«Non c'è di che, *ustaz*. A proposito, quell'uomo, il vecchio che piangeva, era il padre del collaborazionista?»

«Sì, è un mio vecchio amico.»

«Anche se ha cresciuto un collaborazionista, il dolore di un padre va rispettato. Dio lo sa che non è sempre colpa dei genitori, se un figlio è cattivo...»

«Giusto.» Omar Yussef si sporse verso di lui. «Mahmoud, io avrei bisogno che tu mi spiegassi quel che è accaduto durante l'arresto di George Saba. Khadija mi ha detto che tu hai partecipato all'operazione. Ho trovato molto interessante il suo resoconto. Mi farebbe piacere ascoltare anche la tua versione.»

«Perché? Insomma, perché le interessa, *ustaz*?»

«Mahmoud, questa mattina, qui, è accaduto qualcosa di terribile, proprio nell'aula in cui anche tua figlia studia. Ora, e sono certo che tu mi capirai, non posso spiegarti tutto nei dettagli, ma ti assicuro che riferirò tutto quel che so al brigadiere Khamis Zeydan. Comunque, io credo che quanto è capitato al direttore Steadman abbia a che fare con l'arresto di Saba.»

«Come può un collaborazionista essere coinvolto nella morte del direttore della scuola dell'UNRWA?»

«La situazione è un po' più complicata di quel che sembra, Mahmoud. Ascolta, per il bene di tua figlia, dimmi tutto dell'arresto di Saba.»

Mahmoud Zubeida sembrava a disagio. Aveva un'espressione perplessa. È un uomo semplice, pensò Omar Yussef, e teme, parlando con me, di indisporre Khamis Zeydan, o addirittura Hussein Tamari. D'altra parte, proprio perché è un uomo semplice, si fa intimidire e dominare da chiunque gli parli da dietro una scrivania.

«Siamo andati a Beit Jala molto presto» attaccò Mahmoud Zubeida. «C'erano tre jeep. Abbiamo fatto irruzione dalla porta principale. Non potevamo arrischiarci a bussare, perché il nostro comandante ci aveva detto che George Saba era pericoloso. Poteva aggredirci o magari uccidersi con una capsula di cianuro. Lo sa, vero, che gli israeliani danno il cianuro ai collaborazionisti, da usare se vengono scoperti?»

«Chi era il comandante?»

«Il maggiore Awdeh.»

«Jihad Awdeh?»

«Il maggiore Awdeh, sì.»

«È nella polizia?»

«Fa parte delle forze di sicurezza e prevenzione. Quella mattina eravamo stati messi a disposizione dei suoi investigatori.»

«E dopo che siete entrati che cosa è accaduto?»

«Abbiamo sbattuto il cristiano contro un muro.»

«Ha opposto resistenza?»

«No, si è comportato da vile, era terrorizzato.»

«Ha confessato?»

«Immediatamente. Ha detto: "So perché siete venuti".»

«Il maggiore Awdeh gli ha letto i capi d'imputazione?»

«Sì, gli ha detto che era accusato di aver collaborato con le forze di occupazione nell'assassinio di Louai Abdel Rahman.»

«E lui ha ammesso il suo coinvolgimento?»

«Sì.»

«Jihad Awdeh gli ha letto il capo d'imputazione e Saba ha detto: "So perché siete venuti"?»

Mahmoud Zubeida si fermò un attimo. «No, ha confessato ancor prima che il maggiore gli dicesse di che cosa era accusato.»

«Dunque, forse, si riferiva a qualcos'altro.»

«Non la seguo.»

«Ha detto che sapeva perché eravate andati ad arrestarlo, ma forse si sbagliava. Non è sembrato sorpreso quando il maggiore Awdeh gli ha letto il capo d'imputazione?»

«Non mi ricordo, *ustaz*. Mi dispiace.»

«E il maggiore Awdeh ha detto altro?»

«Non mi pare.»

«E poi avete portato Saba nella jeep?»

«Sì, io ho viaggiato con lui durante il tragitto fino alla prigione.»

«E lui è rimasto in silenzio?»

«Sì, aveva la coda tra le gambe ed era terrorizzato, come ho già detto.» Mahmoud Zubeida sorrise. I suoi denti erano color avorio invecchiato a furia di masticare betel. «Il maggiore Awdeh lo ha proprio spaventato.»

«E come?»

«Mentre uscivamo gli ha fatto questo gesto.» Il poliziotto mimò l'atto di tagliare una gola. Da quei denti macchiati uscì una risata lenta e profonda come quella dei personaggi scemi dei cartoni animati. «Il cristiano è impallidito come un cencio.»

Omar Yussef ricordò che George Saba gli aveva descritto

quel gesto, durante il loro incontro in carcere. Jihad Awdeh glielo aveva fatto scendendo dal tetto con Hussein Tamari, la sera che George era andato ad affrontarli. E lo aveva ripetuto quando Tamari lo aveva mandato ad arrestare George come collaborazionista. A Omar Yussef tornò in mente l'inquietudine provata due giorni prima quando aveva parlato con Awdeh al quartier generale dei miliziani. Non aveva difficoltà a immaginare il terrore di George mentre Awdeh si godeva la sua vendetta.

«Ti ringrazio, Mahmoud.» Omar Yussef si sedette sulla sedia di Steadman. «Forse è meglio che tu torni ai tuoi compiti di sorveglianza, prima che il brigadiere Zeydan noti la tua assenza.»

«Ha ragione, *ustaz*.» Il poliziotto si alzò in piedi e si abbassò il berretto sugli occhi. «Grazie.»

Quando Mahmoud Zubeida fu uscito dalla stanza, vi entrò la segretaria della scuola.

«Salve, Abu Ramiz» disse.

«Salute, Wafa.»

«È venuto per aiutare a sistemare la scuola?»

Omar Yussef appoggiò i palmi aperti sul ripiano ruvido della scrivania. Non aveva tempo per organizzare i lavori. Mancavano ventotto ore all'esecuzione di George Saba. D'altra parte, non sapeva come procedere. Avrebbe avuto bisogno dell'aiuto della polizia, ma Khamis Zeydan non dava peso alle sue preoccupazioni o addirittura contribuiva a confondere le acque. Inutile andare in giro a parlare con ufficiali di grado inferiore. Lo avrebbero rimandato tutti a Khamis Zeydan o gli avrebbero consigliato di non sollevare troppa polvere per non incorrere nell'ira delle Brigate dei

Martiri. Ebbene, nella loro ira ci era già incorso. C'erano un'aula scolastica bruciata e un americano morto a dimostrarlo. Gli conveniva, per un po', tenersi vicino ai poliziotti, finché perlustravano il luogo dell'esplosione. Benché sospettasse Khamis Zeydan di essere in combutta con gli assassini, Omar Yussef era certo che nessuno avrebbe tentato di fargli del male finché la scuola brulicava di agenti, operai e insegnanti. Forse era bene per lui trattenersi un po', e intanto riflettere sul da farsi.

«Wafa, di' agli altri insegnanti di verificare se ci sono danni nelle loro classi. Telefonerò all'ufficio di Gerusalemme e farò in modo che mandino una squadra di operai.»

Wafa annuì. «Crede che manderanno un altro americano a dirigere la scuola, Abu Ramiz?»

«Non ne ho idea, Wafa.»

La segretaria sorrise. «Immagino, comunque, che lei adesso non dovrà più andare in pensione.»

«Wafa, sei tremenda...»

Wafa rise e chiuse la porta.

Omar Yussef si sedette nella stanza silenziosa dove arrivavano attutiti i rumori dell'attività in corso nell'aula distrutta. Wafa aveva ragione: non doveva più vedersela con un superiore intenzionato a sbarazzarsi di lui. L'odioso ispettore scolastico del governo avrebbe dovuto ricominciare tutto daccapo, lavorandosi il nuovo direttore, e Omar Yussef, questa volta, si riprometteva di opporsi con maggiore risolutezza. D'improvviso, le sue prospettive di carriera erano migliorate, come non accadeva da mesi. Per la prima volta da quando Steadman aveva cominciato a premere per le sue dimissioni, Omar Yussef sentiva di avere di nuovo qualcosa da perdere. Pensò anche che il suo tentativo di salvare George Saba poteva compromettere questa sua nuova sicurezza, ma si vergognò subito di quel pensiero, pur constatandone la presenza.

Accese il piccolo stereo che Steadman teneva su uno scaffale dietro la scrivania. Sintonizzò la radio sulla stazione pubblica locale per sentire un notiziario. Magari avrebbero annunciato la concessione della grazia o altri sviluppi nel caso di George Saba. E se anche le notizie fossero state brutte, era meglio sentirle seduto in quell'ufficio, prima di decidere la mossa successiva. Magari avrebbero trasmesso un servizio sulla bomba alla scuola. Sollevò la cornetta del telefono e compose il numero dell'ufficio ONU di Gerusalemme.

# 20

Radio Betlemme interruppe il dibattito del mattino per dare notizie su un nuovo martirio. Il martire si era sacrificato, diceva la radio, facendo esplodere a Gerusalemme la bomba che portava addosso. Era morto nei pressi di un mercato chiamato Mahaneh Yehuda. Non si conoscevano altri particolari, ma lo speaker disse che le trasmissioni sarebbero state nuovamente interrotte non appena ci fossero state informazioni sull'identità del martire o sul numero delle vittime. La gravità del tono non riusciva a nascondere del tutto l'eccitazione.

Omar Yussef attese nell'ufficio di Christopher Steadman che dalla sede ONU di Gerusalemme gli comunicassero quando sarebbero arrivati gli operai e i tecnici per risistemare l'aula danneggiata dall'esplosione. La polizia terminò di rovistare tra le macerie della classe e, poiché le allieve se n'erano tornate tutte a casa, sulla scuola calò il silenzio.

Alla radio, i partecipanti al dibattito facevano congetture sulla possibile provenienza dell'attentatore. Secondo uno dei commentatori, era più facile entrare a Gerusalemme arrivando da Ramallah, luogo da cui era probabile provenisse l'attentatore suicida. Che fosse giunto da Betlemme, invece, pareva improbabile, perché lì i miliziani sparavano da Beit Jala verso l'altro lato della valle e, di conseguenza, c'erano troppi soldati schierati nei dintorni perché qualcuno potesse passare. Lo speaker dalla redazione interruppe nuovamente il programma per fornire il bilancio dei morti. Disse che otto occupanti erano stati uccisi. Omar Yussef sbuffò sdegnato. Occupanti impegnati a fare la spesa a un prezzo conveniente, in missione per comprare pesce fresco e un po' di coriandolo, magari un paio di mutande da due soldi.

Omar Yussef ripensò all'unica volta che era stato in quel mercato. Lo aveva trovato sgradevole, sporco e rumoroso, affollato di gente che sembrava nutrire per gli arabi un disprezzo superiore alla norma. Era accaduto due anni prima, ma le facce delle persone che si trovavano lì al momento dell'esplosione dovevano essere più o meno uguali, e le loro vite ugualmente normali. Non gli riusciva di qualificarle come occupanti, qualunque cosa il loro governo avesse fatto a lui e al suo popolo. Omar Yussef non sopportava certi modi di esprimersi. Servivano solo a consentire ai suoi compatrioti di ignorare l'orrore che uno di loro aveva commesso, uccidendo la moglie o il nonno di persone qualsiasi. Sapeva che all'annuncio del nome del martire la famiglia avrebbe dovuto festeggiare. Quelli che mandavano i ragazzini a morire poi invadevano la casa del martire e si mettevano a sparare in aria con i Kalashnikov. Che cosa c'era da festeggiare, per la famiglia? La perdita di un figlio? L'imminente distruzione della loro casa nel corso della rappresaglia dell'esercito?

La parete di fronte a Omar Yussef era interamente occupata da quattro schedari. Color grigio governo, erano alti quasi quanto lui. Quando in precedenza era stato in quell'ufficio per parlare con il direttore aveva sempre dato le spalle a quella parete, e non ci aveva mai fatto caso. Ora che li aveva notati, gli parevano addirittura incombere spiacevolmente sulla scrivania del direttore, minacciando di rovesciare anni e anni di carte inutili e sommergere l'ufficio.

Omar Yussef passò un dito sulle etichette applicate a ogni cassetto. I primi due contenevano la documentazione relativa ai singoli alunni. Nel terzo c'era tutto il materiale legato alla contabilità e all'amministrazione. Al quarto e ultimo schedario Omar Yussef si fermò. Sull'etichetta c'era scritto ARCHIVIO DEL PERSONALE. Con un lamento, piegò un ginocchio e aprì il cassetto più in basso. Con la punta delle dita fece scorrere le varie cartellette. Lungo il bordo di una cartelletta rosa trovò scritto il proprio nome: SIRHAN, OMAR YUSSEF SUBHI. Si domandò che cosa avrebbe fatto Wafa se, entrando, l'avesse sorpreso a frugare tra i documenti riservati sui membri dello staff della scuola. Non sarebbe successo nulla. Wafa non sembrava troppo rattristata dall'uscita di scena di Steadman, ed era anche l'unica che, entrando, avrebbe subito saputo che cosa c'era in quel cassetto.

Omar Yussef prelevò il suo dossier personale. Era corposo, alto una decina di centimetri, e gli ci vollero entrambe le mani per estrarlo dal cassetto strapieno. La cartelletta aveva i bordi anneriti dalle frequenti consultazioni e sembrava la più consunta di tutte. Richiuse il cassetto con un piede, portò il grosso dossier alla scrivania e lo lasciò ricadere sul ripiano con un tonfo sordo.

All'inizio c'erano la domanda di assunzione di Omar Yussef alla scuola femminile dell'UNRWA e le referenze dell'istituto lassalliano. C'era una foto formato tessera in bianco e nero fissata con una graffetta arrugginita all'angolo superiore della domanda. Omar Yussef vide che ai tempi in cui era stata scattata i suoi baffi non erano ancora completamente bianchi. Risaliva a dieci anni prima. Passò un dito sulla fotografia e poi sulla peluria ispida che gli ornava il labbro superiore. Forse avrebbe fatto meglio a tagliarsi i baffi. Di certo lo invecchiavano, soprattutto perché anche i pochi capelli rimasti erano bianchi. Steadman, forse, si era messo in testa di mandarlo in pensione proprio perché sembrava abbastanza vecchio da andarci. Forse, se si fosse tagliato i baffi e tinto i capelli, il prossimo direttore non lo avrebbe considerato un vecchio strampalato che doveva cedere il passo alle nuove generazioni. Con una matita colorò i baffi sulla fotografia, uniformandoli alla pelle. Prese una penna e con una serie di tratti scurì anche i capelli. Terminato il ritocco, tornò a osservare la foto. Con i capelli scuri e senza baffi avrebbe probabilmente dimostrato sui quarantacinque anni. Poi gli venne in mente che l'uomo nella foto aveva davvero quarantacinque anni, e si rallegrò di aver decisamente modificato il suo stile di vita, da allora. Si passò un dito sotto un occhio e sentì la pelle rilasciata. Poi, guardando la foto vide che le borse sotto gli occhi le aveva già dieci anni prima, quando stava sempre alzato fino a tardi e certe notti, pieno di whisky com'era, non chiudeva occhio. Avrebbe chiesto a Maryam di comprargli un prodotto per tingersi i capelli e si sarebbe tagliato i baffi.

Omar Yussef lesse la lettera di referenze scritta dal direttore dell'istituto dei fratelli lassalliani. Quell'uomo, che aveva lavorato con Omar Yussef per vent'anni, imputava la fine della collaborazione ai tagli di bilancio, e di questo Omar Yussef, seduto alla scrivania del direttore della scuola dell'ONU, gli rese silenziosamente grazie. Il vecchio Brahim, infatti, aveva tralasciato di scrivere che era stato l'ispettore scolastico del ministero, Abu Sway, a ordinare quel licenziamento.

Omar Yussef passò a consultare le relazioni scritte su di lui dal primo direttore della scuola dell'ONU, tale Fergus, un irlandese che lo aveva preso molto in simpatia. Le valutazioni espresse erano lusinghiere. Omar Yussef restò sorpreso, però, leggendo le relazioni della direttrice che era subentrata a Fergus, una spagnola di nome Pilar, a sua volta rimpiazzata da Steadman dopo quattro anni di cui Omar Yussef conservava un ottimo ricordo. Con Pilar, di poco più giovane di lui, aveva scherzosamente flirtato. Ricordava le risate da adolescente della donna quando lui le faceva i complimenti per l'eleganza dei suoi foulard Gucci o per gli occhiali Fendi. Non era sposata, e più volte era stata ospite a casa di Omar Yussef e della sua famiglia. Eppure, le valutazioni annuali sulle capacità didattiche di Omar Yussef erano spietate. Dicevano che era troppo vecchio per adottare le tecniche didattiche più avanzate e che non si era conformato alle nuove direttive emanate dal presidente quando l'autorità palestinese aveva ricevuto in consegna il sistema scolastico dall'amministrazione israeliana.

Omar Yussef continuò a scartabellare. Trovò un'altra valutazione negativa firmata da Pilar e una lettera che Steadman aveva trovato, al suo arrivo, un anno prima.

Diceva che Omar Yussef era un elemento difficile e che lei aveva avviato le procedure affinché un ispettore del ministero provvedesse al suo licenziamento. Licenziamento! Forse Abu Sway aveva usato quella lettera per costringere Steadman a licenziarlo, e l'americano, magari, aveva cercato in ogni modo di concedere a Omar Yussef una via d'uscita onorevole. Il resto del dossier consisteva di lettere di genitori che si lamentavano perché lui parlava male della situazione politica della città e troppo spesso tratteneva gli studenti in classe oltre l'orario delle lezioni per punizione. Non c'erano valutazioni firmate da Christopher Steadman.

Omar Yussef richiuse la cartelletta. Era sbalordito. Si era sbagliato sul conto di Steadman. Si pentì immediatamente di quello scherzo sulla proibizione di lavarsi durante il Ramadan e di tutte le parole acrimoniose che aveva rivolto a quel poveraccio. A voce alta, gli chiese perdono. Steadman era morto, e Omar Yussef sapeva che non c'era modo di rimediare alla mancanza di rispetto di cui si era macchiato nei suoi confronti. Ogni singola parola ostile borbottata all'indirizzo dell'ex direttore sembrò tornare indietro e colpire la bocca da cui era uscita. Considerò l'opportunità di cercare il dossier personale di Steadman. Avrebbe potuto telefonare ai suoi genitori negli Stati Uniti per dar loro la brutta notizia, ma poi pensò che alla sede ONU di Gerusalemme qualcuno sicuramente se n'era già occupato.

La tristezza per essersi sbagliato sul conto di Steadman alimentò la sua rabbia nei confronti dell'ex direttrice spagnola. Perché si era comportata con tanta doppiezza? Lui credeva che solo la gente come Khamis Zeydan e Hussein

Tamari dovesse guardarsi dai doppiogiochisti. Loro erano accerchiati dalla doppiezza e dall'inganno, che occupavano per intero i loro pensieri. Lui, invece, era un insegnante. Perché mai si sarebbe dovuto guardare da eventuali tradimenti? Era nauseato. Non bastava che l'indagine per salvare George Saba lo avesse condotto per vie oscure, sporche e piene di minacce. Meditò di scrivere un'accorata lettera di protesta alla signora spagnola. Sennonché in teoria lui non aveva accesso al proprio dossier personale. Come poteva controbatterne il contenuto? Se quelle valutazioni erano un saggio della vera natura dell'ex direttrice, Pilar avrebbe certamente sfruttato quell'ultima infrazione per farlo licenziare. Magari, non aveva gradito i complimenti scherzosi che lui le aveva rivolto. O forse si era sentita respinta perché a quelle battute non aveva mai fatto seguito una vera e propria avance. Era possibile. Omar Yussef l'avrebbe considerata un'indecenza, ma le donne europee si comportavano secondo criteri morali scioccanti anche per l'arabo dalla mentalità più aperta. Riconobbe che, con una brava moglie come Maryam, non aveva mai dovuto affrontare una donna piena di rabbia, né aveva mai dovuto sforzarsi di comprendere i capricci di una donna non sposata.

Omar Yussef tornò a scorrere rapidamente il proprio dossier e ne estrasse tutti i fogli azzurrini su cui l'ex direttrice aveva presentato le sue valutazioni, insieme alla lettera che lei aveva lasciato per Steadman. Li strappò uno per uno in otto pezzi, appallottolò il tutto e lo gettò nel cestino della carta straccia. Restò a fissare quella palla di carta con amarezza. La ripescò, la serrò con forza in una mano e la scagliò di nuovo, con veemenza, nel cestino. La pallottola rotolò all'interno con un rumore metallico che gli diede una certa soddisfazione.

Omar Yussef riportò il proprio dossier verso lo schedario e si chinò malcerto. Rinfilò la cartelletta tra le altre e richiuse il cassetto. Si rialzò e scosse la testa.

Alla radio la voce dallo studio cedette la linea a un collegamento telefonico alquanto disturbato che attirò l'attenzione di Omar Yussef. Un inviato aveva chiamato da Gerusalemme per dare ragguagli sull'attentato suicida. «... Le Brigate dei Martiri di al-Aqsa annunciano, in un comunicato consegnato alla stampa, che l'azione di questa mattina al mercato di Mahaneh Yehuda è stata condotta a termine da Yunis Abdel Rahman, del villaggio di Irtas, nel distretto di Betlemme. Il martire aveva diciannove anni. Le Brigate dei Martiri inviano le loro felicitazioni alla famiglia e al villaggio...»

Omar Yussef si appoggiò boccheggiante al bordo della scrivania. Il conduttore in studio ripeté la notizia. L'ospite, che poco prima aveva ipotizzato che il martire fosse di Ramallah, disse che certamente l'esercito israeliano sarebbe calato in forze a Betlemme. Di certo, gli Abdel Rahman avrebbero subito la rappresaglia delle forze di occupazione, la cui politica prevedeva la distruzione della casa di famiglia del martire, ma la popolazione si sarebbe schierata prontamente al loro fianco. Omar Yussef spense la radio.

Perché Yunis Abdel Rahman aveva deciso di sacrificare la sua vita in quel modo? Omar Yussef ripensò alla conversazione avuta con il ragazzo davanti alla casa della sua famiglia, dopo il ritrovamento del cadavere di Dima. Yunis gli era apparso arrabbiato e ostile. In fondo gli uomini delle Brigate dei Martiri per cui aveva portato a termine la sua ultima missione erano gli stessi che si erano impossessati dell'azienda di famiglia subito dopo la scomparsa del suo più autorevole fratello maggiore. Omar Yussef era convinto che Yunis fosse al corrente del coinvolgimento di Hussein Tamari nella morte del fratello e della cognata. Si ricordò dell'occhiata fiera rivolta dal ragazzo ai capi delle Brigate dei Martiri, al loro arrivo nell'aula del processo a George Saba. La decisione di suicidarsi in uno di quegli attentati era sempre incomprensibile per Omar Yussef, ma nel caso di Yunis c'era qualcosa di ancora più strano. A Omar Yussef pareva che i giovani di Dehaisha finiti a morire in quel modo avessero tutti, o quasi, alcuni tratti in comune. In genere avevano qualcosa da dimostrare. A volte si trattava di giovani che avevano visto morire un parente o un amico durante un attacco israeliano ed erano rimasti traumatizzati. Nella maggior parte dei casi, gli attentatori suicidi volevano dimostrare di essere diversi da come altri li consideravano: disinteressati, dotati di senso dell'onore e di coraggio. Di solito vivevano vite senza scopo, conseguenza spesso di qualche atto inconsulto o di una trasgressione e allora cercavano, attraverso il martirio, di riabilitare se stessi e le loro famiglie. Che cosa aveva voluto dimostrare Yunis Abdel Rahman? Forse era semplicemente andato fuori di senno dopo che il fratello e la cognata avevano trovato la morte davanti a casa sua. Quando aveva parlato con lui due giorni prima, però, a Omar Yussef il ragazzo era parso divorato dal desiderio di vendetta più che dalla disperazione, ma gli tornò in mente anche il suo sguardo pieno di vergogna. Non poteva darsi che Yunis avesse ucciso Dima e si fosse poi fatto saltare in aria per salvarsi dal senso di colpa? O era magari coinvolto con Tamari nella morte del fratello?

Omar Yussef aveva bisogno di riflettere. Aveva i pantaloni sporchi di fango per la caduta al momento dell'esplosione. Stava pensando di tornarsene a casa a cambiarsi e a meditare, comodamente seduto in sala, sul senso degli ultimi sviluppi. Poi si ricordò che, secondo la radio, la missione suicida di Yunis Abdel Rahman era stata organizzata dalle Brigate dei Martiri di Betlemme. Gli israeliani sarebbero probabilmente arrivati in città per la rappresaglia contro i miliziani. In tal caso, Jihad Awdeh si sarebbe rifugiato nella chiesa della Natività. Omar Yussef decise che prima di tornare a casa sarebbe passato dalla chiesa per avvisare Elias Bihara delle intenzioni di Awdeh.

Si infilò la giacca e si mise la coppola in testa. Si piegò a raccogliere la pallottola di carta azzurrina dal cestino dei rifiuti. La strinse in una mano come se stesse serrando il collo dell'ex direttrice spagnola. Quella donna aveva toccato quei fogli. Ora se n'era andata, e Omar Yussef aveva distrutto le sue tracce. Tutto si poteva cancellare, in qualche modo. Yunis Abdel Rahman era colmo di rabbia, quando lui l'aveva incontrato, e ora era vuoto, un involucro squarciato e destinato a marcire senza lasciar segno di sé nel mondo. Si era legato una cintura esplosiva al petto, ma la deflagrazione era avvenuta dentro di lui.

Wafa alzò la testa quando Omar Yussef aprì la porta dell'ufficio. Era al telefono e posò una mano sul microfono della cornetta. «È il responsabile dei servizi di manutenzione a Gerusalemme» disse. «Saranno qui tra un'ora. Vuole parlarci?»

Omar Yussef scosse la testa. Fece un cenno di saluto a Wafa e si avviò per il corridoio, con le schegge di vetro che scricchiolavano a ogni suo passo. All'ingresso, Mahmoud Zubeida era seduto sulla sedia di plastica, di guardia, con il suo Kalashnikov appoggiato al muro. Si raddrizzò leggermente quando vide Omar Yussef. «La pace sia con lei, *ustaz.*»

«E anche con te. Che Dio ti conceda lunga vita» rispose Omar Yussef, socchiudendo gli occhi per il vento e rialzandosi il bavero della giacca.

L'aria gli sembrò fredda e tagliente, dopo essere stato nell'ufficio soffocante di Steadman. Omar Yussef attraversò la strada infangata. Il cupo battito delle pale di un elicottero israeliano riecheggiava da sopra una coltre di nuvole. Omar Yussef si guardò intorno in cerca di Nayif, ma in giro non c'era nessuno, a parte una capra pezzata con la testa infilata in un bidone della spazzatura. Omar Yussef diede le spalle al vento e scagliò più lontano che poteva la pallottola di carta. Sopraggiunse una folata che la trasportò fino a una pozza di acqua fangosa accanto a un cassonetto traboccante di immondizia.

## 21

Appoggiato al bordo liscio dell'altare un prete greco-ortodosso sorvegliava l'ingresso della grotta in cui nacque Gesù. Si accarezzava la lunga barba nera, riempiendosene ripetutamente il pugno, come una ragazza che si fa la coda di cavallo, e guardò Omar Yussef avanzare verso di lui nella chiesa della Natività altrimenti deserta. Aveva gli occhi socchiusi e cerchiati di un nero intenso quanto quello della sua mitra e della sua lunga tonaca, e il suo viso era immobile, pigramente ostile.

«Salve, padre» disse Omar Yussef quando giunse nell'angolo della chiesa presso l'entrata della grotta.

Il sacerdote bisbigliò qualcosa, ma così piano che neppure lui, probabilmente, riuscì a udirsi.

Omar Yussef cercò di soffocare l'irritazione. Il prete era greco. Il fatto che la sua confessione si dicesse "greco-ortodossa" consentiva anche a gente del luogo di aspirare al sacerdozio, ma i greco-ortodossi erano soliti mandare lì i loro sacerdoti da Atene, a prendersi cura di gente di cui non sapevano nulla. E quasi tutti finivano per estraniarsi, risentirsi e rinchiudersi, proprio come quell'uomo. Omar Yussef immaginò che fosse di cattivo umore perché quel giorno non c'erano stati turisti da tiranneggiare.

«Cercavo padre Elias Bishara.»

Il prete greco guardò i pantaloni umidi e infangati di Omar Yussef. Sollevò languidamente una mano e ruotò il polso con un dito mollemente alzato indicando una porticina del transetto sul lato nord della chiesa. Subito dopo, la mano tornò ad accarezzare la barba, e Omar Yussef fu congedato.

Dietro quella porta c'era la chiesa di Santa Caterina, che i francescani avevano costruito a ridosso della chiesa della Natività nel XIX secolo. L'interno di marmo bianco era immerso nel silenzio, e Omar Yussef entrò nel chiostro. Le colonne medievali di granito restaurate erano di un grigio che splendeva in modo innaturale nella luce neutra del cielo nuvoloso. Dapprincipio il chiostro gli sembrò deserto. Al centro del cortile c'era una statua di un vecchio in abiti monacali. Poi, però, dietro la statua, Omar Yussef intravide un prete inginocchiato, la testa china in preghiera. Era Elias Bishara. Lo riconobbe dai capelli radi e ricci.

Il prete si alzò, quando Omar Yussef gli mosse incontro sul lastricato, e sorrise. «Benvenuto, Abu Ramiz.»

«Come va, padre Bishara?»

«Non chiamarmi padre. Suona strano sulle labbra di chi è da sempre mio maestro» disse Elias. «Sennò io dovrei chiamarti figliolo...»

«Non hai freddo qui fuori?»

«Be', è proprio questo il punto.» Si guardò intorno nel chiostro. «Il disagio mi aiuta a concentrarmi nelle preghiere.

Insieme a questo vecchio disgraziato.» Fece un cenno in direzione della statua.

Omar Yussef guardò il volto barbuto della figura scolpita, senza coglietvi alcunché di spirituale. Era inespressivo come se l'avessero fatto con uno stampo per gelatina preso al supermercato. «San Gerolamo?»

«Sì, è il nostro santo patrono, un martire» disse Elias Bishara. «Stavo riflettendo sul caso del nostro amico George Saba, poco fa. Mi sono reso conto di odiare i musulmani della nostra città per quello che gli hanno fatto. Li odio per la loro ortodossia cieca e per la loro folle devozione al martirio. Sono venuto qui, ai piedi di san Gerolamo, per ricordare a me stesso che anche noi cristiani abbiamo avuto la nostra parte di fanatici ciecamente determinati a opprimere chiunque avesse un pensiero o una fede religiosa differente.»

«Per non parlare di quelli che venerano i martiri quasi più di Dio stesso» disse Omar Yussef.

«Hai ragione, Abu Ramiz. La traduzione in latino della Bibbia a opera di Gerolamo è stata la versione adottata per sedici secoli dalla chiesa cattolica. Un successo grandioso per un uomo vissuto da eremita a Betlemme. Tuttavia egli distrusse la carriera e la vita di altri teologi che avevano osato sfidare la sua ortodossia, e decorava le tombe dei martiri con una tale quantità di candele che la gente lo considerava un pagano che adorava la luce invece di Dio.»

Elias Bishara si spolverò il davanti della tonaca nel punto in cui aveva toccato terra inginocchiandosi. Adocchiò i pantaloni infangati di Omar Yussef. «Sei caduto, *ustaz*?»

Il fango si era ormai seccato formando una crosta polverosa. Sotto, Omar Yussef si sentiva le gambe umide e fredde.

«Non è nulla» rispose.

«Entriamo, comunque. Non c'è bisogno che faccia penitenza anche tu.»

«Non ne sarei così certo.»

I due entrarono nella silenziosa cappella bianca. Dalla porticina della chiesa della Natività, il prete greco li osservava, accarezzandosi la barba. Elias Bishara prese Omar Yussef sottobraccio e lo condusse fino all'ultimo banco.

«Elias, devo informarti che questa chiesa è in pericolo» disse Omar Yussef. «C'è stato un attentato suicida, questa mattina, a Gerusalemme.»

«Sì, ho saputo.»

«È stato compiuto dalle Brigate dei Martiri e organizzato a Betlemme. Temo che stanotte gli israeliani verranno in città per arrestare i capi del gruppo. Dovranno reagire e vendicarsi in qualche modo per le vittime di stamattina al mercato.»

«E la chiesa che cos'ha da temere?»

«Jihad Awdeh, che è uno dei capi delle Brigate dei Martiri, è da poco diventato mio vicino di casa. Qualcuno lo ha sentito dire che, se gli israeliani dovessero venire a prenderlo, lui si rifugerebbe qui in chiesa.»

Elias trasalì.

«Come puoi ben immaginare, se si rintanerà qui, potrebbero entrare in chiesa anche i soldati israeliani. Potrebbe esserci uno scontro a fuoco, qui dentro. E chissà come andrebbe a finire. In ogni caso, sarebbe un fatto negativo per tutta la città e per i cristiani in particolare. Il vostro tempio potrebbe subire dei danni o addirittura essere distrutto, se i miliziani riuscissero a barricarsi dentro. Se i preti negheranno loro asilo, i musulmani di Betlemme insorgeranno contro i cristiani per aver consegnato quei presunti eroi della resistenza agli israeliani.»

Elias alzò gli occhi, e il sacerdote greco che aveva continuato a osservarli si ritrasse dietro lo stipite. «Abu Ramiz, mi sembra incredibile che si sia giunti a questo punto» disse.

«Per quale ragione, secondo te, le Brigate dei Martiri hanno il loro quartier generale proprio qui dietro l'angolo? Perché possono evacuare la sede e rifugiarsi in chiesa nel giro di un minuto. Devi chiudere le porte prima del solito, stasera.»

«Non posso, Abu Ramiz. Non dipende da me. Quand'anche riuscissi a convincere il patriarca latino della necessità di chiudere la chiesa, i greci si opporrebbero. Si insospettirebbero. Penserebbero a un nostro tentativo di modificare i regolamenti della chiesa. Nulla è mai cambiato, qui, per secoli. Tu insegni storia e sai tutto di questa chiesa. Ricordi che l'impero francese entrò in guerra con la Russia, centocinquant'anni fa, perché i preti avevano litigato su una nuova targa decorativa da apporre sul luogo della nascita di Gesù? Ancora oggi, se un prete cattolico si permette di spazzare i gradini dei quali sono responsabili i greco-ortodossi rischia di essere preso a schiaffi. Inutile perdere tempo a chiedergli di anticipare la chiusura.»

«Non credi che si renderanno conto della minaccia?»

«Non ha importanza. In questa chiesa ci sono sacerdoti così testardi che preferirebbero vederla distrutta dai musulmani e dagli ebrei piuttosto che concedere qualcosa a un'altra confessione cristiana.»

«Non c'è proprio nulla che tu possa fare?»

«Forse sì.» Elias gettò uno sguardo lungo la navata, verso la statua del Cristo crocifisso sopra l'altare. «Starò qui. Li fermerò.»

«Elias, ti uccideranno. Come puoi affrontarli da solo?»

«Ovviamente, non sono un eroe, Abu Ramiz. Ho paura di quei miliziani, ma spero che il mio amore per questa chiesa sia più forte della paura. Questo edificio è la storia del cristianesimo in Terra Santa. Tu mi hai sempre insegnato che la storia è l'essenza della vita, che il suo studio è la chiave per un futuro migliore. Anche se le pietre di questa chiesa venissero distrutte, il loro spirito va preservato. Questo luogo rappresenta un passato in cui musulmani e cristiani vivevano insieme pacificamente, e anche la speranza che un giorno ciò possa accadere di nuovo, quando la follia di questi tempi si sarà placata. Starò qui, stasera, e pregherò per questa chiesa. Resterò qui anche dopo l'arrivo degli uomini delle Brigate dei Martiri, e pregherò anche per loro.» Elias posò una mano calda sulla gamba di Omar Yussef. «Ti ringrazio per l'avvertimento, Abu Ramiz. Così, quando arriveranno, sarò pronto a riceverli. Tu, però, devi tornare a casa a cambiarti, se non vuoi prenderti qualche malanno.»

«Comincio a credere che sarebbe quasi una benedizione.»

«Aspiri a essere un martire dell'influenza?» gli domandò Elias Bishara ridendo. «In Paradiso ti daranno settantadue tazze di tisana calda.»

Anche Omar Yussef scoppiò a ridere. Andandosene, però, vide che Elias Bishara era tornato a inginocchiarsi. Lo sguardo del prete era serissimo, fisso sul Cristo in croce.

# 22

Omar Yussef era disteso a letto, in attesa che Maryam lo chiamasse a tavola per l'*iftar*. Le dolorose fitte alla schiena cominciate mentre svuotava il seminterrato dall'acqua si erano ripresentate. La camminata dalla scuola alla chiesa e poi fino a casa lo aveva stancato, ma a prostrarlo era soprattutto il timore che il giovane prete si mettesse nei guai. Si mise seduto per bere una tazza di caffè, e un brivido freddo gli corse lungo la parte bassa della spina dorsale, irrigidendo i muscoli e serrandoli in una stretta familiare come la morsa di un incubo orribile e ricorrente. Omar Yussef pensò che era proprio quel che ci voleva: quella sera lui sarebbe dovuto andare in giro per Betlemme a scovare indizi e a convincere la gente dell'innocenza di George Saba e invece aveva buttato via cinque ore steso a letto. Il silenzio del cielo immusonito e informe, fuori dalla sua finestra, lo tormentava come lo sguardo vacuo di un sadico. Sarebbe rimasto lì per tutte le diciotto ore che mancavano all'esecuzione di George Saba, a fissare disperatamente le nuvole. Poi sarebbe arrivata la pioggia, e lui avrebbe capito che George era morto.

Omar Yussef si chiese se non era caduto in depressione. Forse era in una condizione di stress post-traumatico. Aveva letto da qualche parte che capitava a chi si era trovato, come lui, nelle vicinanze di un'esplosione. Si posò una mano sullo sterno e sentì un leggero dolore per la botta dell'onda d'urto che quella mattina, a scuola, lo aveva gettato a terra di schiena. Traumatizzato lo era di certo, per aver visto il cadavere di Christopher Steadman. Non aveva più pensato granché all'americano, finché era rimasto nel suo ufficio o mentre tornava a casa. Aveva avuto altre cose su cui riflettere. Una volta a casa, però, l'arto senza vita di Steadman gli era tornato in mente. Per tutto il pomeriggio si era guardato la mano, tenendola davanti alla faccia nella stessa posizione in cui aveva trovato quella dell'americano, che sembrava volere correre sulle dita, come uno scorpione, per ricongiungersi al corpo devastato del direttore della scuola. Omar Yussef si domandò se Khamis Zeydan pensasse spesso alla sua mano perduta. Era comprensibile che si fosse messo a bere. La perdita di una mano, gli orrori della guerra, la solitudine di un uomo i cui migliori amici erano morti da tempo in battaglia... A Omar Yussef era costato molto vincere l'assuefazione all'alcol e al fumo, e a tormentarlo era solo la frustrazione della vita sotto l'occupazione militare. Quanto più dura doveva essere la vita per il suo amico? Sì, in fondo Omar Yussef continuava a considerarlo un amico. Si sentì all'improvviso molto indulgente, immaginandoselo disteso supino, in Libano, sul punto di perdere i sensi, che cercava disperatamente sul terreno intorno a sé la mano perduta, ormai incurante delle pallottole che gli fischiavano intorno, quasi sperasse di poterla semplicemente riattaccare e fuggire poi una volta per tutte dal campo di battaglia. Omar Yussef immaginò che doveva essere stato quello il momento in cui il giovane idealista da lui conosciuto all'università si era trasformato nell'ubriacone amareggiato, malinconico e apatico che ora comandava le forze di polizia di Betlemme. Dubitava, però, che il buio calato da così tanti decenni sulla vita di Khamis Zeydan fosse tanto fitto da oscurare la sua capacità di distinguere il bene dal male. Veramente il suo amico era tanto corrotto da essere andato da Tamari a spifferare quel che Dima aveva riferito a lui? L'idea gli era insopportabile, ma non vedeva in quale altro modo Tamari potesse aver deciso che anche la ragazza doveva morire.

Nella stanza da letto entrò Nadia, la nipote di Omar Yussef, con una tazza di tè. C'era un alone scuro intorno ai suoi occhi di dodicenne, e sotto la pelle diafana s'intravedeva l'azzurrino delle vene. Omar Yussef capì che doveva aver dormito poco da quando si era allagato il seminterrato. La stanza degli ospiti al pianterreno, dove si era temporaneamente stipata la famiglia di Ramiz, era freddissima, di notte. Tutte le persone che le stavano intorno – i genitori, la nonna, i parenti e i vicini venuti per aiutare a ripulire il seminterrato – avevano passato la giornata a lamentarsi o a imprecare contro l'occupazione, la distruzione, la rovina di tutto. Nadia era silenziosa. Omar la guardò senza muoversi. Se la bambina avesse avuto qualche chilo in più, gli sarebbe quasi parso di rivedere sua madre. Gli occhi leggermente inclinati le conferivano un'aria malinconica. I capelli erano una cornice nera per il suo viso immacolato. Il padre di Omar Yussef diceva sempre che la moglie aveva l'aspetto e il portamento di una principessa turca, di quelle stirpi pure e antiche del Caucaso, di prima delle conquiste ottomane. Nadia aveva la stessa figura slanciata e nobile della bisnonna, la stessa sensibilità d'animo. Si era chiusa in se stessa, come se qualcosa l'avesse convinta dell'impossibilità di fidarsi del mondo. Era anche estremamente consapevole, come solo i bambini infelici sanno essere.

A Omar Yussef ripensò al funerale di sua madre. Era il 1965, e lui aveva diciassette anni. La giornata era fredda, e il cielo minacciava pioggia, proprio come in quel momento. Il padre di Omar Yussef, che non si era mai permesso di criticare sua moglie, aveva preso da parte il figlio maggiore e gli aveva detto: «Figlio mio, tu stai piangendo tua madre, e io so bene che è stata un'ottima madre per te, perciò è giusto che tu sia triste per la sua morte. Non è facile per me dirti certe cose, ma voglio che tu capisca perché lo faccio: è un bene, in un certo senso, che tua madre se ne sia andata, perché nessuno poteva far nulla per aiutarla. Sai, da quando abbiamo lasciato il villaggio – tu eri un neonato – lei non è più stata la stessa. Tu non l'hai mai vista davvero felice, come avrei voluto. Non devi pensare di essere stato sfortunato o di non averle dato la gioia che ogni madre riceve dai figli, ma dopo la nostra partenza dal villaggio lei è cambiata. Continuava a pensare a com'era bella la vita laggiù e a quanto, invece, qui era dura. Non ne parlava molto. Non voleva che io mi sentissi umiliato per il fatto di non essere riuscito a garantirle la vita che lei sognava quando ci siamo sposati. Io, ovviamente, non mi sarei sentito umiliato, e dicendoti queste cose non provo nessuna amarezza. Non permettere che le condizioni in cui viviamo ti privino della tua felicità, figliolo. Ricordati di tua madre. Spero che i tuoi figli e nipoti potranno tornare al villaggio, ma se non fosse così, tu dovrai fare in modo che lo dimentichino per sempre. Non lasciare che, come tua madre, si sentano dilacerati tra il villaggio del passato e il campo-profughi del presente, perché altrimenti non vivranno davvero né là né qui.» Se non fosse stato suo padre a parlargli, lui avrebbe respinto quelle parole come una patetica manifestazione di disfattismo. Fino a che punto Omar Yussef aveva compreso, in seguito, il significato di quel discorso paterno? Vedendo Nadia davanti a sé, timida e stanca, Omar Yussef decise di bandire qualsiasi pensiero che avesse a che fare con Khamis Zeydan, George Saba, Dima Abdel Rahman e le Brigate dei Martiri. Doveva prendersi cura di quella bambina.

«Ciao, tesoro. Vieni qui a sederti.»

Nadia posò la tazzina sul comodino e si sedette sul bordo del letto.

Omar Yussef le prese una mano. Era fredda come un pezzo di carne congelata. «Sei stanca?»

Nadia annuì.

«La vita è dura, qui, tesoro mio, ma devi sapere che ci sono posti al mondo dove la gente soffre molto di più.»

«Sì, nonno.» Nadia si fissava la punta dei piedi.

«Dico sul serio. È così. Pensa se fossimo nati in Russia. Avremmo sopportato un secolo di sofferenze enormi prima sotto il comunismo e ora per il dominio di potentissime mafie e per la diffusione di malattie come l'AIDS, che nessuno cerca di fermare. Certo, le cose qui non vanno bene, ma potrebbero andare molto peggio. Anche il clima, in Russia, è peggiore.»

A Nadia sfuggì un risolino.

«Ci sarebbero trenta centimetri di neve sei mesi l'anno, fuori dalla nostra porta, se vivessimo in Russia» disse Omar Yussef. «Perciò non preoccuparti se per un giorno ci capita di avere trenta centimetri di acqua dentro casa.»

«La neve è divertente, nonno.»

«Quando capita una volta sola all'anno, come qui, ma non quando nevica per un mese di seguito. E comunque è stato divertente vedere tutti i vicini qui ad aiutarci a ripulire. È la dimostrazione del fatto che abbiamo dei bravi vicini. Ed è stato divertente svuotare il seminterrato dall'acqua. Hai presente quando mi aiutavi a buttar l'acqua fuori dalla porta di servizio?»

«Sì.»

«Be', era divertente, e non c'è stato neanche bisogno di andare alla spiaggia per giocare con l'acqua. La spiaggia è venuta a domicilio.»

«Però puzzava» disse Nadia, ridendo.

«Anche in spiaggia c'è puzza. Non hai visto tutti i liquami che scaricano in mare, ultimamente? Sì, molto meglio qui che alla spiaggia. Così abbiamo potuto giocare con l'acqua senza perderci i pranzetti della nonna.»

Nadia sorrise e abbracciò il nonno. A Omar Yussef vennero le lacrime agli occhi. Sentiva sotto le mani le spalle esili della nipotina e le ossa dure della sua schiena. Sembrava così piccola, e fragile. La tenne stretta a sé finché non fu certo di aver ricacciato giù le lacrime.

«Grazie per il caffè, tesoro.»

In sala squillò il telefono.

«Potresti andare a rispondere tu, Nadia?»

La bambina corse fuori dalla stanza da letto. Omar Yussef

si rialzò lentamente, ascoltando il rumore dei sandali di Nadia sulle pietre del corridoio. Il dolore alla schiena lo costrinse a stringere i denti e a sbuffare con forza. Bevve il caffè portato dalla nipote che un attimo dopo era di ritorno con il cordless.

«È Abu Adel» disse.

Omar Yussef posò la tazzina. Nadia uscì dalla stanza.

«Salve, Abu Adel.» Omar Yussef sentiva delle voci concitate nei pressi del telefono di Khamis Zeydan.

«Salute a te, Abu Ramiz» disse Khamis Zeydan. «Come stai?»

«Non mi lamento» rispose Omar Yussef.

«Sono al Campo dei Pastori. Un missile sparato da un elicottero israeliano ha appena centrato la jeep di Hussein Tamari. Lui è morto.»

«Hussein è morto? Sei sicuro che fosse su quella jeep?»

«Lo stavo seguendo. So per certo che era a bordo.»

«Perché lo seguivi?»

«Stavo facendo finta di essere un poliziotto, tanto per cambiare, sai com'è. Gli israeliani devono averlo colpito per vendicarsi dell'attentato di questa mattina a Gerusalemme. Lo sai che le Brigate dei Martiri hanno mandato Yunis Abdel Rahman a farsi saltare in aria, o no?»

«Sì. Perché hanno mandato proprio lui?»

«Non lo so.»

«Comunque, non ha importanza. L'importante è che ora George Saba può essere liberato.»

Khamis Zeydan non disse nulla.

«Insomma» insistette Omar Yussef «ora la polizia può anche riconoscere che è stato Hussein Tamari a uccidere

Louai Abdel Rahman, o quantomeno a indicarlo agli israeliani, e ad ammazzare anche Dima Abdel Rahman.»

«Per cominciare, Abu Ramiz, tu non puoi esserne certo.»

«Io lo so.»

Khamis Zeydan alzò la voce. «Non puoi esserne certo, e di sicuro non puoi affermare che sia stato lui a uccidere Dima. E poi, Hussein Tamari è un martire, ora, e di quelli grossi. Credi che Betlemme sarebbe disposta a infangare la memoria di un martire del genere per riabilitare un piccolo, lurido collaborazionista? Nessuno, a parte te, Abu Ramiz, sarebbe disposto a prendere in considerazione questa ipotesi.»

L'indulgenza di Omar Yussef nei confronti di Khamis Zeydan per la mutilazione che aveva subito svanì all'istante. Era disperato. Come poteva scagionare George Saba se il capo della polizia non lo aiutava, tanto più adesso che il vero assassino era morto e non poteva più essere indotto a confessare? I suoi sospetti ripresero vigore. Khamis Zeydan stava seguendo la jeep di Tamari quando il missile l'aveva colpita. Forse proprio lui era un collaborazionista. Anzi, il collaborazionista. Magari era stato lui a informare degli spostamenti di Hussein Tamari il suo referente nello Shin Bet, consentendo agli israeliani di colpire, com'era già accaduto nel caso di Louai Abdel Rahman, ucciso nel boschetto davanti a casa sua. Perché mai, però, Khamis Zeydan avrebbe dovuto lasciare sul luogo dell'assassinio di Louai un bossolo di MAG? Far ricadere la colpa su Hussein Tamari non era certo la cosa per lui più conveniente. Gli avrebbe fatto comodo un capro espiatorio più debole, uno come George Saba. Comunque, quando Omar Yussef aveva detto a Khamis Zeydan che Tamari era l'assassino di Louai, il capo della polizia gli aveva detto di toglierselo dalla testa. Non moriva certo dalla voglia di attribuire l'omicidio a Tamari, e infatti non si era dannato l'anima per incastrarlo.

«Ti ho telefonato, Abu Ramiz, per informarti che per George Saba non c'è più nulla da fare» disse Khamis Zeydan. «Se già era difficile incolpare Hussein Tamari da vivo, ora sarà impossibile.»

«Non puoi lasciar morire George in questo modo. È vergognoso. Sarà una macchia indelebile per l'intera città.»

«Ogni casa ha le sue fognature, Abu Ramiz.»

«Risparmiami i tuoi proverbi. Devi aiutarmi.»

«Te l'ho già detto: Hussein Tamari è intoccabile, questo vale per me e anche per te. Se ti metti a parlare ora riuscirai solo a farti linciare. Non so se la senti in sottofondo, ma qui si è già radunata una folla di persone piuttosto arrabbiate. Se trovano qualcuno che decidono di identificare come collaborazionista, lo ammazzano di botte su due piedi. Perciò ti avverto: non andare in giro a parlar male del morto, stasera.»

«Abbiamo tempo solo fino a domani a mezzogiorno per dimostrare la colpevolezza di Tamari e l'innocenza di George.»

Khamis tacque un istante e sospirò. «No, George Saba ha tempo fino a domani a mezzogiorno. Noi non abbiamo questa scadenza.»

«Hai ragione. Per te il tempo è scaduto da un pezzo.» Omar Yussef premette un pulsante sull'apparecchio e troncò la telefonata.

Nel silenzio della sera, Omar Yussef tese l'orecchio per cercare di udire il rumore dell'elicottero dell'esercito. Pensò al rumore di quel motore, che gli incombeva sulla testa da una settimana. Aveva rovesciato un assordante fragore di pale anche sul povero Nayif. Aveva fatto eco all'ansioso pulsare del cuore di Omar Yussef quando, quella mattina, aveva gettato nella pozzanghera i fogli del suo dossier personale. Forse stava ancor volteggiando sopra le fiamme che si innalzavano dal veicolo distrutto su cui viaggiava Hussein Tamari, simile a una scintilla sopra la terra buia. Era sospeso su Betlemme come la famosa stella che aveva annunciato la nascita di Gesù. Era la condanna per chiunque avesse preso di mira, così come quell'antico segno messianico aveva destinato alla crocifissione il Bambino appena nato nella mangiatoia. Il cielo era silenzioso, ma Omar Yussef sapeva che l'elicottero era in volo da qualche parte. Neanche avesse avuto le ali, George Saba avrebbe trovato una via di fuga e di salvezza.

Omar Yussef non poteva arrendersi proprio a questo punto. Qualcuno doveva pur opporsi all'idea che la vita di un uomo innocente fosse stroncata solo per preservare la memoria di quella canaglia di Tamari. Nessuno, all'interno della polizia, della magistratura o del governo avrebbe osato prendersi quel rischio. Doveva trovare una persona più forte del ricordo collettivo di Tamari. C'era una sola persona che poteva permettersi di intaccare l'immagine del martire. Era un'idea pericolosa. Khamis Zeydan aveva ragione: Omar Yussef rischiava il linciaggio. In tal caso, sarebbe morto prima dell'esecuzione di George Saba, e tutte le sue preoccupazioni avrebbero avuto fine. Sarebbe andato da Jihad Awdeh.

# 23

Sul portone del palazzo in cui abitava Jihad Awdeh c'erano due uomini di guardia. Uno di loro si ficcò la sigaretta in un angolo della bocca per avere le mani libere e perquisire Omar Yussef, squadrandolo con gli occhi socchiusi per proteggerli dal fumo. Durante la perquisizione Omar Yussef si voltò verso casa sua, sull'altro lato della via. Dietro la finestra del soggiorno riconobbe la sagoma di Nadia. Fu l'immobilità della figura a fargli capire che era lei, tesa e allarmata mentre il nonno andava a mettersi nei guai. Pochi istanti prima gli era parso di non avere nulla da perdere con quel suo disperato tentativo di influenzare il nuovo capo della più feroce banda di assassini della città. Quell'ombra silenziosa e immobile dietro la finestra gli fece sorgere un dubbio. Forse avrebbe fatto meglio a inventare una scusa, dire al miliziano che aveva dimenticato qualcosa e tornarsene a casa. La perquisizione si concluse. La guardia fece un lungo tiro dalla sigaretta e si fece da parte per lasciarlo salire. Se a quel punto si fosse voltato per andarsene, quei due si sarebbero insospettiti.

Sulle scale, Omar Yussef pensò che agli israeliani poteva venire in mente di ammazzare Jihad Awdeh quella sera stessa, come avevano fatto con Hussein Tamari. Si domandò se il missile sarebbe arrivato proprio durante il suo colloquio con il nuovo capo delle locali Brigate dei Martiri. Dalla finestra, Nadia avrebbe visto la scia arancione lasciata dalla coda del missile che andava a uccidere suo nonno, e poi lo sbuffo di fumo grigio dalla finestra, i resti polverizzati del vetro, del cemento e del corpo di Omar Yussef. Inspirò a fondo quando la porta dell'appartamento di Jihad Awdeh si aprì ad accoglierlo.

Il ragazzino che era venuto ad aprirgli aveva più o meno l'età di Nadia. Tirò la porta di ciliegio laccato verso l'interno e si fece da parte, rivolgendogli un fugace sguardo di disprezzo e ostilità. Jihad Awdeh era in soggiorno, seduto su un divano. Era circondato da uomini delle Brigate dei Martiri. Ce n'erano almeno una dozzina, e la stanza sembrava molto affollata. Omar Yussef provò sorpresa e sollievo nel vedere che Awdeh era di ottimo umore. Si era immaginato che la morte di Hussein Tamari lo avesse impaurito o irritato, e invece Jihad Awdeh sembrava rallegrarsi del suo nuovo status di capo. Rise sguaiatamente per una battuta, prese un quadratino di *baklava* da un vassoio che sua figlia stava facendo girare e pescò una manciata di semi di girasole da una ciotola posata sul tavolino da caffè.

Jihad Awdeh si voltò in direzione della porta aperta. Il suo sguardo si incupì per un istante quando inquadrò Omar Yussef, ma non smise di sorridere e subito invitò il nuovo arrivato a farsi avanti. *Tu, però, sei mio fratello: dovrò ucciderti gratis*. Omar Yussef si domandò se quella generosa offerta fosse ancora valida. Mentre si avvicinava, Jihad Awdeh bisbigliò qualcosa all'orecchio del suo vicino, che si alzò prontamente. Jihad diede dei colpetti sul divano accanto a sé, e l'uomo che si era appena alzato andò incontro a Omar Yussef per accompagnarlo ad accomodarsi accanto al capo.

«Sono felice che tu sia qui, benvenuto!» disse Jihad Awdeh. Si spostò per essere il più possibile vicino a Omar Yussef, che si era seduto sul bordo del divano.

«Ti ringrazio per avermi accolto in casa tua» bofonchiò Omar Yussef. Gli parevano strani tutti quei convenevoli in una circostanza del genere.

Jihad Awdeh prese un altro pezzo di *baklava* dal vassoio portato in giro dalla figlia e lo offrì a Omar Yussef, ancora grondante miele e sciroppo. Tutta quella dolcezza aveva un che di ingannevole, di eccessivo, di inquietante. Omar Yussef si ripromise di non farsi incantare dall'improvvisa mansuetudine di quell'uomo.

Jihad Awdeh sorrise e si sputò nella mano le bucce dei semi di girasole. Le gettò in un portacenere di cristallo e si ficcò in bocca un'altra manciata di semi. Le mandibole si misero al lavoro, macinandone i bordi tra i molari per rompere la buccia, sicché il suo sorriso prolungato sembrava esprimere il desiderio di sbranare, come le zanne minacciosamente scoperte di un cane aggressivo.

Omar Yussef cercò di non pensare al loro incontro di due giorni prima, al quartier generale di Hussein Tamari. «Le mie condoglianze per la morte del fratello Hussein» disse. «Che Dio abbia misericordia di lui.»

Jihad Awdeh annuì, e il suo sorriso sfumò per un attimo in un'espressione seria. Poi, posandogli una mano sulla gamba, si sporse verso di lui. «Diciamo la verità, Abu Ramiz: non ti era simpatico» osservò.

Omar Yussef guardò quella mano poderosa posata sulla sua gamba. Le unghie erano lunghe e ingiallite, come gli artigli di un animale selvatico. Preferì non replicare.

Jihad Awdeh scoppiò a ridere. «Neanche a me era simpatico.» Annuì. «Non mi era simpatico per niente. Comunque, che cosa posso fare per te, Abu Ramiz? Non ho molto tempo, perché tra mezz'ora ci sarà il funerale del martire Hussein e delle sue guardie del corpo.»

Omar Yussef fu colto di sorpresa dalla confessione di Awdeh che, sia pure a mezza voce, aveva ammesso di provare antipatia per Hussein Tamari. Khamis Zeydan gli aveva detto dell'abitudine degli uomini di Tamari di prendere in giro Jihad perché era membro di un piccolo clan di profughi. Hussein aveva sempre avuto il fare sicuro di chi è sostenuto dalla propria comunità di origine, di chi sa che tutto il suo villaggio l'avrebbe difeso da qualsiasi minaccia. Il clan di Jihad Awdeh non aveva alcun potere, neanche nel campo alla periferia nord di Betlemme in cui viveva la maggior parte dei suoi parenti. Omar Yussef si domandò se Jihad Awdeh non fosse meno aggressivo, quella sera, proprio perché aveva messo in riga il clan di Tamari. Pensò agli Abdel Rahman, che con la morte di Louai nella pineta avevano perso ogni protezione. Jihad Awdeh era comunque costretto a mostrarsi in lutto, perché le Brigate dei Martiri erano per la maggior parte formate da uomini del clan di Tamari, ma si era messo a capo della banda con la stessa determinazione con cui Hussein Tamari si era impadronito delle autofficine degli Abdel Rahman.

«Forse sarebbe meglio se parlassimo in privato, Jihad» disse Omar Yussef.

Jihad Awdeh annuì e, prendendo Omar Yussef per mano, lo condusse sul piccolo balcone in fondo al soggiorno. «Tengo la luce spenta, Abu Ramiz, perché potrebbero esserci dei cecchini appostati.»

Omar Yussef scrutò nervosamente nella notte. Una pendenza pietrosa scendeva dalla casa adiacente fino alla base della palazzina. Le pietre, imbiancate dalla luce della luna, sembravano muoversi sulla terra nera. Omar Yussef aveva la sensazione che quelle pietre lo scrutassero, che lo inseguissero, ma sapeva che la tensione da lui provata scrutando nel buio era dovuta interamente all'uomo che gli stava accanto.

Jihad Awdeh si accese una sigaretta e sputò giù dal balcone l'ultima buccia di seme di girasole. La sua mano aperta con il palmo all'insù invitò Omar Yussef a parlare.

«Jihad, io so che il collaborazionista usato dagli israeliani per uccidere Louai Abdel Rahman era Hussein Tamari.» Omar Yussef attese una reazione, ma Jihad Awdeh si limitò ad aspirare di nuovo dalla sigaretta, in silenzio. Omar Yussef inalò l'acre esalazione e sentì il desiderio di fumarsi anche lui una sigaretta. «Sono stato a Irtas, dopo che Louai è stato ucciso. Ho trovato un bossolo di MAG a terra. Era in un piccolo spiazzo erboso che sembrava spianato da qualcuno che ci era stato disteso sopra. Dima, la moglie di Louai, mi ha detto che c'era qualcuno lì ad aspettare suo marito. Ha sentito Louai che salutava un certo Abu Walid. Dopo di che gli è comparso addosso il puntino rosso di un mirino al laser, e gli hanno sparato. Lo sai anche tu che Hussein veniva chiamato Abu Walid e che usava una MAG. Nessun altro a Betlemme ha un'arma di quel tipo.»

Jihad Awdeh gettò la sigaretta sulla pendenza dietro casa. La brace arancione fu per qualche istante visibile nel buio. Omar Yussef la guardò scomparire. Restò ancora in attesa, ma Jihad teneva i gomiti appoggiati alla ringhiera e lo sguardo fisso nel buio.

«Ricordi com'era arrabbiato Hussein quando George Saba vi ha cacciato dal tetto di casa sua, quella sera, quando voi eravate andati lassù a sparare contro gli israeliani?» riprese Omar Yussef. «Be', io credo che Hussein abbia guidato i soldati da Louai e poi si sia vendicato di George Saba accusandolo di collaborazionismo. In questo modo ha evitato che qualcuno potesse sospettare lui di collaborazionismo. Quando poi ha saputo quel che mi aveva rivelato Dima, ha ucciso anche lei.»

«Come ha fatto a sapere che lei ti aveva parlato?»

Omar Yussef decise di non far parola del suo sospetto che fosse stato Khamis Zeydan a informare Hussein Tamari. «Non lo so.»

«Dunque, potrebbe anche essere stato qualcun altro a ucciderla.»

«Penso di sì, ma non vedo perché mai qualcun altro avrebbe dovuto farlo.» Omar Yussef si voltò verso Jihad Awdeh. Il volto del suo interlocutore era in ombra, un profilo disegnato sullo sfondo della luce proveniente dall'interno. Omar Yussef non voleva toccarlo, ma aveva bisogno di stabilire un contatto di qualche tipo nel buio. Posò una mano sulla spalla di Awdeh. «Ho bisogno del tuo aiuto, Jihad. George Saba è innocente. Verrà fucilato tra diciassette ore. Se non fossi venuto qui a implorarti di aiutarmi, mi sentirei le mani sporche del suo sangue. La legge non conta nulla, in questa città. Tu hai il potere. Tu sei l'uomo che può salvare la vita di un innocente.»

«E tu chiami innocente uno che ha puntato la pistola contro me e Hussein, mentre combattevamo le forze di occupazione?»

È una trappola, pensò Omar Yussef. Fa' attenzione! «George era disperato. Sapeva che la vostra presenza sul tetto avrebbe attirato il fuoco israeliano contro casa sua. Temeva per la sua famiglia. Non aveva idea che ci foste proprio tu e Hussein, sul tetto.»

Jihad Awdeh si accese un'altra sigaretta. «Chi può credere che il martire Hussein fosse, in realtà, un criminale e un collaborazionista?»

«Tu stesso hai detto che non ti era simpatico.»

«Non per questo credo che fosse un collaborazionista. O che George Saba sia innocente.»

«Ti ho portato le prove.»

«Hussein Tamari ha rischiato molte volte la vita contro gli ebrei. Anche stamattina, è stato lui a organizzare la missione del martire al mercato di Gerusalemme. Questi sono fatti che valgono più delle tue presunte prove.»

«Allora, evitiamo di incolpare Hussein della morte di Louai, lasciamo che il suo nome resti immacolato e che lui continui a essere un eroe, ma liberiamo George Saba.»

«Qualcuno deve pagare. Se non è Hussein, dovrà essere il cristiano.»

Omar Yussef si avvicinò ulteriormente. Sentì l'odore del sudore di Jihad Awdeh, mischiato a quello del fumo di sigaretta. «Sono venuto da te, Jihad, perché so che tu non sei uno di loro. Tu non sei diventato il capo delle Brigate dei Martiri perché ti è capitato in sorte di far parte della famiglia giusta. Tu sei intelligente. Tu sei arrivato al vertice nonostante gli altri ti abbiano sempre trattato come un estraneo. Per loro» disse Omar Yussef, indicando con un gesto i miliziani che si aggiravano in soggiorno al di là della porta a vetri, «Hussein era una specie di eroe e di santo perché era sangue del loro sangue. Tu, però, sei capace di pensare con la tua testa. Tu sai chi era. Non permettere che George muoia per salvare l'immagine di qualcun altro. Domani sarà un essere umano, non la reputazione di qualcuno, a essere distrutta.»

Jihad tacque.

«Ascoltami, ammetterai anche tu che George Saba non può essere il collaborazionista» disse Omar Yussef. «Hussein è stato assassinato stasera, quando George Saba era già in prigione. Come può aver condotto gli israeliani a Hussein Tamari, se era nella sua cella?»

«Hussein è stato ucciso dagli israeliani, e questo dimostra che non era un collaborazionista, non credi? Le tue accuse nei suoi confronti non hanno senso. Perché gli israeliani lo avrebbero ucciso, se davvero era un loro agente?»

Il capo delle Brigate dei Martiri si guardò intorno, come per accertarsi che nessuno potesse sentirlo. Quando Jihad Awdeh guardò i miliziani radunati in salotto, a Omar Yussef parve di veder balenare sul suo volto un'ombra di rimpianto. Poi, a bassa voce, disse: «Appena prima di lasciare il quartier generale per l'*iftar*, Hussein era con Khamis Zeydan. Hussein ha rivelato al capo della polizia qual era la sua destinazione».

Omar Yussef si ricordò che Khamis Zeydan gli aveva telefonato mentre era accanto alla jeep di Hussein Tamari in fiamme. Il poliziotto gli aveva detto che sapeva della presenza di Hussein sul veicolo distrutto perché, quando il missile lo aveva centrato, lui lo stava seguendo. Omar Yussef provò un orrore indicibile. Già sospettava che l'amico avesse tradito Dima Abdel Rahman. Di certo sapeva che Khamis Zeydan odiava il capo delle Brigate dei Martiri, il quale non perdeva occasione per umiliarlo, anche in pubblico. Quando aveva ricevuto la chiamata, in effetti, Omar Yussef si era domandato come mai Khamis Zeydan fosse proprio nel luogo della morte di Hussein. Se lo era domandato anche Jihad Awdeh.

Jihad aprì la porta a vetri. Dall'interno si sentì un vociare. Il soggiorno si stava riempiendo di miliziani che sarebbero partiti da lì per andare al funerale di Hussein Tamari. «Ora devo andare. Dobbiamo seppellire i martiri.»

Omar Yussef annuì. Strinse la mano tesa di Jihad Awdeh. Era fredda, ma del resto anche Omar Yussef aveva i brividi su quel balcone. Passò in mezzo alla folla di uomini massicci e sudati nei loro giubbotti mimetici. Avevano con sé i Kalashnikov con cui avrebbero sparato in aria accompagnando le spoglie del martire Hussein all'eterno riposo.

Scendendo le scale, Omar Yussef ricapitolò ancora una volta i suoi sospetti su Khamis Zeydan. Se Jihad Awdeh riteneva che il colpevole fosse il capo della polizia, Khamis Zeydan era in pericolo. Omar Yussef avrebbe voluto chiamare l'amico immediatamente, ma se Khamis Zeydan era disposto a permettere che George Saba morisse per crimini che non aveva commesso, poteva continuare a considerarlo un amico? Valeva davvero la pena proteggere la sua incolumità?

Attraversando la strada, Omar Yussef scorse per un attimo, dietro la finestra di casa, la sagoma di Nadia. Un attimo dopo, non c'era più.

# 24

Quando vide Nadia allontanarsi dalla finestra, Omar Yussef avrebbe voluto andare ad abbracciarla, consolarla, scacciare la preoccupazione che l'aveva tenuta di vedetta per tutta la durata dell'incontro del nonno con Jihad Awdeh. Gli parve quasi che una forza fisica gli staccasse i piedi da terra per riportarlo a casa e gli facesse allargare le braccia per abbracciare la nipotina. Sapeva, però, di dover fare un ultimo tentativo per liberare George Saba dal carcere. Si domandò se sua nipote non percepisse più chiaramente di lui la realtà e i pericoli che stava affrontando.

Omar Yussef svoltò a destra imboccando la via principale, tagliò in direzione del *suk* e proseguì verso la piazza della Mangiatoia. Le vie erano deserte, a parte le jeep degli uomini delle Brigate dei Martiri che ogni tanto passavano dirette al funerale di Hussein Tamari. Con i mitra che spuntavano dai finestrini sparavano in aria. Omar Yussef sobbalzava a ogni sparo. Era come se quella gente volesse accertarsi che le celebrazioni del martirio di Hussein lo tormentassero fin nel più profondo dell'anima. Ansimando, risalì la collina fino al *suk* per poi discendere tra i vicoli deserti della città vecchia fino alla chiesa.

In piazza della Mangiatoia regnava il silenzio. L'ampia piazza, ripavimentata qualche anno prima in occasione di una visita papale a lastre rosa e bianche alternate, riluceva debolmente al chiarore della luna e del fioco bagliore dei lampioni pseudo-parigini installati nel corso della ristrutturazione. Gli spari in aria, in lontananza, proseguivano. In quel momento stavano seppellendo Hussein Tamari nel suo villaggio, pochi chilometri più a est, vicino al cono del Monte Herodion. Omar Yussef si rallegrò di quel silenzio, di non trovarsi in mezzo alla furia che stava certamente contagiando tutti i partecipanti al funerale, attanagliandoli con l'irresistibile assolutezza dell'odio e del desiderio di vendetta collettivi. Attraversò la piazza deserta lungo il lato nord, diretto alla stazione di polizia. Diede un'occhiata alla chiesa della Natività. Dalla porta dell'Umiltà uscirono due uomini che indossavano il saio marrone dei francescani. Sfilarono lungo la facciata della chiesa, tenendosi a ridosso del muro dalla base inclinata verso l'interno, come il piede di una massiccia fortezza.

La guardia all'ingresso della stazione di polizia salutò Omar Yussef. Il poliziotto aveva la faccia ossuta e denutrita e gli occhi spiritati.

«C'è Abu Adel?»

«Sì, è nel suo ufficio, in cima alle scale.»

«So dov'è il suo ufficio.»

Omar Yussef doveva tentare un ultimo appello a Khamis Zeydan. Il suo amico poteva aver passato a Hussein Tamari le informazioni su Abu Walid. Forse era stato la causa della morte di Dima Abdel Rahman. Forse era addirittura un collaborazionista o, come aveva suggerito Jihad Awdeh, poteva avere organizzato per conto degli israeliani l'assassinio di Hussein Tamari. Eppure era l'unico contatto che Omar Yussef potesse sfruttare. Khamis Zeydan era la sola persona di sua conoscenza che avesse in mano la chiave della prigione. Doveva esistere un modo di convincerlo a girare quella chiave nella serratura e a guardare dall'altra parte mentre Omar Yussef portava George Saba via da Betlemme.

L'ufficio di Khamis Zeydan era al buio, a parte la luce proiettata da una lampada da tavolo. La pozza di luce gialla illuminava la protesi guantata del capo della polizia. Era così immobile sulla scrivania, che Omar Yussef, entrando, si domandò se l'amico non se la fosse staccata e l'avesse dimenticata lì. Sotto la lampada, accanto alla mano, c'era anche la pistola di Khamis Zeydan. Alla vista dell'arma, Omar Yussef non poté fare a meno di associare quella scena al suicidio: l'attimo di ebbro disgusto di sé, nel buio che precede la morte autoinflitta. «Abu Adel?» disse esitante.

Il guanto si sollevò e voltò la lampada verso Omar Yussef, che alzò una mano per proteggersi dalla luce.

«Abu Adel, sono venuto a chiederti di perdonarmi.»

Da dietro la scrivania non giunse risposta. La lampada tornò a puntare verso il basso, e Omar Yussef non ebbe più la luce in faccia. Il fascio luminoso lo guidò verso una sedia davanti alla scrivania dietro la quale c'era Khamis Zeydan. Si sedette sul bordo della sedia.

«Devo scusarmi per il mio scoppio di rabbia di oggi. Non avrei dovuto accusarti quando mi hai chiamato per dirmi della morte di Hussein Tamari. Ero disperato per via di George Saba.»

«Ogni tanto dovresti pensare anche a qualcun altro, oltre che a George Saba.» La voce di Khamis Zeydan era cupa, impastata e piena di autocommiserazione. Omar Yussef sapeva che il buio nell'ufficio serviva a evitare che qualche sottoposto, entrando, vedesse il capo con la sua bottiglia di whisky.

«Hai ragione, Abu Adel. Sei sempre stato un buon amico per me. Dico davvero. Finora ti sei sempre dimostrato un grande amico, e io non sempre sono stato alla tua altezza. Ma ti prego di capire che è solo perché io non sono abituato ai pericoli e alle insidie di questo genere di eventi. Sono soltanto un insegnante.»

«E allora pensa a insegnare, te l'ho detto.»

«Sì, infatti, e avevi ragione.»

«Appunto, pensa a...»

«Ho appena parlato con Jihad Awdeh.» Nonostante il buio in cui la stanza era immersa, Omar Yussef percepì un mutamento nel livello di attenzione di Khamis Zeydan. Il suo borbottio si interruppe. Stava aspettando.

Omar Yussef aggirò la scrivania. «Jihad mi ha creduto quando gli ho spiegato come Hussein Tamari ha ucciso Louai e Dima Abdel Rahman e come ha incastrato George Saba.»

Le veneziane davanti alle finestre si aprirono di scatto. La luce della luna offuscata dalle nuvole proiettava strisce d'ombra sul viso di Khamis Zeydan. Era seduto diritto sulla sedia con la cordicella della veneziana in una mano. Il suo sguardo era intenso, gli occhi socchiusi e cattivi, per quel che se ne vedeva. Le ombre sul viso sembravano tatuaggi o disegni mimetici.

«Ora ascoltami bene, Abu Ramiz» disse Khamis Zeydan. Tossì e cercò di ricomporsi. Omar Yussef vide che il poliziotto era ancora ubriaco, ma stava tentando disperatamente di riacquistare il dominio di sé. «Non devi credere a una sola parola di quel che dice Jihad. È un mascalzone e un bugiardo. Non credere a quel che dice. Mai.»

«È l'unica speranza che mi è rimasta.»

«Allora, sei fregato.»

«Avrei preferito poter contare su di te.»

«Io non posso fare nulla.»

«Se tu non puoi aiutarmi, allora non venire a dirmi di non rivolgermi a Jihad. Tu hai la chiave della cella. Andiamo a liberare George adesso. Lo terremo nascosto da qualche parte finché non riusciremo a convincere i giudici della sua innocenza. Magari Jihad ci aiuterà.»

«Non saprei stabilire quale delle cose che hai appena detto sia la più stupida. Per cominciare, io sono ancora un poliziotto e quindi non aprirò mai la cella di un condannato. In secondo luogo, tu non andrai mai in tribunale e, comunque, non potresti mai convincere la corte a condannare Hussein Tamari per collaborazionismo e omicidio. Credi forse che i giudici siano ansiosi di farsi ammazzare quanto sembri esserlo tu? In terzo luogo, Jihad non ti aiuterà mai. Lui aiuta se stesso. Si è sbarazzato di te, e basta, e ha preso tempo in attesa che gli capiti l'occasione di eliminarti senza clamore.»

Omar Yussef si arrovellava in cerca di un modo per convincere il capo della polizia. Avrebbe potuto impadronirsi della pistola posata sulla scrivania. Con quell'arma in pugno, avrebbe potuto costringere Khamis Zeydan a portarlo fino alle celle per liberare George. Omar Yussef, però, sapeva che sarebbe stato un gesto inutile. Aveva sentito dire che le pistole avevano una sorta di sicura che lui non avrebbe saputo levare. E se anche avesse saputo farlo, non sarebbe mai riuscito a usare quell'arma contro il suo amico. Khamis Zeydan gliel'avrebbe semplicemente tolta di mano, e Omar Yussef non avrebbe opposto resistenza.

Il capo della polizia si voltò verso la finestra. Si alzò e fece scorrere il vetro per aprirla. Omar Yussef sentì improvvisamente quel che l'orecchio più addestrato dell'amico aveva già captato. Gli spari risuonavano sempre più vicini.

«Il corteo funebre passa di qui?» domandò Omar Yussef.

«Il cimitero è a Teqoa. Questo rumore significa qualcos'altro.»

Gli spari erano sempre più fitti e fragorosi. Risalivano dalla collina dietro la chiesa della Natività. Omar Yussef si sporse dalla finestra. Una fila di jeep girò l'angolo e si fermò davanti alla stazione di polizia. Dovevano essercene altre, non visibili da lì, davanti all'ingresso, perché Omar Yussef, mentre giù in strada continuavano a radunarsi uomini armati, udì un rumore di passi pesanti e affrettati sulle scale. Khamis Zeydan si voltò.

«Stanno venendo qui» disse Omar Yussef.

«No, stanno andando alle celle.»

Khamis Zeydan prese la pistola e se la infilò nella fondina. «Resta qui, Abu Ramiz.» Si avviò alla porta.

«Perché vanno alle celle?» Nello stesso momento in cui

formulava la domanda, si rese conto di conoscere già la risposta. George. «Vengo con te.»

Khamis Zeydan era già sulle scale. Omar Yussef notò che il capo della polizia era malfermo sulle gambe a causa dell'alcol. I due uomini scesero le scale con lentezza, sebbene si sforzassero di muoversi il più velocemente possibile. Omar Yussef maledì il suo fisico attempato, mentre Khamis Zeydan imprecava contro l'eccesso di whisky che aveva nel sangue. All'ingresso, la guardia era con le spalle al muro e le mani alzate. Due uomini delle Brigate dei Martiri lo tenevano sotto tiro con i Kalashnikov. Ce n'erano almeno altri dieci nel piccolo atrio, e altri ancora che sostavano all'esterno.

Dal basso giunse il rumore di un'esplosione. Per il corridoio risuonò un fragore metallico. Dovevano aver fatto saltare la porta della cella di George.

«Che cazzo credete di fare?» Khamis Zeydan andò diretto dai due miliziani che tenevano con le spalle al muro il nervoso poliziotto di guardia. Spostò le canne dei loro fucili. «Dovreste vergognarvi. Ora andatevene, o la pagherete cara.»

La determinazione di Khamis Zeydan sembrò minare la convinzione dei miliziani di guardia nell'atrio, i quali, però, si ringalluzzirono un attimo dopo per la comparsa del loro capo. Jihad Awdeh risaliva le scale con un Kalashnikov levato in aria in una mano e i capelli di George Saba nell'altra.

George Saba aveva gli occhi gonfi di lividi freschi, perdeva sangue dal naso, altri rivoli gli colavano sulla fronte e gemeva di dolore mentre Jihad Awdeh lo trascinava per i capelli su dalle scale.

Omar Yussef scese gli ultimi gradini afferrandosi al corrimano. In preda al panico, non era certo di riuscire a reggersi in piedi senza sostegno. Gridò il nome di George Saba, ma i miliziani invocavano vendetta per Hussein Tamari, e così George non udì la voce del suo vecchio insegnante.

Jihad Awdeh lo lasciò andare per un attimo, giusto il tempo di sollevare il calcio del fucile e colpire al volto Khamis Zeydan. Il capo della polizia si accasciò. Il poliziotto di guardia all'ingresso si chinò per sostenere il suo comandante. Khamis Zeydan sembrava completamente privo di sensi. Al di sopra delle acclamazioni e delle risa, Jihad Awdeh gridò: «Così questo infame senza Dio raggiungerà l'oblio senza dover sprecare tutto il suo whisky».

Omar Yussef s'infilò spingendo tra i miliziani che si accalcavano per passare attraverso l'angusta uscita. Vide che George Saba aveva ancora addosso il cappotto che lui gli aveva dato. Aveva le spalle impregnate di sangue. I miliziani colpivano il prigioniero ogni volta che arrivava loro a tiro.

Omar Yussef fu tra gli ultimi a uscire. Sul marciapiede vide Muhammad Abdel Rahman. I miliziani dovevano averlo condotto lì affinché li vedesse far giustizia del cristiano che aveva aiutato gli israeliani a uccidere suo figlio Louai. Muhammad aveva una faccia spettrale, da cadavere. Omar Yussef si domandò che cosa sapesse, quell'uomo, della morte di Louai, di Abu Walid, dell'omicidio di Dima, sua nuora. Poi, però, pensò che la consapevolezza di aver perduto due figli in pochi giorni – uno assassinato, l'altro suicida nell'atto di distruggere vite innocenti con una cintura esplosiva legata all'addome – sarebbe bastata a far sembrare morto chiunque. Muhammad vide Omar Yussef che usciva arrancando dalla stazione di polizia, al seguito di tutta la calca, e distolse lo sguardo, nascondendo la faccia in un lembo della sua *kefiah*.

Il corteo dei miliziani si mosse lungo il perimetro della piazza. Dal centro della folla qualcuno gettò una corda al di sopra del braccio orizzontale di un lampione. Oddio, ci siamo, pensò Omar Yussef. Corse verso il centro dell'assembramento, pressoché incapace di respirare. Come poteva fermarli? Si sarebbe gettato addosso a George. Giunse ai margini del tumulto. Si fece largo tra due miliziani, urlando di lasciarlo passare.

Si levò un boato, e Omar Yussef vide George Saba sollevato a mezz'aria per le caviglie. Le falde del cappotto spigato gli ricadevano sul volto, al punto che Omar Yussef pensò che fosse già morto. Poi, però, le sue braccia si mossero, annaspando disperatamente verso la folla sotto di lui, come se potesse afferrarla e ancorarsi a terra. I miliziani lo sollevarono ancora più in alto, fin quasi a portarlo a contatto con il braccio del lampione. Si sentì uno sparo isolato, e subito dopo, dalla folla dei miliziani, si levarono caotiche raffiche di mitra. Il corpo di George Saba sussultava a ogni nuovo colpo.

Alla fine, restò immobile. L'assordante frastuono delle armi era finito, e a Omar Yussef parve che regnasse ovunque la quiete più assoluta. Tutti sembravano immobili, anche se alla folla dei miliziani continuavano ad aggiungersi altri in arrivo dal funerale. Inneggiavano a Dio e alla sua gloria per la morte del traditore, e la folla era sempre più turbolenta e fitta. Omar Yussef, però, era l'unico, in quella piazza, a fissare il cadavere penzolante di George Saba. Si infilò nel cuore di quella massa, ma intorno a sé non aveva esseri umani: erano gusci vuoti di umanità, e lui, con tutto quel che aveva perduto, era da solo in mezzo a loro. Sotto George Saba, sulle lastre posate di recente, c'era una pozza di sangue. Omar Yussef ne sentì l'odore nell'aria, come se ci fosse in giro un leggero pulviscolo che insanguinava la superficie di ogni cosa. Poi, però, si rese conto che stava piovendo.

La folla cominciò a muoversi. Qualcuno disse che stavano andando a distruggere la casa del traditore, così come gli israeliani avrebbero distrutto la casa di Hussein Tamari e quella di Yunis Abdel Rahman, l'attentatore suicida.

Nel giro di qualche istante, in pratica, si ritrovò davvero solo sotto il cadavere di George Saba. Allungò una mano, ma il corpo era appeso troppo in alto perché lui potesse arrivare a toccarlo. La pioggia si fece più intensa. Era il nubifragio che da una settimana incombeva sulla città. Omar Yussef si guardò le scarpe. La pioggia le stava lavando, e le fibbie luccicavano, ora, alla luce del lampione. L'acqua diluì anche la chiazza di sangue trasportandola nelle scanalature tra le pietre verso il canale di scolo antistante la buia chiesa della Natività.

Omar Yussef passò con lo sguardo dall'austera facciata della basilica al lampione cui era sospeso George Saba. Il morto sembrava quasi discendere dal cono di luce, le mani sotto la testa quasi si tuffasse dalla radiosità di una stella verso la dura terra. George Saba aveva donato quella sua luce a Omar Yussef, che l'aveva visto crescere, diventare uomo per trasformarsi in un sacco di carne sforacchiato. Omar Yussef tornò a voltarsi di scatto verso la chiesa.

Il corpo somiglia a questa chiesa della Natività, pensò. In

principio è come riscaldato da una sorta di respiro divino, ma sostenuto da impulsi terreni. Poi, lentamente, quel respiro si raffredda, fino alla morte. Espirando, si espelle ogni volta una parte della nostra scorta di vita, e si prova sollievo perché manca, alla tomba, un tedioso e deprimente istante in meno. Il corpo è maltrattato, si rinnova e viene conteso, come questa chiesa in cui si dice sia nato Gesù. Ma dove si ritiene sia avvenuto quel celebre evento non c'è che una cripta. Non c'è nient'altro, così come non resta che un vuoto a segnare il luogo in cui qualcuno è vissuto. A Betlemme è nato un Messia che ha lasciato la sua opera incompiuta. In questa chiesa non c'è alcuno spirito ardente né redenzione. Ogni volta che respiriamo, temiamo che possa essere l'ultimo respiro che ci raggela sprofondandoci nel nulla.

Solo una cosa impedisce a quella paura di sopraffarci, la fiducia nell'eredità che trasmettiamo al mondo, nei cambiamenti positivi che vi produciamo. Omar Yussef aveva sperato che George Saba potesse essere il suo lascito, una dimostrazione che lui aveva contribuito almeno un po', come insegnante, al miglioramento del mondo. E aveva sperato che anche Dima Abdel Rahman potesse esserlo. Guardando quel corpo penzolante sopra di sé, dovette combattere contro l'impulso a considerare il lavoro di tutta una vita come un cumulo di speranze distrutte e di buoni propositi insozzati. Poteva però diventare lui l'eredità di George Saba, ridandogli vita a ogni nuovo atto di dignità, di cordialità e di intelligenza compiuto.

Provò ad allentare il grosso nodo con cui i miliziani avevano fissato al lampione la fune che reggeva George Saba. Il corpo si abbassò leggermente. Quando il nodo si sciolse, la fune umida sfuggì dalle mani di Omar Yussef, che si lanciò in avanti per cercare di attutire l'impatto del cadavere al suolo. Il gomito di George lo colpì con violenza a una tempia. Omar Yussef cercò di afferrare il cadavere per le spalle, per frenarne la caduta, ma gli cadde lui stesso addosso. Restò immobile. In quel momento avrebbe voluto piangere.

Sentì sulle spalle una mano che cercava di sollevarlo. Quando si rialzò in piedi, riconobbe accanto a sé Muhammad Abdel Rahman. Erano entrambi straziati, ma Omar Yussef pensò di essere, tra i due, quello che poteva trarre da quei terribili giorni una forza più grande.

Da ovest, in lontananza, giungevano rumori di spari il cui riverbero si insinuava tra le gocce di pioggia.

«Stanno sparando a Beit Jala» disse Muhammad Abdel Rahman. «Stanno distruggendo la casa di questo cristiano. Per vendetta.»

«Per la morte di tuo figlio?»

Muhammad scosse la testa. Non sembrava in nulla più vivo del cadavere steso ai loro piedi. «No, non è mio figlio la loro prima preoccupazione. Stanno vendicando Hussein Tamari, il martire.»

Omar Yussef provò rabbia nei confronti di quell'uomo, nonostante la sua fragilità di vecchio che aveva perduto i suoi figli. Hussein Tamari era un criminale assassino. Non era un martire. Omar Yussef indicò il corpo di George Saba. «Eccolo qui il martire» disse. «È lui il vero martire.»

Una jeep della polizia arrivò da dietro un angolo sgommando, schizzando l'acqua piovana che scorreva giù per la discesa. Sei poliziotti scesero dall'automezzo davanti alla stazione di polizia. Omar Yussef vide andar loro incontro un traballante Khamis Zeydan. Attraversarono di corsa la piazza verso il punto in cui George Saba giaceva senza vita. Quattro poliziotti lo prelevarono sbrigativamente, due per le gambe, due per le braccia, e lo portarono verso la stazione di polizia. Gli altri cacciarono via i pochi curiosi rimasti e dissero loro di sgomberare la piazza.

Uno dei poliziotti spinse Omar Yussef con il calcio del fucile e gli disse di andarsene a casa.

«Vaffanculo» gli rispose secco Omar Yussef, restituendogli lo spintone. «Dov'eri dieci minuti fa, quando stavano ammazzando il vostro prigioniero? E non mi toccare.»

Arrivò Khamis Zeydan che allontanò il poliziotto da Omar Yussef e prese il vecchio amico sottobraccio. Il labbro superiore del capo della polizia era gonfio sotto i baffi macchiati di nicotina, e i denti erano sporchi di sangue per il colpo sferratogli da Jihad Awdeh. I due si guardarono negli occhi. Omar Yussef si domandò se Khamis Zeydan stesse provando un po' di vergogna o se più semplicemente fosse in stato confusionale dopo la botta e tutto il whisky bevuto.

Khamis Zeydan alzò gli occhi al cielo quando, tra la pioggia, riecheggiò un altro sparo. Seguirono altri colpi, che si propagavano a tratti nell'aria come le prime gocce di pioggia di un temporale. «Che cazzo succede?»

«Le Brigate dei Martiri sono andate a Beit Jala. Stanno distruggendo la casa di George» disse Omar Yussef.

«Ha moglie e famiglia, vero?»

«Sì.»

Khamis Zeydan prese Omar Yussef per un braccio e lo trascinò verso la sua jeep. «Andiamo.»

# 25

Omar Yussef scese tutto anchilosato dal retro della jeep di Khamis Zeydan. La pioggia gli inzuppava il cappotto, filtrava attraverso la coppola, scivolava sopra la tomaia dei mocassini. Le sue mani nude erano gelate e gonfie. Guardando la casa di George Saba, scosse un po' gambe e braccia per riattivare la circolazione.

L'edificio era circondato da uomini delle Brigate dei Martiri. Ce n'erano cinque o sei appostati sul tetto. Con le loro armi sparavano contro gli israeliani sull'altro versante della valle. Da quella distanza e con la visuale oscurata dalle nuvole basse e cariche di pioggia, non avevano alcuna possibilità di colpire i soldati, se non per il più fortuito dei casi. Omar Yussef seguì il tracciante che dalle postazioni israeliane partì verso i miliziani sul tetto, lasciando una scia nella valle dal cielo cupo, per poi colpire la facciata della casa di George Saba o, per errore, qualche edificio vicino. Tra Omar Yussef e la casa dei Saba c'era una decina di uomini delle Brigate dei Martiri. Alcuni di loro notarono l'arrivo della jeep della polizia con Khamis Zeydan a bordo, ma i più erano concentrati sulla porta e sulle finestre della casa. Dal punto in cui si trovavano, evidentemente, riuscivano a vedere all'interno. Al riparo dal fuoco israeliano dietro lo schermo della casa, i miliziani sembravano irresistibilmente divertiti e attratti da quel che stava accadendo nella stanza da letto affacciata sulla strada.

I poliziotti mossero verso la casa al seguito di Khamis Zeydan. Superavano di corsa i varchi tra gli edifici, esposti al tiro israeliano. Quando raggiunsero l'assembramento dei miliziani, Zeydan ordinò che lo lasciassero passare. Qualcuno insultò la sorella del capo della polizia. Tra poliziotti e miliziani ci fu un po' di parapiglia. Mentre si azzuffavano, Omar Yussef si allontanò senza dare nell'occhio lungo il bordo della via. Approfittando del buio, sgattaiolò oltre il miliziano di guardia sui gradini all'ingresso. Con sua grande sorpresa, all'interno della casa il rumore di spari era ancora più forte.

Le luci in soggiorno erano state spente. Dall'ingresso Omar Yussef vide che i miliziani avevano tolto i sacchetti di sabbia dalle finestre. Si affollavano intorno ai telai distrutti e sparavano contro gli israeliani. C'era un rumore terrificante, che rimbombava sugli alti soffitti e contro le spesse pareti. Uno degli uomini appostati alla finestra si voltò verso la porta. Aveva la faccia stravolta dall'estasi del combattimento. Omar Yussef lo riconobbe. Era Mahmoud Zubeida, il poliziotto la cui figlia aveva dato a Omar Yussef la notizia dell'arresto di George Saba. I suoi occhi erano scuri come i suoi denti chiazzati dal betel, ma sprigionavano un'energia agghiacciante. Quando vide Omar Yussef, il suo ghigno sbiadì. Si vergognava, era imbarazzato, ma anche arrabbiato.

La presenza dell'insegnante squarciava l'anonimato che gli consentiva di dar sfogo a tutte le brutture che sarebbero altrimenti rimaste sepolte dentro di lui.

Omar Yussef guardò altrove, fece un passo avanti e girò a sinistra. Addossata al muro, in cerca di scampo, c'era la famiglia di George Saba. Erano, a voler vedere, la dimostrazione vivente dello sbaglio commesso da George. Era morto perché aveva cercato di difendere i propri famigliari, che adesso erano privi di ogni difesa perché lui era morto. Omar Yussef, in ogni caso, concluse che il suo ex allievo, se anche avesse agito diversamente, a quel punto sarebbe stato a terra, tremante di paura insieme ai suoi, e quindi, tutto sommato, forse non era vero che aveva sbagliato.

Sofia alzò la testa. Le lacrime avevano tracciato rivoli contorti di mascara sulle sue guance. Teneva i figli al riparo delle sue braccia. Accanto a loro era seduto Habib Saba. Il vecchio era silenzioso e immobile. Aveva qualcosa in grembo, forse un libro. Gli spigoli di quell'oggetto squadrato gli spuntavano da sotto le braccia come le estremità di un transatlantico che cola a picco. Omar Yussef stava per rivolgersi a Sofia quando notò un movimento sull'altro lato della stanza da letto.

Su una vecchia poltrona damascata posta davanti alla grande toeletta presso il letto sedeva Jihad Awdeh. Scavallò le gambe e si alzò in piedi, gettando la sigaretta accesa fuori dalla finestra aperta. Sorrise a Omar Yussef e sollevò l'arma che aveva in mano.

Omar Yussef considerò l'ipotesi di balzare all'indietro verso l'ingresso, ma gli risultò impossibile. C'era qualcosa che lo teneva lì bloccato, indipendentemente dall'arma puntata contro di lui. Forse, pensò, era il ricordo di George Saba, che si era rifiutato di piegarsi, a tenere saldo il suo vecchio professore. Rinunciò all'idea di fuggire e si voltò a fronteggiare Jihad Awdeh.

«Come puoi notare, ci stiamo occupando della famiglia del traditore, Abu Ramiz» disse Jihad Awdeh. «Ma sono felice di vedere che anche tu sei qui.»

«Jihad, sai bene che se tu dovessi farmi del male, ti ritroveresti contro il più grosso clan di Dehaisha. Persino a te conviene pensarci due volte prima di metterti contro tutta la mia gente» disse Omar Yussef.

«Volano pallottole all'impazzata, qui, come le accuse di omicidio e di collaborazionismo che tu hai lanciato contro il martire Hussein. E una di queste pallottole, magari, finisce per colpire proprio te. Di sicuro anche la tua gente darà la colpa agli israeliani. La gente, in generale, è felice di avere un pretesto per evitare i guai.»

«Tu no, però.»

«E neanche tu, evidentemente.»

Jihad Awdeh attraversò la stanza continuando a tenere l'arma puntata contro Omar Yussef.

«Qui non stai proteggendo la reputazione di Hussein Tamari» disse Omar Yussef. «Stai commettendo un atto di pura crudeltà. Spari da questa casa perché sai che gli israeliani, per rappresaglia, la distruggeranno.»

Jihad Awdeh alzò un sopracciglio, una conferma. Caricò il Kalashnikov e lo sollevò all'altezza del petto.

Ci siamo, pensò Omar Yussef. Perlomeno non mi appenderanno in piazza a testa in giù. Gli balenò in mente l'immagine di Nadia, con il viso triste e gli occhi bassi, ma la scacciò. Era orgoglioso di aver deciso di vivere quegli ultimi momenti con fierezza e fissò lo sguardo negli occhi neri di Jihad Awdeh.

L'esplosione arrivò con un sibilo come di un jet in volo radente. Jihad Awdeh alzò gli occhi per un attimo. Omar Yussef non udì più nulla, quasi fosse sott'acqua, e a quel punto il muro della camera da letto crollò. Omar Yussef si sentì scaraventato fuori dalla porta e giù dai gradini. Sbatté la testa contro la ringhiera, ma alla fine atterrò su qualcosa di morbido.

Si ritrovò a testa in giù addosso a due miliziani. Questi si agitavano e si divincolavano, perché lo credevano morto e non volevano restare a contatto fisico con un cadavere. Se lo tolsero di dosso e lo gettarono in una pozzanghera. L'acqua fredda lo aiutò a riscuotersi, e si stava già rialzando sulle ginocchia quando Khamis Zeydan e un altro poliziotto lo afferrarono per le braccia e lo sollevarono.

«Doveva essere la granata di un carro armato» disse Khamis Zeydan. «Come ti senti?»

«La granata di un carro armato?»

«Gli uomini delle Brigate dei Martiri sparavano dall'interno dell'edificio. E per buttar giù questo vecchio muro così grosso gli israeliani devono aver sparato con un carro armato. La granata dev'essere entrata dal soggiorno, che era il punto da cui partivano gli spari, e ti ha scaraventato fuori, davanti alla casa. Chi c'era lì dentro?»

«La famiglia di George.»

I miliziani trafelati e sconvolti accorsero all'interno della casa insieme ai poliziotti. Nella camera da letto trovarono Jihad Awdeh. Perdeva sangue dalla testa, e la polvere che lo ricopriva gli dava un'aria spettrale. I suoi uomini lo aiutarono a rialzarsi e lo trasportarono fuori. Omar Yussef attese che il capo delle Brigate dei Martiri lo guardasse, ma Jihad riusciva a malapena a tenere gli occhi aperti. Aveva lo sguardo vacuo e spento di un uomo sofferente in preghiera. Arrancò in mezzo a una folla di miliziani urlanti e raggiunse la strada dove lampeggiavano le luci rosse di un'ambulanza.

Il muro tra la camera da letto e il soggiorno era parzialmente crollato. Khamis Zeydan e Omar Yussef sbirciarono oltre la breccia. I mobili di antiquariato di George Saba erano in fiamme. L'appendiabiti con i vestiti da matrimonio era interamente bruciato ed esalava il puzzo venefico degli involucri di cellophane. Della cassettiera restavano solo i tozzi piedini. La statuetta francese che vi era posata sopra appariva intatta, benché fosse caduta a terra. A Omar Yussef venne in mente che quel nudo femminile in posa scomposta eseguito da Rodin si intitolava *La martire*. In soggiorno c'erano quattro cadaveri, ammucchiati intorno all'apertura del muro esterno da cui era entrata la granata. Khamis Zeydan guardò uno di quei corpi senza vita.

«Mahmoud Zubeida» disse.

Omar Yussef fissò il volto inespressivo del poliziotto morto. La faccia ossuta era pallida, e sotto le labbra ritratte si vedevano i denti marroni. Gli parve il teschio di un uomo morto e sepolto da anni. L'incubo di morte con cui probabilmente la figlia di Mahmoud Zubeida faceva i conti ogni notte si era infine avverato. Si domandò se sarebbe mai riuscito a dire alla bambina che suo padre, prima di morire, durante lo scontro a fuoco, era felice, e che era un martire. Si ricordò della vergogna e della rabbia sul viso del poliziotto quando aveva riconosciuto l'insegnante di sua figlia. No, sarebbe toccato ad altri raccontare alla bambina dell'eroismo di suo padre. Lui non ce l'avrebbe fatta a dirle com'era morto. Non era certo di riuscire a non parlare della bruttezza di quel cadavere e del sangue che nella penombra sgorgava come fango.

O del muro crollato della stanza da letto. Che cosa avrebbe detto, di questo, a Khadija Zubeida? E della famiglia che ci era rimasta sotto?

Omar Yussef cominciò a spostare pietre dal mucchio che fino a poco prima formava il muro della camera da letto. Khamis Zeydan e i suoi uomini sollevarono lastroni di intonaco e pietra. Quando arrivarono a Sofia e ai bambini, il poliziotto più vicino ai corpi indietreggiò e cominciò a vomitare. Il capo della polizia prese un altro dei suoi uomini, anche lui traumatizzato, e organizzò la rimozione dell'ultima lastra di pietra dalle gambe di Sofia. La moglie di George Saba era morta. La testa insanguinata giaceva orribilmente piegata all'altezza del collo, con l'osso spezzato e le spalle sfondate. Protetti dalle sue braccia c'erano i suoi figli privi di sensi, ma vivi. Fu Khamis Zeydan a tastare loro il polso. Li distese sul letto. Sembravano minuscoli e malconci, anche se il medico che controllò le loro funzioni vitali fece intendere con un breve cenno del capo che sarebbero sopravvissuti.

Omar Yussef riportò bruscamente Khamis Zeydan verso il cumulo di macerie. Aveva il fiato corto. «Habib Saba» ansimò.

Khamis Zeydan guardò l'enorme ammasso di pietre. Strabuzzò gli occhi. I poliziotti cominciarono l'opera di rimozione. Con non poca fatica, ritrovarono infine il padre di George Saba. Habib era seduto sotto le macerie nella stessa posizione in cui Omar Yussef l'aveva visto durante lo scontro a fuoco. Le gambe erano tirate su contro il petto, e le mani tenevano le caviglie. La sommità della sua testa calva era squarciata. La profonda ferita, piena di polvere e sangue, sembrava un fiocco nero. Omar Yussef pensò che forse era quello che voleva, tanto gli era sembrato rassegnato alla morte. Era come se a un certo punto avesse deciso che non c'era più ragione di salvare i suoi nipoti o sua nuora, così come aveva perso ogni speranza di salvare suo figlio. Forse, non aveva torto per quel che riguardava il figlio. Se Omar Yussef non avesse cercato di salvarlo, se non fosse andato da Jihad Awdeh a dirgli quel che sapeva, George Saba avrebbe perlomeno fronteggiato il plotone d'esecuzione, non una folla inferocita. Eppure non riusciva a comprendere la tranquillità di Habib Saba. Gli pareva che il cadavere del vecchio avrebbe dovuto essere più martoriato. La sua perfetta immobilità lo faceva apparire immutabile, quasi che il suo corpo fosse più duro della pietra e il muro crollato non fosse riuscito a spezzarlo. Il cadavere di Habib Saba emerse dalle macerie composto e sereno, e i poliziotti impegnati a spostare i detriti sembrarono per un attimo archeologi all'opera per dissotterrare la statua di un antico monarca.

I poliziotti sollevarono Habib Saba, e dalle sue mani un grosso libro nero cadde nella polvere e tra le pietre. Omar Yussef ripulì la copertina di pelle consunta dal cemento sbriciolato e la aprì. Sul frontespizio c'era una dedica scritta con grafia raffinata e antica: «Ad Abu Omar, e che Dio conservi tra le nostre due fedi la stessa armonia che regna tra te e me. Il tuo caro amico, Issa.» Erano le parole scritte dal prete di

Gerusalemme al padre di Omar Yussef ai tempi in cui ancora non c'era odio tra i cristiani e i musulmani in Palestina. Era la Bibbia che Omar Yussef aveva regalato a George quando era un suo studente e che George aveva portato con sé quando era emigrato in Cile per trovarvi consolazione e un ricordo dell'amore per la sua città natale. Il padre di George l'aveva tenuta stretta tra le mani morendo, proteggendola come Sofia aveva protetto i corpi dei figli, quasi potesse preservare intatto, anche nel momento in cui le sue povere ossa cedevano, il mondo migliore che quel libro rappresentava.

Omar Yussef prese il fazzoletto dalla tasca della giacca. Si asciugò il sudore sulla fronte, per inumidire il bordo del tessuto e lo usò per pulire meglio la Bibbia. La pelle nera ritornò lucida come il piumaggio di un corvo.

La pioggia prese a cadere più forte. Un'ambulanza portò via a tutta velocità i figli di George Saba, prima che ricominciassero gli spari. Jihad Awdeh scese zoppicante da un'altra ambulanza. I soccorritori cercavano di afferrarlo, ma lui si divincolò con rabbia. I suoi uomini, gridando alla polizia di togliersi di mezzo, lo portarono alla sua jeep e se ne andarono rapidamente.

Khamis Zeydan guardò le rovine fumanti della casa di George Saba. Impartì alcuni comandi ai suoi uomini perché si dessero da fare a riportare un minimo di ordine. Quindi, posò una mano su un braccio di Omar Yussef. «Sarà meglio che ti porti in ospedale» disse.

«Sto bene.»

«Meglio andare sul sicuro. Conviene sempre farsi dare un'occhiata da un dottore.»

«Non ho niente di rotto.»

«È la seconda volta in due giorni che vieni sbattuto a terra da un'esplosione. Dai, potresti avere una lesione interna, anche se tutto sembra a posto. Andiamo.»

«No, riportami a casa. Devo togliermi di dosso questi vestiti. Sono bagnato fino al midollo.»

In preda ai brividi, salì sulla jeep accanto a Khamis Zeydan, che si mise alla guida. Uscirono lentamente dalla via e lasciarono Beit Jala avviandosi per la tortuosa discesa. Omar Yussef era silenzioso e pieno di rabbia. Eccolo lì, che accettava un passaggio dal capo della polizia, l'uomo che avrebbe dovuto prevenire tutto quello spargimento di sangue. Aveva pensato che la colpa non fosse di Khamis Zeydan, bensì di tutta la corruzione che aveva intorno e che gli impediva di agire efficacemente. Ora, però, credeva che l'amico fosse, nella migliore delle ipotesi, un complice passivo dell'omicidio e, nella peggiore, colui che aveva condotto gli assassini alla loro preda.

Khamis Zeydan sembrò indovinare il senso di quel prolungato silenzio. Guardò più volte verso Omar Yussef, che però continuava a fissare la strada vuota davanti a sé, mentre passavano davanti al campo profughi di Aida. Dopo un po', il capo della polizia sbottò: «Tu credi che la colpa di tutto questo sia mia. Ce l'hai con me. Mi consideri colpevole».

Omar Yussef continuò a tacere. Si sarebbe sfogato volentieri, ma non voleva ferire la sensibilità dell'amico, e comunque non aveva l'energia necessaria per affrontare una discussione.

«Ho indovinato, vero?» urlò Khamis Zeydan. «Tu pensi che sia colpa mia.»

Omar Yussef non poté più trattenersi. «Certo che lo penso. Tu sei il capo della polizia. Vuoi dire che non è colpa del capo della polizia se un uomo viene prelevato dalla sua cella e linciato a pochi passi dalla stazione di polizia? Non è colpa del capo della polizia se una banda di delinquenti attira il fuoco israeliano contro la casa di una famiglia?»

«Tu non hai idea delle pressioni a cui sono sottoposto.»

«Per fare che cosa?»

«Proprio qui sta il punto: per non fare nulla. Per lasciare che tutto vada avanti così.»

«Non ti credo.»

«Tu pensi che, siccome porto un'uniforme, ho più potere di un Hussein Tamari o di un Jihad Awdeh? Be', ti sbagli. Sono loro che hanno il sostegno delle alte sfere, dei veri pezzi grossi.» Khamis Zeydan abbassò la voce, ma il suo tono rimase aspro e risentito. «Il linciaggio è stato davvero troppo, anche per me. Ma come potevo immaginare che l'avrebbero fatto? Ho provato a fermarli. Mi hai visto anche tu, no? Io ci ho provato.»

Omar Yussef provò un moto di simpatia per quell'uomo che aveva sacrificato i suoi comodi e la sua vita privata per decenni e ora si vedeva tradito dagli stessi uomini per i quali aveva combattuto. Questo lo aveva indotto a comportarsi come i più squallidi tra i suoi colleghi, ma ciò non significava che fosse uguale a loro anche nell'animo.

«Perché non mi hai creduto quando ti dicevo che era stato Hussein Tamari a portare gli israeliani alla casa di Irtas e a collaborare con loro all'uccisione di Louai Abdel Rahman, e che era stato lui a uccidere Dima Abdel Rahman per cancellare le tracce?» gli domandò Omar Yussef.

«Non ricominciamo con questa storia...»

«Ascoltami: ormai non fa più differenza. L'elicottero israeliano ha ucciso Hussein, e quindi l'assassino è morto. Anche George Saba è morto, per cui non c'è più un innocente in attesa di esecuzione. Questa storia è finita, come la mia cosiddetta indagine. Siamo solo tu e io. Perché non mi hai creduto? Ti avevo mostrato il bossolo della MAG di Hussein. Ti avevo portato le prove.»

«I colpi che hanno ucciso Louai sono stati sparati da un cecchino israeliano, e tu hai trovato un bossolo di MAG. Be', questa non è una prova contro Hussein, perché Louai non è stato ucciso con una MAG. Dima è stata sgozzata, quindi non è stata uccisa da un proiettile di MAG. La tua teoria è buona, ma non necessariamente corretta.»

«Va bene. Magari Louai non è stato ucciso da Hussein, ma è stato Hussein a guidare gli israeliani da lui, e ha lasciato una traccia facendo cadere accidentalmente un bossolo della sua arma. Dev'essere stato lui a identificare Louai per i cecchini israeliani con il mirino laser, il puntino rosso che Dima ha visto muoversi sul corpo di Louai poco prima che venisse ucciso.»

Khamis Zeydan accostò con la jeep davanti a casa di Omar Yussef. «D'accordo. Se ti fa piacere, ti dirò che mi dispiace di non averti creduto, ma è giusto che tu sappia che non avrei potuto fare nulla. Non hai prove risolutive e, in ogni caso, qui non sono più le prove a decidere l'esito dei processi. La credulità altrui, le capacità di condizionamento e la malvagità: ecco quel che serve.»

Omar Yussef si domandò se non fosse il caso di far capire a Khamis Zeydan la vera entità dei sospetti che nutriva sul suo conto. Si sentiva stanchissimo. Decise di lasciarlo andare. Annuì e, senza dir nulla, scese dalla jeep. Salutò sollevando la Bibbia nera di George Saba e guardò Khamis Zeydan che invertiva la marcia, salendo con un sobbalzo sul piccolo cordolo che divideva le due corsie. Sentì le gocce di pioggia che gli cadevano nel collo. Si infilò la Bibbia sotto la giacca.

La trincea scavata dagli israeliani due giorni prima bloccava il marciapiede. Omar Yussef scavalcò il muretto antistante casa sua ed entrò.

## 26

Quando rientrò a casa, Omar Yussef trovò Maryam in sala ad attenderlo, avvolta in una coperta. Le si avvicinò. Accoccolata accanto a lei, con la testa sul suo petto, c'era Nadia. Quella visione gli provocò un brivido istantaneo: gli ricordava la posizione in cui era morta la moglie di George Saba, con i due bambini rannicchiati contro di lei, sotto le sue braccia. Il viso assonnato di Maryam aveva una staticità che lo indusse a pensare alla morte, e Omar Yussef provò un irrazionale sollievo quando lei alzò gli occhi e gli rivolse la parola.

«Stavo raccontando una storia a Nadia» bisbigliò. «Non voleva andare a letto prima che tu tornassi.»

Omar Yussef posò la Bibbia di George Saba sul tavolino. Prese Nadia per le spalle, mentre Maryam la sollevava per le gambe. Lui si muoveva con cautela, per non svegliare la bambina e per non sforzare troppo la schiena, che aveva ripreso a fargli male, mentre la pioggia infiltrava umidità e freddo nelle sue ossa e i muscoli protestavano per il frenetico lavoro di rimozione delle macerie che avevano schiacciato la famiglia di George Saba. Omar e Maryam portarono Nadia nella loro stanza e la adagiarono sul letto.

«Ti hanno telefonato dall'ufficio ONU di Gerusalemme» disse Maryam. «Hanno lasciato il numero. Era già abbastanza tardi, quando hanno chiamato.»

Omar Yussef annuì. Pensò al povero Steadman. I dipendenti ONU impegnati a gestire quel caso erano sicuramente rimasti al lavoro fino a tarda sera.

«Io dormo in sala. Prima, però, devo togliermi di dosso questi vestiti bagnati» disse.

«Ti preparo un po' di tè per riscaldarti. O preferisci della minestra?»

«No, grazie. Il tè va benissimo.»

Quando Maryam gli ebbe portato il tè, Omar Yussef, seduto con il pigiama di seta e la vestaglia di lana, allungò una mano per stringere la sua.

«Che cosa è successo, Omar?»

«George è morto.»

Omar Yussef si rese conto che era la prima volta che pronunciava quelle parole, e in quel momento gli suonarono così ferali da sentirsi la bocca impastata della polvere a cui George Saba sarebbe presto tornato. Ne fu quasi soffocato e boccheggiò tra i singhiozzi.

Maryam gli posò una mano sulle spalle, gli massaggiò il collo e appoggiò il mento alla fronte di lui.

Omar Yussef le raccontò quel che aveva visto, e lei pianse con lui, piano, ma intensamente. Lei mi conosce, pensò Omar Yussef. Nel corso degli anni le ho nascosto molte cose, e un po' ci siamo allontanati, ma vive con me da così tanto tempo che riesce a sentire quel che sento io. I nostri sensi sono inestricabilmente intrecciati, anche se siamo in disaccordo su questioni politiche o nel giudizio su quel che accade in città. Lei non voleva che indagassi sulla vicenda di George, che rischiassi la mia vita per salvare quella di George, ma ha sempre saputo quel che lui significava per me.

Passò molto tempo prima che Omar Yussef si sentisse di interrompere il tenero abbraccio con cui Maryam lo stringeva a sé. Si ricompose e guardò l'orologio sul mobiletto. Erano le due e mezzo di notte.

«Perché ora non vai a letto, Maryam?»

«Ti porto delle coperte.»

«Non credo che dormirò. Leggerò un pochino.»

«Lascia che resti qui a farti compagnia. Preparo ancora un po' di tè.»

Maryam era in cucina quando Omar Yussef lo udì. Il rombo dell'elicottero attraversava la notte e restava sospeso nell'aria. Il suo andamento ritmico nascondeva il rumore dei carri armati e delle jeep che scendevano dalla collina sopra Dehaisha. Omar Yussef andò alla finestra. Si domandò se non stessero tornando, magari per allargare ulteriormente la trincea scavata davanti a casa sua, ma quando arrivarono vide che non c'erano ruspe. Guardò verso il lato opposto della via. Due carri armati e due blindati presero posizione proprio davanti a casa sua. Corse a spegnere la luce. I soldati scesero di corsa dai blindati e filarono alla svelta, chini, su per le scale della palazzina di fronte. Maryam rientrò in sala. Al buio, i suoi occhi sembravano spaventati.

«Devono essere venuti a prendere Jihad Awdeh» disse Omar Yussef. «Va' a chiamare Ramiz e i bambini. Non voglio che si sveglino con i soldati in casa, se dovessero venire anche qui. Però non li spaventare.»

Maryam uscì di corsa dalla stanza.

I soldati piazzarono delle sentinelle a ogni angolo della via traversa. Omar Yussef aprì la finestra di uno spiraglio. Sentiva una radio che, dall'interno del blindato più vicino, crepitava ordini in ebraico.

I soldati che poco prima erano entrati nella palazzina di fronte ridiscesero le scale. Omar Yussef dedusse che non avevano trovato Jihad Awdeh e che se ne sarebbero andati. Dopo di che notò che i soldati usciti dalla palazzina erano solo tre, seguiti da una fila di civili. Stavano cacciando di casa gli abitanti per perlustrare a dovere l'edificio. Il breve corteo si dirigeva verso il lato opposto della via, verso la casa di Omar Yussef, che andò alla porta. Quando la aprì, il primo soldato entrò nel triangolo di luce proveniente dall'anticamera. Aveva la faccia coperta di segni mimetici blu e verdi. A che cosa serve, se devi fare irruzione in un appartamento? si domandò Omar Yussef. Aspettava di vedere in che lingua quel soldato gli avrebbe parlato. Quelli che parlavano arabo erano sempre i peggiori. Più imparavano la lingua, più sembravano disprezzare gli arabi.

Il soldato disse qualcosa di estremamente breve e gutturale in ebraico.

«Parli arabo o inglese?» gli domandò Omar Yussef in inglese.

Il soldato gli rispose in inglese. «Non hai studiato l'ebraico?»

«Sono sempre stato un inguaribile ottimista» replicò Omar Yussef.

Il soldato accennò un sorriso vago. I suoi denti bianchi risaltarono sul viso scurito dal trucco mimetico. Passò oltre Omar Yussef e scrutò l'anticamera. Dalla camera da letto uscirono Maryam e Nadia. Omar Yussef udì Ramiz, dietro la porta socchiusa, che diceva a sua moglie di sbrigarsi a vestirsi. Maryam sbiancò quando vide il militare dal viso striato. Nadia era totalmente inespressiva.

«Abbassa quell'arma, per cortesia» disse Omar Yussef.

Il soldato abbassò la canna del suo M16. «Stiamo perlustrando il quartiere. Alcune persone che abitano nella palazzina di fronte devono stare fuori di casa finché non abbiamo finito. Siccome sta piovendo, le faremo stare qui.»

Omar Yussef annuì.

Spalancò la porta al gruppo dei vicini di casa, più di una decina di persone. Li salutò e disse loro di accomodarsi in sala. Maryam fece per andare a preparare del tè, ma il soldato la fermò e le disse di portare tutti in sala e di restare ad aspettare con loro. Quelli che entravano uno alla volta mostravano tutti la stessa sonnolenza trafelata e spaventata. Tra i bambini, qualcuno piagnucolava.

Gli ultimi furono Amjad e Leila. Amjad sorrise e strinse la mano a Omar Yussef, ringraziandolo per l'accoglienza. Omar Yussef si vergognò di aver desiderato la moglie di quell'uomo: Amjad era una brava persona. D'altra parte, Leila era molto bella con i suoi jeans e la felpa, che doveva essersi infilata in tutta fretta quando erano arrivati i soldati a sbatterli fuori di casa. Si era pettinata, ma i suoi capelli avevano ancora una strana piega presa a contatto con il cuscino.

Il soldato rimase sulla soglia a sorvegliare il gruppo, cui si era aggiunto Ramiz con la sua famiglia. Omar Yussef conosceva tutti, tranne una donna che se ne stava in un angolo con i suoi due figli. Immaginò che si trattasse dei nuovi arrivati, della famiglia di Jihad Awdeh. Non ricordava di averla vista quella sera, quando era stato a casa loro. Si fece strada con cautela sul tappeto tra bambini accovacciati ai piedi dei rispettivi genitori e la salutò.

«Tu sei la moglie di Jihad?» le disse sottovoce.

«Sì.»

La donna era giovane e taciturna. Omar Yussef riconobbe subito il ragazzo che le stava alle spalle. Era quello che gli aveva aperto la porta di casa, sei ore prima, quando lui si era presentato da Jihad Awdeh per implorarlo di salvare George Saba.

«Ah, ci siamo già visti prima, vero?» gli disse Omar Yussef.

Il ragazzino annuì.

«Come ti chiami?»

«Walid Jihad Brahim Awdeh.»

Omar restò come folgorato. «Sei il figlio maggiore di Jihad?»

«Sì.»

Il primogenito di Jihad Awdeh si chiamava Walid. Jihad, perciò, era «padre di Walid», Abu Walid. Che sin dall'inizio avesse appuntato i suoi sospetti sull'uomo sbagliato? Anche il figlio maggiore di Hussein Tamari si chiamava Walid. Anche Tamari, perciò, era Abu Walid. Forse però non era Tamari l'Abu Walid a cui si era rivolto Louai Abdel Rahman poco prima di morire. Forse si trattava di Jihad Awdeh. Forse era lui l'assassino, il collaborazionista.

La sera che era andato ad affrontare i miliziani delle

Brigate dei Martiri, George Saba aveva visto Jihad Awdeh raccogliere qualcosa dal tetto di casa sua per poi infilarselo in tasca. Forse, aveva raccolto i bossoli sputati dalla grossa MAG di Tamari. Louai non era stato ucciso da un colpo di MAG, ma sulla scena del delitto c'era un bossolo di quell'arma. Non poteva essere caduto accidentalmente dalla tasca di Jihad Awdeh?

Omar Yussef avrebbe voluto riferire immediatamente questa scoperta a Khamis Zeydan, ma era escluso che il soldato rimasto di guardia nella sala gli permettesse di usare il telefono. Doveva aspettare che i militari portassero a termine le operazioni di ricerca nella palazzina di fronte e facessero tornare ognuno a casa propria. Fu colto da un momentaneo accesso di panico. E se i soldati avessero perquisito anche casa sua? Tra i calzini, nell'armadio, avrebbero potuto trovare la vecchia Webley di George Saba. Lo avrebbero sicuramente arrestato e magari tenuto in carcere per mesi senza processo. A quel punto, Jihad Awdeh sarebbe stato ormai troppo potente e lui non sarebbe riuscito a convincere Khamis Zeydan ad arrestarlo. Del resto, non era affatto detto che il capo della polizia si sarebbe dato da fare se Omar Yussef lo avesse avvertito subito. Doveva mettersi in contatto con lui al più presto e approfittare del senso di colpa per il linciaggio di George che sicuramente lo attanagliava.

«I soldati non troveranno tuo padre in casa, vero?» domandò Omar Yussef.

Il figlio maggiore di Jihad Awdeh lo squadrò con espressione insolente. Sollevò il mento, come a dire che a quella domanda non avrebbe mai risposto. Quel ragazzo non avrebbe mai accettato di vedere suo padre in vesti diverse da quelle dell'eroe, neanche se Omar Yussef fosse riuscito a convincere un tribunale a processare il capo delle Brigate dei Martiri.

Il soldato tenne tutti lì in sala per più di un'ora. L'aria, nella stanza, cominciava a farsi irrespirabile. Alcuni tra i bambini più piccoli si erano fatti la pipì addosso sul tappeto e piangevano. Anche fra le donne qualcuna piangeva, dondolandosi avanti e indietro. Gli uomini fumavano tutti quanti. A Omar Yussef quella tensione faceva spavento. A furia di stare in piedi, gli si era riacutizzato il mal di schiena, e rimpianse di non essersi fatto una doccia, appena rientrato a casa, per riscaldarsi dopo tutta la pioggia che aveva preso. Il fumo che ormai saturava la stanza lo faceva tossire. Voleva uscire di lì e andare a smascherare il vigliacco che aveva incastrato George Saba. Guardò il soldato con odio. Come si permette questo tizio di impedirmi di andare dalla polizia affinché sia fatta giustizia? Sbrigatevi con la vostra maledetta perquisizione e andatevene di qui con le vostre stupide armi e quelle vostre ridicole facce pitturate. Considerò l'opportunità di rivelare al soldato che Jihad Awdeh era fuggito alla chiesa della Natività, ma non c'era modo di parlargli a quattr'occhi. Inoltre, essere a conoscenza dei movimenti di Jihad Awdeh l'avrebbe reso sospetto agli occhi del soldato, che magari l'avrebbe arrestato. C'era, però, anche un'altra cosa che Omar Yussef dovette ammettere: non avrebbe mai potuto consegnare un palestinese ai soldati. Non voleva che Jihad Awdeh venisse ucciso. Voleva che fosse arrestato e costretto a confessare. Da morto sarebbe diventato un eroe, un martire, mentre non meritava altro che disonore.

Erano quasi le quattro del mattino quando la ricetrasmittente agganciata alla spalla del soldato si mise a vociare cupa e incomprensibile. Subito, senza dire una parola, il soldato lasciò la sala e uscì dalla casa. Omar Yussef lo seguì dopo un istante. Guardò fuori dalla porta. Il soldato saltò sul retro di un blindato. Altri due militari lo seguirono e richiusero lo sportello. Con uno sbuffo nero di gasolio e un fragore stridente, gli automezzi israeliani ripartirono verso la loro base sul versante opposto della collina, alle spalle di Dehaisha.

I soldati erano ancora in vista quando Omar Yussef si voltò verso le persone radunate nella sala di casa sua. Erano tutti ammassati alla finestra a guardare gli israeliani che si allontanavano.

«Se ne sono andati» disse.

«Lasciate che vi prepari un po' di tè» disse Maryam.

Omar Yussef non vedeva l'ora di vestirsi e uscire per andare a parlare con Khamis Zeydan. «Maryam, i nostri ospiti sono stanchi. Vorranno sicuramente tornarsene a casa a riposare.»

«Non se ne parla, Omar. Non essere scortese. Dobbiamo offrire del tè ai nostri ospiti.»

Omar Yussef non poteva mettersi a litigare davanti a tutta quella gente. Accigliato si ritirò in camera da letto. Si sarebbe cambiato d'abito, in modo da poter uscire non appena avessero congedato gli ospiti. Indossò dei pantaloni pesanti, una camicia e un maglione, perché lo attendeva l'ultima parte della notte, la più fredda. Chiamò Khamis Zeydan a casa e sul lavoro dal telefono sul comodino accanto al suo letto. Non ricevette risposta. Rifece entrambi i numeri e lasciò squillare a lungo. Alla fine, alla stazione di polizia, qualcuno sollevò il ricevitore.

«Ho bisogno di parlare con Abu Adel.»

«È molto tardi.» Era chiaro che la telefonata l'aveva svegliato.

«Non eravate svegli? Ci sono gli israeliani in città.»

«Vuole che vada ad arrestarli?»

Omar Yussef sospirò. «Ho bisogno di parlare con Abu Adel a proposito di un omicidio.»

Silenzio. «Chi parla?»

«Sono Abu Ramiz.»

«Abu Ramiz l'insegnante?»

«Sì, sono amico di Abu Adel.»

«Lo so, Abu Ramiz, ma se lei è davvero suo amico, provi a richiamarlo più tardi. Al momento non è in condizioni di parlare... Non so se mi spiego.»

Omar Yussef pensò alla bottiglia di whisky nell'ufficio di Khamis Zeydan. Capì perfettamente quel che intendeva dire il sergente. «Grazie. Se lo vede, gli dica che l'ho chiamato.»

Prendendo un paio di scarpe dal fondo dell'armadio, Omar Yussef diede un'occhiata dentro il cassetto dei calzini. Prese la Webley e se la infilò nei pantaloni.

Maryam arrivò nella stanza da letto con il vassoio del tè. «Omar, perché ti stai vestendo?»

Lui le passò davanti e si avviò alla porta. «Sto andando in chiesa.»

## 27

Cadeva una pioggia fredda quando Omar Yussef attraversò di corsa la piazza della Mangiatoia. Si fermò nel punto in cui George Saba era stato ucciso e alzò gli occhi verso la debole luce del lampione. Il ricordo del cadavere straziato di George che oscillava appeso al braccio metallico del lampione prosciugò a tal punto le sue energie da fargli quasi venir voglia di tornare a casa. Sentì però la pressione del calcio della Webley contro la pancia e capì di dover entrare in chiesa.

Camminò sul lastricato scivoloso sul lato del monastero armeno. La pioggia gli batteva così forte sulla coppola che si domandò se Jihad Awdeh, nascosto nella chiesa, non l'avrebbe sentito arrivare. Dalla porta dell'Umiltà sbucò rapida una sagoma scura. Quella persona scorse Omar Yussef e si bloccò. I due si scrutarono nel buio. Il vento soffiava addosso a loro scrosci di pioggia. Omar Yussef si fece avanti. La sagoma sulla porta della chiesa arretrò verso il muro. Non poteva essere Jihad Awdeh. Non sarebbe mai indietreggiato a quel modo. Omar Yussef accelerò il passo. Quando fu a pochi metri dall'uomo, lo riconobbe. Era Elias Bishara. I suoi radi capelli neri erano appiccicati alla testa, e la pioggia gli aveva appannato le lenti spesse degli occhiali. L'acqua gli stava rapidamente inzuppando la tonaca nera, ma Omar Yussef vide che sotto le braccia era già bagnato di sudore. Elias Bishara allargò le braccia e con le mani cercò il muro dietro di sé, come se il terrore che provava potesse sospingerlo in alto verso la salvezza.

«Elias, sono io... Abu Ramiz.»

In un primo momento, il giovane sacerdote diede l'impressione di non aver udito ma poi si afflosciò con l'attenuarsi della tensione e della paura. «Credevo che tu volessi uccidermi qui fuori.»

«È in chiesa, vero?»

«Jihad Awdeh? Sì. L'ho aspettato, come ti avevo promesso, Abu Ramiz. Stavo pregando per la chiesa e per George Saba, ma sono stato debole, mi mancavano le forze e così, quando Jihad Awdeh mi ha puntato contro la pistola e mi ha ordinato di andarmene, sono scappato.»

«È solo?»

«Sì, c'è solo lui. Oh, Dio, avrei voluto rimanere a proteggere la chiesa. Mi dispiace, Abu Ramiz, non ne ho avuto la forza.»

«Eri da solo, Elias. Hai fatto tutto quel che potevi.» Omar Yussef provò pietà per l'uomo distrutto che aveva di fronte. «Dov'è nascosto, di preciso?»

«Era davanti all'altare, ma a questo punto potrebbe essere ovunque. Arriveranno i soldati, Abu Ramiz. Arriveranno e invaderanno la chiesa per arrestarlo. Sarà un disastro. Per me è stato come trovarmi davanti il Diavolo in persona.» Elias Bishara si ripulì gli occhiali nell'ampia manica della tonaca. Alzò gli occhi. «Ma tu che cosa ci fai qui, Abu Ramiz?»

Omar Yussef guardò la porta buia che dava nella chiesa. Jihad Awdeh era lì dentro, da qualche parte.

«Sei qui per via di George, vero? È per questo che sei venuto.» Elias Bishara afferrò i risvolti della giacca di Omar Yussef. «Non sacrificarti, Abu Ramiz. Jihad ti ucciderà, proprio qui in chiesa. Non puoi affrontarlo.»

Omar Yussef posò una mano sul braccio di Elias Bishara. «Devo mettere in pratica le lezioni che impartisco agli altri, Elias» disse.

Il prete esalò un singhiozzo appena percettibile, dopo di che, facendo un passo indietro, annuì.

Omar Yussef si fermò davanti alla porta dell'Umiltà. Non avrebbe trovato altri preti all'interno. Nel profondo del suo cuore che batteva all'impazzata, sapeva che nella chiesa della Natività c'era una sola persona.

Si chinò ed entrò in chiesa. Raddrizzandosi si massaggiò i lombi. Il nartece della chiesa era completamente immerso nel buio e nel silenzio. Si ricordò di quel che Jihad Awdeh aveva detto a Leila. Non appena fossero arrivati i soldati, lui sarebbe fuggito nella chiesa della Natività. Gli israeliani non avrebbero osato entrare ad arrestarlo nel luogo in cui era nato Gesù. Il mondo intero sarebbe insorto, se lo avessero fatto. Omar Yussef ci pensò un attimo: perché prendersi a cuore la sorte di quell'uomo, di quell'assassino spietato? In Europa non conoscevano la realtà della vita di Jihad Awdeh. Magari lo credevano addirittura un eroe o pensavano che la gente di Betlemme lo considerasse tale. Gli israeliani, quindi, non sarebbero entrati a prenderlo, ma l'avrebbe fatto Omar Yussef.

Ripercorse mentalmente la pianta della chiesa. Frugò tra i ricordi di un'infinità di visite compiute nell'antica basilica bizantina, di amici cristiani che lì si erano sposati o avevano battezzato i loro figli invitando Omar Yussef alla cerimonia. Negli ultimi tempi vi era andato di rado. I cristiani erano stati praticamente costretti alla clandestinità. Partivano per il Cile, dove George Saba sarebbe dovuto restare. O si facevano preti, come Elias Bishara, e si nascondevano dietro le solide mura della chiesa. Non gli parve per nulla strano, perciò, vedere la chiesa in cui aveva avuto origine il cristianesimo avvolta nel buio delle cinque del mattino, fredda e spoglia.

Omar Yussef si inoltrò nella basilica principale. Girò a sinistra e prese a muoversi con estrema cautela, riparandosi dietro i rossi pilastri calcarei. Si nascose dietro una colonna ornata dai crociati con una raffigurazione dipinta di san Cataldo. L'irlandese lo guardava severo dall'alto, la barbetta appuntita, l'ovale del viso sgomento e pallido, profondamente segnato di nero, colto forse nel momento in cui l'Onnipotente lo aveva informato con precisione delle torture che avrebbero scandito il suo martirio. O forse era il viso severo di chi presagiva le raccapriccianti condizioni in cui tu, povero peccatore che dalla fredda pietra del pavimento della chiesa levavi lo sguardo verso di lui, saresti perito. Omar Yussef rabbrividì e distolse gli occhi da quell'inquietante figura. Guardò verso l'altare greco-ortodosso. I primi bagliori di un'alba umida e grigia filtravano dalle alte vetrate, riflettendosi sui lampadari dorati sospesi sopra la navata per mezzo di lunghe catene. Doveva sbrigarsi. Aveva bisogno del buio perché la luce avrebbe rivelato che la Webley era un pezzo di antiquariato.

Dalle parti dell'altare qualcuno tossì ripetutamente, a lungo. Alla fine, l'uomo che aveva tossito sputò. Omar Yussef udì più volte il rapido e impaziente rumore di un accendino che non funzionava. Poi tornò a regnare il silenzio.

Omar Yussef si sfilò la Webley dai pantaloni e si spostò verso il fondo della chiesa. Uscì allo scoperto nella navata, ma intorno all'altare non riuscì a scorgere nessuno. A quel punto, ripresero i colpi di tosse, e Omar Yussef capì che Jihad Awdeh era nella grotta della Natività. Una luce soffusa e tremante illuminava l'ampia scalinata a ventaglio che, a lato dell'altare, portava alla grotta. Omar Yussef tese l'orecchio. Da sotto non giungeva alcun rumore. Scese un primo gradino, poi un altro. A ogni passo si domandava che cosa diavolo stesse facendo. Jihad Awdeh poteva anche non essere solo. Magari avrebbe scoperto il bluff della Webley. Omar Yussef scese ancora. Ricordava che la grotta era larga più o meno sei metri e lunga dieci. Due diverse entrate si fronteggiavano a un'estremità della grotta. I turisti scendevano da una rampa e risalivano dall'altra, dopo essersi chinati a baciare l'anello di bronzo che, secondo i frati, segnava il posto preciso in cui era posata la vera mangiatoia che aveva accolto Gesù. Dove poteva essersi piazzato Jihad Awdeh? Probabilmente il più lontano possibile dalle scale, per avere il tempo di reagire nel caso fossero arrivati i soldati.

Omar Yussef arrivò in fondo alle scale. Teneva la pistola nella mano sinistra, in modo che al suo ingresso nella grotta il suo corpo impedisse al bagliore aranciato di metterla troppo in evidenza. Girò l'angolo.

Jihad Awdeh alzò gli occhi e sorrise quando vide l'insegnante. «Vedo che hanno mandato le forze speciali.» Scoppiò a ridere e prese un pacchetto di Marlboro da una tasca. Dovette azionare più volte la rotella dell'accendino prima di ottenere una fiamma. Forse, quando Omar Yussef aveva sentito quel rumore in precedenza, Jihad Awdeh aveva acceso una candela, non una sigaretta.

Omar Yussef socchiuse gli occhi per mettere a fuoco il suo sguardo in quella penombra. Jihad Awdeh aveva posato a terra, davanti a sé, il Kalashnikov. Portava un piccolo zaino, presumibilmente pieno di provviste utili in caso di assedio. Omar Yussef si domandò se contenesse anche esplosivi. Forse aveva intenzione di portare con sé in paradiso la grotta, la chiesa e chiunque si fosse presentato a stanarlo. Sotto il cappello di astrakan, la testa di Awdeh era fasciata per la botta subita quando la granata israeliana aveva colpito la casa dei Saba.

«Alzati e vieni con me» disse Omar Yussef.

«E dove? Collabori ancora con gli israeliani? Sono fuori dalla chiesa ad aspettare che mi porti da loro?» Jihad Awdeh scoppiò a ridere, e la sua risata echeggiò nella grotta dalla volta bassa come cento voci rabbiose.

«Sei tu il collaborazionista, Jihad.» Non sapeva neanche lui se stava bluffando, ma non gliene importava. Parlò con la convinzione di chi aveva visto talmente tante cose sbagliate da aver bisogno di affermare con forza ciò che riteneva giusto.

Il sorriso di Jihad Awdeh scomparve. «Se fossi io, il collaborazionista, perché mai sarei qui a nascondermi dagli israeliani nel cuore della notte?»

«Avrai fatto qualcosa che te li ha rivoltati contro» disse Omar Yussef. «Devi aver esagerato persino ai loro occhi.»

Il ghigno amaro tornò sulle labbra di Awdeh. Si spostò indietro sulla testa il cappello di astrakan e infilò un dito sotto la benda per grattarsi il cuoio capelluto. «Vaffanculo, maestro. Te la cavi bene come tiratore?»

«Non è necessario essere dei bravi tiratori per colpirti, in un posto come questo» azzardò Omar Yussef, facendo intravedere appena la pistola, a mo' di minaccia. Non avanzò. Voleva che Awdeh rimanesse dov'era, a circa otto metri di distanza, nel caso gli fosse venuto in mente di cercare di sopraffarlo.

«Insomma, vuoi consegnarmi alle autorità. Perché, esattamente?»

«Sei tu il collaborazionista. Hai condotto gli israeliani da Louai Abdel Rahman. Hai usato un mirino laser per confermare l'avvenuta identificazione e segnalare con precisione il bersaglio. Il tuo errore è stato quello di lasciare a terra, sul luogo del delitto, un bossolo di MAG. All'inizio, trovando quel bossolo, ho sospettato di Hussein Tamari. Dima Abdel Rahman mi aveva detto che suo marito, quella sera, nel buio, si era rivolto a qualcuno chiamandolo Abu Walid. Hussein Tamari era Abu Walid, ma stasera ho scoperto che anche il tuo primogenito si chiama Walid. George Saba mi ha detto che sul tetto di casa sua, quella sera, ti aveva visto chinarti a prendere qualcosa, ma mi ha anche detto che solo Hussein aveva sparato. Tu devi aver raccolto qualche bossolo della sua arma. Te li sei messi in tasca, perché volevi cancellare le tracce, nel caso gli israeliani fossero arrivati a Beit Jala per scoprire chi aveva sparato contro di loro dal tetto della casa di George. Se avessero trovato quei bossoli sarebbero risaliti a Hussein e, così, si sarebbero avvicinati anche a te. Tu lavoravi per loro e non volevi che sapessero che era stato il tuo capo a spargli dall'altra parte della valle, anche perché magari ti avrebbero considerato corresponsabile. Sennonché quando eri disteso nell'erba ad attendere il ritorno a casa di Louai Abdel Rahman, un bossolo dev'esserti uscito da una tasca. E io l'ho ritrovato. L'ho conservato come prova. Ne ho trovato un altro identico, che evidentemente ti era sfuggito, sul tetto della casa di George Saba. A quel punto, hai scoperto che Dima Abdel Rahman aveva sentito suo marito che pronunciava quel nome, Abu Walid, e allora hai ucciso anche lei.»

Jihad Awdeh agitò la mano che reggeva la sigaretta. «No, non sono stato io a uccidere quella puttana.»

«Vuoi dire che tutto il resto è vero?»

«Vaffanculo. Tu non sai che errore stai commettendo. Io sono il capo delle Brigate dei Martiri.»

«Anche Hussein lo era, e guarda che fine ha fatto...»

«Hussein è morto perché era avido. Gli israeliani hanno ucciso Louai Abdel Rahman perché la sua famiglia gestiva delle fabbriche di esplosivi. Erano tutti coinvolti, compreso il vecchio Muhammad. Louai era quello che teneva i contatti tra la famiglia e i gruppi della resistenza. Vendeva bombe a tutti: Fatah, Hamas, Jihad islamica e Fronte Popolare. Persino ai delinquenti comuni. Quando Louai è morto, Hussein ha deciso di impadronirsi di tutte le attività degli Abdel Rahman. Io gli ho detto di limitarsi alle autofficine. Gli ho fatto notare che, se avesse rilevato anche le fabbriche di esplosivi, gli israeliani avrebbero ucciso anche lui, ma Hussein era avido. L'esplosivo usato da Yunis Abdel Rahman per farsi saltare in aria a Gerusalemme veniva da uno dei laboratori rilevati da Hussein. E gli israeliani, come avevo previsto, lo hanno ucciso.»

«Chi ha detto agli israeliani che la bomba veniva da uno di quei laboratori?»

«Be', ovviamente, sono stato io, Abu Ramiz.»

«Tu?»

«Avevo pianificato tutto. Ho mandato io Yunis a farsi esplodere. Gli israeliani non avevano ancora deciso di uccidere Hussein, ma sapevo che, dopo l'attentato al mercato, avrebbero dovuto sbarazzarsi di lui.»

«E a quel punto tu saresti diventato il capo delle Brigate dei Martiri a Betlemme».

Jihad Awdeh annuì ed esalò fumo dalle narici.

«Perché Yunis Abdel Rahman ha accettato di diventare un attentatore suicida?» domandò Omar Yussef.

«È un martire, Abu Ramiz. Così devi chiamarlo.» Jihad Awdeh sorrise sarcastico. «Comunque, credo che la causa sia il disgusto di sé. Anche se la colpa, in realtà, è del padre. Una vera pellaccia, il vecchio Muhammad Abdel Rahman. Aveva detto al ragazzo che Dima si faceva sbattere da Hussein Tamari, che lei aveva voluto la morte di Louai per poter stare con Hussein e che aveva convinto Hussein ad aiutare gli israeliani a uccidere il marito. Muhammad immaginava che il ragazzo avrebbe ucciso Hussein, e così la famiglia si sarebbe riappropriata delle autofficine. E magari anche delle fabbriche di esplosivi.»

«E invece Yunis ha ucciso Dima.» Il ragazzo aveva mandato all'aria il piano del padre indirizzando la propria rabbia non contro Hussein, bensì contro la donna che lui considerava la più spudorata tra coloro che avevano tradito il fratello.

«Esatto. L'ha uccisa perché lei aveva tradito Louai. Dev'essergli sembrato più semplice che uccidere Hussein: non immaginava che ci avrebbero pensato gli israeliani a eliminarlo. L'ha uccisa e ha tentato di far passare l'omicidio per un comune tentativo di stupro. O magari si è eccitato, a vederla lì per terra con il culo per aria. Comunque, sei andato anche tu a vederla. Aveva un bel culo? Ho saputo che per te era un'allieva prediletta e speciale. Speciale come? Quando sono arrivato io, la polizia aveva già coperto il cadavere, anche se le guardie mi hanno fatto dare un'occhiatina. In molti sono andati a sbirciare.»

Omar Yussef deglutì a fatica. «Che cosa ci sei andato a fare?»

«Dovevo dire a Yunis Abdel Rahman che il suo caro papà aveva fatto di lui un assassino per nulla. Gli ho spiegato che Dima era innocente, e che Hussein neanche la conosceva. Il ragazzo è rimasto piuttosto turbato, come puoi immaginare. Ha provato vergogna, per sé e per suo padre, senso di colpa. Senza più le aziende di famiglia, senza più futuro. Gli ho fatto presente che poteva redimersi portando a termine un'operazione. Ha acconsentito immediatamente.»

«Perché gli israeliani sono venuti a casa tua, stasera, se sei un loro agente?»

«Per farmi capire che devo smantellare le fabbriche di esplosivo. O forse solo per fornirmi una copertura. Chi può credere che gli israeliani assaltino la casa di un collaborazionista?»

Omar Yussef indicò la seconda scalinata che conduceva fuori dalla grotta. «Andiamo. Ti porto alla polizia.»

Jihad Awdeh si alzò in piedi e si stiracchiò. «D'accordo. Loro, però, senz'altro mi lasceranno libero, e io preparerò un'altra bomba.» Si mosse lungo il muro della grotta. «Questa volta, però, non sarà il tuo capo americano a saltare in aria. Farò in modo di accertarmi che sia tu, con tutta la tua famiglia.»

Omar Yussef, con un gesto, fece intendere a Jihad Awdeh di tenersi sul lato opposto della grotta. Seguì il miliziano lungo la breve rampa di scale, lentamente. Quando il suo prigioniero fu in cima, Omar Yussef disse: «Va' avanti. Non troppo veloce».

Il buio, nella chiesa, sembrava essersi dissolto. Quando anche Omar Yussef fu in cima alle scale, si accostò la Webley al fianco, nascondendola dietro le falde della giacca.

Jihad Awdeh si voltò. Fissò la vecchia pistola.

«Va' avanti» disse Omar Yussef. La sua vista stava ancora cercando di adattarsi. C'era troppa luce nella chiesa. Era stato troppo a lungo nella grotta. Awdeh avrebbe scoperto che la vecchia pistola era inservibile. «Su, muoviti.»

Jihad Awdeh indicò la vecchia Webley e scoppiò a ridere. «Che cosa vuoi fare con quel ferrovecchio? Picchiarmi a sangue?»

Omar Yussef sentì la bocca che gli si prosciugava. Abbassò lo sguardo e vide la mano che reggeva la pistola. «È vecchia, ma funziona.»

In un attimo Jihad Awdeh gli fu addosso. Colpì Omar Yussef con un pugno alla tempia, lo spintonò all'indietro bloccandogli la gamba e lo buttò a terra. Dalla parte posteriore di uno degli anfibi che aveva ai piedi estrasse un coltello da caccia con lama seghettata da venti centimetri, che fece ruotare sogghignando. Omar Yussef vide luccicare il manico del coltello. Come aveva potuto essere tanto stupido? Era rimasto così a lungo nella grotta che ormai, in chiesa, c'era una luce fortissima.

Jihad Awdeh gli sferrò un calcio a un fianco, appena sotto il costato. Il dolore gli trafisse i reni come una coltellata. Omar Yussef rantolò. Al secondo calcio di Jihad, urlò, un grido viscerale e belluino.

Afferrò la gamba di Jihad Awdeh, ma il miliziano si divincolò. Omar Yussef alzò gli occhi. Jihad gli si accucciò accanto e si avvicinò il coltello alla gola. Fece un ghigno feroce, come se volesse mordere l'insegnante e bere il suo sangue. Si fece scorrere delicatamente il coltello sulla gola, sospirando di piacere, ripetendo il gesto che George Saba aveva descritto a Omar Yussef in occasione del loro incontro in prigione. Ora Omar Yussef sarebbe morto, come George Saba.

Il coltello puntava ormai alla gola di Omar Yussef. La lama conservava ancora il tepore dello scarpone di Jihad. Omar Yussef trasalì. Sentì per un attimo una certa pressione contro la pelle del collo. Subito dopo, però, udì un botto spaventoso, e poi un altro. Omar Yussef pensò che fosse il rumore della sua carotide che si squarciava sotto il metallo affilato, le cartilagini che si frantumavano rimbombandogli nella testa. Jihad Awdeh invece si accasciò sul petto della sua vittima. Rimase per un attimo con la faccia davanti a quella di Omar Yussef ed esalò un gemito spettrale accompagnato da un alito pesante di sigaretta. Infine, la testa gli ricadde, e la sua fronte colpì Omar Yussef al mento. L'assassino era morto.

# 28

Omar Yussef si tolse di dosso il corpo senza vita di Jihad Awdeh, che ricadde pesantemente a terra sulla schiena. Dalla mano del morto scivolò a terra anche il coltello, che tintinnò sul pavimento di pietra. Dalle due ferite al fianco di Jihad Awdeh il sangue sgorgava addosso a Omar Yussef, che lo sentiva dilagare, caldo, attraverso il tessuto della giacca. Si rialzò alla svelta per sfuggire a quell'orrore e si allontanò di qualche passo dal cadavere, quasi temesse che potesse rialzarsi e tentare nuovamente di ucciderlo.

Sulla soglia della chiesa una sagoma si mosse verso Omar Yussef. Era l'uomo che gli aveva salvato la vita sparando da quella distanza con una precisione tale da colpire Jihad Awdeh lasciando illeso lui che era costretto a terra. I passi dell'uomo che aveva sparato rimbombavano tra quelle mura antiche. Omar Yussef lo guardò. Quando Awdeh gli aveva puntato il coltello alla gola, aveva creduto di essere ormai in punto di morte. E se n'era convinto al punto che il sollievo per essersi salvato gli pareva per certi versi ancora irreale.

Il salvatore di Omar Yussef attraversò il primo fascio polveroso di luce che filtrava dalle alte vetrate. Aveva in testa, di sghimbescio, il berretto della polizia. Omar Yussef vide una mano con un guanto di pelle nera aderente che lo riaggiustava. I passi si avvicinarono ulteriormente. Era Khamis Zeydan. Finalmente avrebbe capito se i suoi sospetti erano fondati, se il capo della polizia aveva davvero le mani sporche di sangue come lui pensava. Khamis Zeydan lo aveva salvato uccidendo Jihad Awdeh, che aveva percosso e umiliato il capo della polizia solo poche ore prima. Ora avrebbe ucciso anche lui?

Altri tre poliziotti entrarono in chiesa dalla porta dell'Umiltà corsero verso il loro capo lungo la navata. Lui si voltò a guardarli e poi accelerò il passo per raggiungere Omar Yussef. Quando gli fu di fronte lo scrutò con severità, battendo la canna della pistola sulla mano artificiale. Aveva l'espressione cinica e dura di chi aveva ucciso e avrebbe ucciso ancora. Omar Yussef guardò il punto in cui la luce, entrando in chiesa, fendeva l'oscurità. Inspirò a fondo, e in quell'istante rivide un Khamis Zeydan giovane e ottimista, quando riempiva con le sue risate il loro bar preferito di Damasco, e capì che, per quanto il suo vecchio amico potesse cambiare, lui l'avrebbe sempre ricordato con in volto l'entusiasmo giovanile, e ciò sarebbe bastato a condurlo lontano, nel tempo e nello spazio, dalla tetra atmosfera di quella chiesa. Omar Yussef trattenne il respiro.

Khamis Zeydan infilò la pistola nella fondina. Guardò Jihad Awdeh. «Quel bastardo è morto» disse. Si voltò verso i suoi uomini. «Portatelo fuori. Nessuno deve sapere che sono stato io a spararagli, e tanto meno che gli ho sparato qui dentro. Voi due, portatelo alla stazione di polizia. Tu, invece, va' a prendere un secchio e uno straccio e lava via il sangue.»

«Nella grotta c'è il suo Kalashnikov» disse Omar Yussef.

«Andiamo a prenderlo. Vediamo se per caso ha lasciato anche qualcos'altro.»

Omar Yussef esitava.

Khamis Zeydan inclinò la testa e si arricciò i baffi. «Ti ho salvato la vita. Credi che adesso voglia ucciderti?»

«Scusami, Abu Adel» disse Omar Yussef. «Non riesco a ragionare in modo lineare.»

«Be', questo è stato un bene, negli ultimi tempi. Avevi ragione a sospettare, anche di me, ma adesso puoi tornare a prendere le cose per quello che sembrano.»

«Non sono sicuro di poterci più riuscire.»

Khamis Zeydan discese i gradini che conducevano alla grotta della Natività. Omar Yussef lo seguì. Si sentiva le gambe molli. Negli ultimi due giorni, era andato per tre volte vicino alla morte, e ancor di più ai morti, ai corpi senza vita di persone che amava e di altre che temeva. Era troppo. Si sedette sull'ultimo gradino in basso e appoggiò la testa tra le mani.

«Stava per ammazzarmi» disse Omar Yussef.

Khamis Zeydan si mise in spalla il Kalashnikov di Jihad Awdeh e guardò all'interno dello zaino. «Che cosa c'è, qui? Cibo.» Guardò Omar Yussef. «Di una cosa puoi star certo: a quest'ora saresti morto, se Maryam non mi avesse detto che eri venuto in chiesa.»

«Maryam?»

«Avevi lasciato un messaggio al mio sergente di servizio.

Confesso che dopo averti accompagnato a casa mi sono messo a bere. Non riuscivo a smettere di pensare alla moglie di George Saba, a come l'abbiamo trovata con i figli sotto le braccia. Di morti ne ho visti a bizzeffe, Abu Ramiz, ma non sopportavo il pensiero di aver lasciato morire così Sofia Saba. Mi sono chiuso nel mio ufficio e mi sono attaccato alla bottiglia di whisky. Quando sono uscito a pisciare, il sergente mi ha detto che avevi chiamato. Sono andato a casa tua. Maryam era in una condizione terribile. Mi ha detto che eri venuto in chiesa. A quanto pare, sono arrivato appena in tempo.» Si avvicinò a Omar Yussef. Estrasse dallo zaino il gilè nero di Jihad Awdeh, frugò nelle tasche e vi trovò un pugno di piccoli cilindri metallici, una dozzina di bossoli di MAG. «Ehi, guarda qui.» Li ributtò nello zaino. «Direi che questi sono il reperto A.»

«No, sono il reperto C» disse Omar Yussef. Dalla propria tasca prese il vecchio bossolo che aveva trovato nei pressi della casa di Louai Abdel Rahman e quello raccolto sul tetto della casa di George Saba. «Questi sono i reperti A e B.»

La candela lunga e sottile accesa da Jihad Awdeh nella grotta, ormai consunta, stava per spegnersi. Omar Yussef e Khamis Zeydan risalirono le scale. Un poliziotto percorse con passo affrettato la navata diretto verso la pozza scura del sangue di Jihad Awdeh.

Khamis Zeydan consultò l'orologio. «Il sangue deve sparire prima dell'arrivo dei preti. Sbrìgati! Potrebbero essere qui da un momento all'altro. Avranno sicuramente sentito gli spari.»

Il poliziotto fece il saluto militare e cominciò a passare lo straccio insaponato sulle pietre del pavimento.

«Ho trovato il tuo amico, padre Elias, lì fuori. Mi è sembrato piuttosto sconvolto, ma quando si calmerà, digli di assicurarsi che nessuno dei preti ficchi troppo il naso su quel che è successo qui dentro. Penserò io al cadavere di Jihad: farò in modo che sembri un'esecuzione mirata degli israeliani.»

Omar Yussef annuì. «Mi sembra un miracolo che tu mi abbia salvato nel momento preciso in cui lui stava per tagliarmi la gola. Sei stato davvero tu a spararglì o è stato incenerito da un fulmine del cielo?» disse, scherzando.

«Sì, potrebbe esserci stato un intervento divino» ammise Khamis Zeydan, mentre uscivano dalla chiesa nell'aria frizzante del mattino. Aveva smesso di piovere. Il sole splendeva sul lastricato umido. Si udivano i rintocchi della campana del monastero armeno. «In quella chiesa sei arrivato a un millimetro dalla morte.»

Omar Yussef si concesse una risata di profondo sollievo. «Evidentemente, Dio non aveva bisogno di un altro martire.»

# 29

Khamis Zeydan accompagnò Omar Yussef a casa quando l'alba era ancora ai suoi primi bagliori. Il capo della polizia si sporse dal finestrino e gli afferrò una mano. Omar Yussef immaginava che l'amico volesse dirgli di smetterla di giocare all'investigatore dilettante, ma Khamis Zeydan non parlò. La sua stretta di mano e la sua espressione emanavano grande fermezza, e Omar Yussef, guardandolo in faccia, annuì. Dopo di che Khamis Zeydan ripartì con la sua jeep nuovamente diretto alla chiesa.

Omar Yussef entrò in casa. Placò subito Maryam posandole un dito sulle labbra. La abbracciò con forza e si domandò quanto tempo era passato dall'ultima volta che l'aveva stretta a sé in quel modo. Restò sdraiato a letto fino all'ora di apertura dell'ufficio ONU di Gerusalemme. Trovò il messaggio trascritto da Maryam su un foglietto la sera precedente e richiamò il responsabile ONU regionale, uno svedese che si chiamava Magnus Wallender.

«Signor Yussef, sono felice di sentirla. Mi dispiace di aver disturbato la sua famiglia a un'ora così tarda, ieri sera.

È un momento di grande preoccupazione, eh?» disse Wallender.

Omar Yussef era così risollevato ed euforico dopo aver sfiorato la morte che dovette far mente locale per comprendere le ragioni dell'ansia di Wallender.

«Siamo tutti profondamente rattristati dalla morte di Christopher» disse Omar Yussef. La mano mozzata. Il volto e il petto squarciati come carne al mattatoio. Gli sembravano passati secoli.

«Era appunto di questo che volevo parlarle, signor Yussef. Ci siamo consultati con New York e con Ginevra, stanotte. Al momento, l'idea di nominare un americano o un altro occidentale alla direzione della scuola di Dehaisha è improponibile. Troppo pericoloso. La morte di Christopher Steadman è stata un duro colpo con ripercussioni in tutta l'organizzazione, segretario generale compreso.»

Era difficile immaginare il segretario generale delle Nazioni Unite nel suo ufficio ai piani alti di Manhattan che riceveva la notizia di un omicidio avvenuto a Dehaisha. Omar Yussef pensò che se la bomba avesse colpito il suo vero bersaglio – cioè lui – la notizia non sarebbe certo arrivata tanto lontano.

Magnus Wallender riprese il discorso. «Crediamo sia preferibile e più sicuro, nelle attuali condizioni, nominare alla direzione della scuola di Dehaisha un'autorevole personalità locale, e lei è certamente il più esperto tra tutti i docenti, nonché una figura rispettata in tutta Betlemme. Perciò avevamo pensato di offrire a lei quella carica.»

«Direttore della scuola femminile dell'UNRWA a Dehaisha?» Solo pochi giorni prima, Omar Yussef meditava di abbandonare la scuola. Doveva cambiare così radicalmente idea? «Be', è molto gentile da parte vostra. Le dispiace se mi prendo qualche giorno per rifletterci?»

«Si figuri! Manderemo oggi qualcuno a prelevare il suo dossier personale, semplicemente per verificare che nulla osti alla sua nomina, ma si tratta di una pura formalità.»

Omar Yussef pensò ai fogli di carta azzurra, alle valutazioni negative della ex direttrice spagnola. Si trovavano in fondo a una pozza di fango fuori dalla scuola. Non c'era nient'altro di compromettente nel suo dossier. La serie di lettere di protesta scritte dai genitori sarebbe stata senz'altro accantonata. Ringraziò Magnus Wallender e riagganciò.

Per Omar Yussef era l'occasione di opporsi all'ispettore scolastico del governo e a chiunque volesse alimentare l'odio tra le bambine del campo profughi di Dehaisha. Ne avrebbe approfittato. Aveva immaginato che George Saba potesse essere la dimostrazione del bene che lui, Omar Yussef, aveva fatto e insegnato. Ora, si domandò se l'eredità che voleva lasciare non andasse costruita ancora e sempre giorno per giorno, conquistata anno per anno a ogni nuova leva di studenti.

Il pensiero di lasciare l'insegnamento, d'altra parte, lo allettava. Ammetteva di essersi appassionato alla caccia che lo aveva portato a smascherare Jihad Awdeh. Ma che cosa poteva fare? Aprire un'agenzia di investigazioni a Betlemme?

Nadia fece il suo ingresso in sala con una tazzina di caffè. Indossava la camicia azzurra e la gonna a pieghe dell'istituto lassalliano. Si avvicinò a Omar Yussef, gli porse il caffè e gli diede un bacio sulla guancia.

«L'hai trovato?»

«Chi? Stavo cercando qualcuno?» Omar Yussef finse di curiosare sotto i cuscini del divano.

«L'uomo che ha ucciso George Saba.»

Omar Yussef sorrise. Non credeva che conoscesse lo scopo della sua indagine. «Sì, Nadia. L'ho trovato.»

«Bene. Sapevo che ci saresti riuscito» disse. «I figli di George verranno a vivere con noi?»

Non è una cattiva idea, pensò Omar Yussef. Lo devo a George. Decise che ne avrebbe parlato con Maryam.

Nadia guardò la Bibbia dalla copertina nera, che era ancora posata sul tavolino, dove Omar Yussef l'aveva lasciata tornando a casa dopo la distruzione della casa di George Saba. «E questa da dove viene?»

«Apparteneva a mio padre. Gliel'aveva regalata un suo amico, un prete cattolico. Tanti anni fa, io la regalai a George Saba. L'ho salvata dalle rovine della sua casa.»

Nadia aprì la copertina e lesse l'iscrizione dedicata dal prete al padre di Omar Yussef. Sorrise. «È un libro molto bello» disse. «Ora devo andare a scuola.» Baciò di nuovo il nonno e uscì di casa.

Dalla finestra Omar Yussef guardò Nadia che si allontanava, china sotto il peso del suo zaino rosa. Anche il lavoro dell'investigatore, come quello dell'insegnante creava un patrimonio che si poteva tramandare. È un errore credere che le indagini consistano essenzialmente nello stabilire quel che è accaduto in passato per vendicarlo. In quell'istante gli fu chiaro che si trattava, invece, di difendere il futuro da chi ha già fatto del male ed è pronto a farne di nuovo.

Omar Yussef prese il foglietto su cui era annotato il

numero di telefono dell'ufficio ONU di Gerusalemme. Il suo commercialista gli aveva detto che aveva risparmi a sufficienza per andarsene in pensione, se avesse voluto. Guardò il foglietto e lo lasciò cadere sul tavolino accanto alla Bibbia di George Saba.

Finito di stampare nel mese di maggio 2024
presso Grafica Veneta S.p.A., Trebaseleghe (PD)
a cura di RCS MediaGroup S.p.A.
Printed in Italy